Le harem
et les cousins

Du même auteur

Les ennemis complémentaires
Minuit, 1958

L'Afrique bascule vers l'avenir
Minuit, 1959

Ravensbrück
Seuil, 1973

« Première résistance en zone occupée »
in Revue d'histoire de la Deuxième Guerre mondiale
mai, 1958

Germaine Tillion

Le harem et les cousins

Éditions du Seuil

EN COUVERTURE : photo Ph. Toutain

ISBN 2-02-006195-3
(ISBN 2-02-002255-9 1re publication)

A PROPOS D'ETHNOLOGIE

PRÉFACE A LA QUATRIÈME ÉDITION

Avant de donner ce livre à l'impression j'en avais retiré quelques chapitres un peu techniques, d'une part pour les développer, d'autre part afin de ne pas déconcerter mes lecteurs. Il y a de cela exactement dix ans et les chapitres se développent toujours, tandis que beaucoup de lecteurs (ils furent plus nombreux que je ne le prévoyais puisqu'on prépare à ce jour une quatrième édition) me disent souvent qu'ils ont été déconcertés.

Il est vrai que le sujet même de ce livre se situe dans des *no man's lands* scientifiques : sur les frontières de l'histoire, de la préhistoire, de l'ethnologie, de la sociologie, où il essaie d'éclairer des pénombres en quelque sorte classiques.

Je ne peux pas résumer dans cette préface l'étude qu'on va lire, car elle est elle-même très abrégée, aussi abrégée que je pouvais me le permettre sans obscurcir par trop mes tentatives d'analyse et d'explications. Disons que son optique consiste à regarder l'Histoire (l'aire historique, l'ère historique et même l'air historique) avec les lunettes de l'ethnologie, si utiles à notre déniaisement.

L'ethnologie — pas seulement science humaine, mais humanisme — tient, au niveau de l'inter-connaissance des peuples, une place parallèle à celle que joue le dialogue au niveau des individus : un aller-et-retour incessant de la pensée, incessamment rectifié.

Dans le dialogue, comme dans l'ethnologie, on est deux : un interlocuteur (être inconnu, peuple inconnu) et en face un autre être : celui qu'on connaît le plus et qu'on connaît le moins... Le dialogue s'engage, la navette commence son va-et-vient, et à chaque aller-et-retour quelque chose se modifie, non pas d'un côté mais des deux côtés, car ce que l'interlocuteur perçoit de lui-même c'est ce que le locuteur ne voit pas, et réciproquement. Mais inversement chacun voit en soi ce que l'autre ignore. Cette confrontation fait apparaître alors des *tracés* invisibles. Il se passe ainsi quelque chose d'analogue à la découverte aérienne d'un paysage.

Vous marchez à pied dans la campagne, vous voyez un sentier plus ou moins sinueux, bordé de champs où poussent blé, avoine, herbes folles; vous apercevez une marguerite, une touffe de coquelicots, un petit mulot... En avion, en hélicoptère, vous ne voyez pas le petit mulot, ni la marguerite, ni les coquelicots, mais vous distinguez, dans tel champ d'avoine qui lève, un tracé pâle parfaitement carré, ou rectangulaire, ou rond, tout à fait invisible quand on a le nez dedans, le pied dessus. Lorsqu'apparaît ce tracé géométrique, on sait qu'il correspond à quelque chose d'enfoui qui a gêné la pousse de l'herbe : murs d'un temple, d'une forteresse, d'un palais, d'une maison...

L'expérience quotidienne enseigne à chacun qu'un humain naît et se développe dans une bulle, — petit univers sphérique, dont l'embryon que nous sommes tous n'a jamais fini de dépasser la coquille. Par le dialogue, nous entreprenons ce dépassement, cet élargissement, mais élargissement et dépassement demeurent bien réduits tant qu'ils ne franchissent pas les murailles de ces autres univers que représentent chaque culture, chaque langue, chaque patrie, chaque religion, — beaux jardins clos.

L'ethnologie c'est donc d'abord un dialogue avec une autre culture. Puis une remise en question de soi et de l'autre. Puis, si possible, une confrontation qui dépasse soi et l'autre (n'oublions pas que ce fut seulement après que les premiers ethnologues eurent entrepris ces confrontations que commença à s'imposer la notion de *l'unité* de la race humaine : unité pas seulement *physique,* mais aussi *sociale*).

Dénuder les fondations de « notre » propre société, tel était donc un de mes préalables. Or la pure et simple définition de cette société constituait déjà un départ inhabituel, car elle ne correspond ici ni à une nation, ni à une langue, ni à une religion, mais exclusivement à des institutions, à des organisations, à des structures : celles qui fonctionnent chez les peuples dits « historiques ». Il s'agissait par conséquent de la plus grande partie de l'Europe, de la moitié de l'Asie, du nord de l'Afrique, de leurs filiales du continent américain... Hors de cette « société » si vaste que reste-t-il alors? Uniquement les peuples qu'on appelle « sauvages », — c'est-à-dire des hommes qui, à la fin du quatorzième siècle, occupaient encore une très grande partie de la surface terrestre mais qui, aujourd'hui, ne survivent plus que dans quelques îlots lointains, chasse gardée des ethnologues de choc et objet de convoitise pour les clubs Méditerranée...

Encore que le terme de « sauvages » ne se prenne plus en mauvaise part, j'aime appeler ce type de société « république des beaux-frères », afin de mettre l'accent sur sa plus voyante caractéristique, je veux dire l'alliance obligatoire avec des non-parents, — astuce dont les implications politiques, économiques, voire biologiques ont assuré longtemps la survie de ses membres. On pourrait aussi la caractériser par l'expression « croissance zéro », qui redevient à la mode, après un fort long discrédit (je présume en effet qu'en Eurasie ce discrédit débuta avec le néolithique).

La société « historique » (la nôtre) est appelée dans ce livre *République des cousins*. Elle vénère en effet sa parenté du côté paternel, délaisse cette socialisation intense (connue sous le nom d'exogamie) qui a sauvé la société « sauvage », et surtout elle est une fanatique de la croissance dans tous les domaines — économique, démographique, territoriale.

Cette philosophie lui a très longtemps réussi — au point de lui permettre d'éliminer la *respublica* sauvage (car le seul contact entre les deux « sociétés » semble partout fatal à la plus faible). Certes, on peut imputer quelques crimes à la plus forte, mais ils ne suffisent pas à expliquer les effondrements qu'elle cause, et pour y parvenir il faut, semble-t-il, comparer en profondeur les fonctionnements, les tendances dominantes des deux systèmes.

La « société » conquérante, c'est celle dans laquelle tous mes lecteurs et moi-même (avec nos parents proches et lointains, et tous les gens que nous connaissons) nous sommes immergés. Il est donc normal que les moindres clivages repérables dans ses us et coutumes nous sautent aux yeux, tandis que ses énormes originalités communes nous échappent (ou nous apparaissent comme résultant d'une sorte de loi propre à l'espèce, — voire même d'une morale d'origine surnaturelle).

Pendant de très nombreuses années, et dans des régions et circonstances très diverses, j'ai eu l'occasion d'observer, de comparer et même de *voir évoluer* quelques-unes de ces « originalités », et elles m'ont paru concerner ditectement certains de nos problèmes les plus dangereusement actuels : je veux dire, la condition des femmes et une sorte de philosophie de la croissance.

On sait que la « société sauvage » est très dispersée à travers le monde, mais tel n'est pas le cas de l'ensemble d'institutions qui caractérise la « république des cousins » ; il s'étire et s'étale, au contraire, de Gibraltar au Japon, sur une surface d'un seul tenant, avec un épicentre bien caractéristique . le Levant méditerranéen.

Cette diffusion qui rayonne autour d'un noyau, nous la retrouvons à propos d'un autre phénomène, — économique cette fois, et en rapport direct avec un changement radical des modes de production : je veux dire l'invention et la diffusion de l'agriculture et de l'élevage, gigantesque révolution matérielle (qu'on peut, de ce fait, situer et dater avec précision aux débuts du néolithique) qui, elle aussi, née à l'Est de la Méditerranée, se répand ensuite de l'Atlantique au Pacifique, en épousant les dimensions de la « république des cousins ». Mon hypothèse est de rapprocher l'une et l'autre : le pain [1], le beurre, la marmite, la soupe, avec l'origine du Harem, du mariage préférentiel entre cousins, de la philosophie expansionniste.

Aujourd'hui la soupe diminue dans les marmites, et ce n'est pas un hasard si les exigences de l'heure amènent tous les peuples de la zone historique au niveau d'une réorientation : remplacer l'expansion par l'équilibre, calibrer les croissances sur les ressources. Ce faisant ils se heurtent tous à des manières de penser qui débutèrent (selon mon hypothèse) à l'ultime fin de l'âge des cavernes et qui, de ce fait, sont tellement entrées dans toutes leurs philosophies qu'ils les ont sacralisées.

Paris, octobre 1974

G. TILLION

1. Si l'on examine attentivement une carte de la charrue au XIVe siècle (reproduite, d'après G.W. Hewes, dans le beau livre de Fernand Braudel *Civilisation matérielle et capitalisme,* p. 40, Armand Colin, 1967) on s'aperçoit qu'elle coïncide approximativement avec une carte du Harem, ce qui n'a rien de surprenant si l'on accepte ma démonstration.

I. LES NOBLES RIVERAINS DE LA MÉDITERRANÉE

« *Pour moi je ne refuse pas de croire ce qu'on raconte... et je n'y crois pas trop non plus.* » Hérodote

En appelant ce livre *le Harem et les Cousins*, je voulais attirer l'attention sur un caractère qui oppose la société méditerranéenne traditionnelle à la fois aux sociétés modernes et aux sociétés dites sauvages; ce caractère est sans doute à l'origine d'un avilissement tenace de la condition féminine, c'est pourquoi il était intéressant et peut-être utile d'essayer d'en suivre les déformations dans le temps et dans l'espace.

Si l'on veut diviser le monde en trois tranches ayant chacune une structure propre, on peut pour des raisons évidentes baptiser « république des citoyens » la tranche moderne; quant à la société dite sauvage, des motifs familiers aux anthropologues [1] permettent d'admettre pour elle le surnom de « république des beaux-frères ».

1. Les sociétés « primitives » sont caractérisées par la généralité de l'exogamie c'est-à-dire l'interdiction d'épouser une parente légale. Sont parents « *légaux* », en pratique, tous les gens qui portent le même nom et vivent sur le même territoire. Un des deux conjoints devra donc nécessairement s'expatrier. Cette obligation (combinée avec une méfiance aiguë vis-à-vis des parents et beaux-parents plus jeunes ou plus âgés) impose aux adultes des deux sexes la société quasi exclusive de leurs beaux-frères, réels ou potentiels. Voir p. 10 et 11.

Les « républiques sauvages » et les « républiques modernes » semblent les unes et les autres des accidents sinon logiques du moins généraux de l'évolution humaine, et cela pourrait ne pas être le cas de la structure méditerranéenne.

Cette troisième structure a, en effet, l'originalité de disposer d'une étiquette géographique et d'un domaine bien à elle : les deux rives de la Méditerranée et leur arrière-pays. La « république moderne », au contraire, se trouve actuellement un peu partout sur la terre et s'étend de Pékin à New York. Qu'elle s'oppose à la « république sauvage » (à peine plus localisée), c'est là une évidence que je ne développerai pas car, dans ce petit livre, nous ne nous intéresserons de près ni à l'une ni à l'autre.

Il n'est pas nécessaire de définir la « république des citoyens » : tous les gens qui ont appris à lire (et tel est forcément le cas de mes lecteurs) ont fréquenté une école où, dans le cadre d'une leçon de morale civique, on leur a plus ou moins bien expliqué ce qu'était un État, une nation, une patrie. Ils savent également qu'une solidarité importante — voire, pour certains, prioritaire — les lie aux individus qui appartiennent à leur formation nationale.

La « république des citoyens » n'est pas jeune, mais elle pousse encore de vigoureuses racines partout où le terrain lui est favorable et elle continue à étendre son domaine. Elle se plaît dans les États structurés, possédant au moins une grande ville et quelque chose en plus : par exemple une langue ou une religion commune ou, au pis aller, une très ancienne dynastie. Or, si l'on considère que toute la terre est actuellement divisée en États, que les grandes villes prolifèrent et s'étendent, on peut admettre que la « république des citoyens » est une étape probablement inévitable de l'évolution humaine.

Est-elle la dernière ? Bien des indices montrent l'apparition de formations plus vastes, dont toutes ne sont pas issues d'une volonté politique mais dépendent des exigences de notre époque, et ces formations s'infiltrent lentement jusqu'à la conscience populaire des très vieilles patries. Dans ce même temps, toutefois, les nouveaux États assurent une relance du patriotisme (sinon du civisme) sous ses formes les plus juvéniles.

En revanche, si l'on examine la répartition dans le monde des sociétés que le XVIIIe siècle appelait « sauvages », on constate aisément qu'elles sont aujourd'hui pratiquement mourantes là où elles survivent : on peut dire d'elles qu'on ne connaît pas leur commencement, mais qu'il est possible de prédire leur fin.

Le public qui lit les connaît rarement, du moins de façon directe, mais il s'intéresse de plus en plus aux livres qu'on leur consacre [1], et les lecteurs de ces livres ont appris que, derrière des coutumes à première vue risibles, monstrueuses ou simplement baroques, se dissimulent souvent une logique et parfois une sagesse [2].

Sont-elles une étape très ancienne, une « enfance » de la société humaine, conservée par hasard dans quelques continents lointains et disparue ailleurs ? Beaucoup d'hommes de science l'ont pensé, et beaucoup le pensent encore. Géographiquement pourtant, on peut leur assigner une localisation à vrai dire vague : elles semblent surtout représentées dans les régions que l'antiquité gréco-latine a ignorées, — sans qu'on puisse affirmer qu'elles n'ont pas existé également dans le monde méditerranéen mais à une époque sur laquelle ne s'étendent que les très vagues lueurs de la protohistoire.

1. Il n'est pas impossible que les contrariétés que nous impose la société moderne aient contribué à cet engouement. Sur un plan plus général les « contrariétés de l'évolution » seront un des sujets de ce livre.

2. C'est ce qui ressort d'à peu près toutes les enquêtes ethnologiques contemporaines. La démonstration la plus étendue et la plus solide se trouve dans Claude Lévi-Strauss, *la Pensée sauvage*. Paris, Plon, 1962.

A l'intérieur de ces sociétés (par ailleurs aussi diversifiées que les sociétés lettrées du Moyen Age, et par conséquent beaucoup plus que les sociétés lettrées contemporaines qui ont tendance à s'unifier), le fait le plus constant est l'interdiction d'épouser une femme portant le même nom que vous, appartenant à la même lignée légale. Cela signifie que, dans les systèmes où le nom se transmet par le père, on ne peut pas épouser une cousine en ligne paternelle et que, dans les systèmes où il se transmet par la mère, toutes les cousines utérines sont considérées comme des sœurs et rigoureusement interdites — quel que soit d'ailleurs l'éloignement de la parenté.

En pratique, ce sont précisément toutes les femmes du village ou du groupe de tentes où le garçon a été élevé [1] auxquelles il ne doit pas toucher — sinon très clandestinement et non sans affronter de grands risques, naturels et surnaturels, et c'est « à l'étranger » qu'il existe un autre village, un autre groupe de tentes, où il *doit* prendre sa femme et où, parfois, il lui faut aller s'installer pour tout le reste de sa vie.

Il résulte de cette situation qu'une solidarité usuelle unit souvent ce garçon avec les frères et les cousins de sa femme et avec les maris de ses sœurs (en pratique ils se confondent d'autant plus que généralement le même terme sert à désigner les frères et les cousins), — c'est pourquoi, on peut se permettre d'appeler ce type de société : la « république des beaux-frères ».

Presque tous les ethnologues qui, après la parution du livre de Margaret Mead [2], ont analysé l'exogamie, citent la réponse qu'elle a reçue chez les Arapesh, lorsqu'elle les interrogeait à propos de l'inceste et qu'elle résume ainsi : « *Ne veux-tu pas*

1. Il existe aussi des systèmes dans lesquels l'enfant appartient au clan de sa mère, mais doit être élevé dans celui de son père. Dans le jargon ethnographique, on dit alors que le clan est à la fois matrilinéaire et patrilocal; c'est justement le cas des Touaregs dont nous allons parler dans une étude, actuellement en préparation.

2. Margaret Mead, *Mœurs et Sexualité en Océanie*. Traduction G. Chevassus, Paris, Plon, 1963 (paru aux U.S.A. en 1928 et 1935), p. 77.

avoir des beaux-frères ? ... Et avec qui iras-tu chasser ? Avec qui feras-tu des plantations ? Qui auras-tu à visiter ? »

ENTRE HORACE ET ANTIGONE

A toutes ces questions, n'importe quel Maghrébin répondra : « *Je chasse et je plante avec les fils de mes oncles paternels, avec mes cousins...* »

Il existe en effet une troisième structure qui s'oppose à la fois à la structure « sauvage » (les beaux-frères) et à la structure « civilisée » (les citoyens), on peut bien l'appeler « république des cousins » car les hommes qui vivent dans ce système considèrent leurs devoirs de solidarité avec tous leurs parents en ligne paternelle comme plus importants que leurs autres obligations, — y compris, bien souvent, leurs obligations civiques et patriotiques.

Antigone, qui place plus haut que la Patrie les devoirs qu'elle doit à ses frères morts, est l'héroïne type de ce genre de société, — et l'approbation que les Anciens lui accordèrent ne s'est pas éteinte avec eux; Horace, qui occit joyeusement son beau-frère au nom de la Cité, pourrait, par contre, se poser en héros de la « république des citoyens » — mais à vrai dire, dans les « républiques » méditerranéennes, la vie d'un beau-frère et le bonheur d'une sœur sont de trop peu de prix pour avoir offert au jeune Romain une valable occasion de conflit intime [1]. De ce point de vue, Horace est aussi caractéristique de la région dont il est originaire qu'Antigone, et ils délimitent l'un et l'autre deux frontières idéales de la « république des cousins » : la pure jeune fille grecque du côté de la patrie, et l'intrépide champion de Rome du côté de la famille.

La région méditerranéenne, dont nos deux héros sont originaires, fut longtemps privilégiée.

Longtemps? On peut préciser davantage, car ce privilège

1. Voir chapitre v, « L'Honneur des sœurs », p. 113.

géographique prit naissance avec le climat actuel, donc approximativement au moment où se terminait une ère sociologique, celle du paléolithique supérieur. Il s'est ensuite maintenu jusqu'à ce que les chèvres, les laboureurs et les pharaons, en détruisant les plus belles forêts de ce paradis terrestre, aient tari une partie de ses sources.

Le fait est que, dans le plein épanouissement végétal qu'elles héritaient de l'ère précédente, les rives orientales de la Méditerranée virent naître tout ce que nous englobons dans le mot de civilisation. On a surnommé cet événement la « révolution néolithique »; il a débuté il y a près d'une centaine de siècles.

Au cours des 25 siècles suivants, les inventions qui devaient changer la face de la terre (agriculture, élevage, traînage, navigation, tissage, céramique) se répandirent en auréoles autour de leur centre de dispersion. Grâce à l'archéologie, on peut suivre leurs traces et constater ainsi que les plus anciens sédiments correspondent, en gros, à l'Ancien Monde [1].

Peut-on établir un lien entre la structure appelée ici « république des cousins » et le hasard géographique qui donna — en un lieu défini, en un temps défini — une si extraordinaire occasion d'accomplissement à l'espèce humaine? Ce lien, en tout cas, ne signifie nullement qu'on puisse associer, d'une façon générale, l'agriculture à l'endogamie, mais seulement qu'une *certaine endogamie* (c'est-à-dire le mariage préférentiel entre les enfants de deux frères) a pu découler dans la zone méditerranéenne d'une *certaine* perturbation sociale dont l'origine serait le grand événement culturel que nous venons de mentionner.

La structure endogame méditerranéenne serait ainsi liée non à un épisode inévitable de l'évolution humaine mais à un événement, ou plus exactement à un concours de circonstances :

1. Il serait intéressant de préciser davantage, et ce n'est pas impossible à la condition de bien connaître les dates de la dispersion du néolithique levantin. Cette zone est-elle limitée par le Danube, le Sénégal, le Gange? Va-t-elle plus loin? Moins loin?

chaque événement correspond bien à une logique de l'évolution mais leur rencontre constitue un fait historique — avec tout ce que cette expression comporte de hasard. Il va de soi, d'ailleurs, qu'il s'agit là de suppositions et non d'affirmations.

SOCIANALYSE DU HAREM

Dans le monde moderne, il se trouve que les occupants actuels de cette région sont, sur la rive nord, surtout [1] des catholiques et des orthodoxes, et sur la rive sud surtout des musulmans; il se trouve aussi que la claustration de la femme, symbolisée par le *harem*, a davantage attiré l'attention mondiale vers la seconde région, c'est-à-dire du côté musulman de la mer.

C'est à partir de l'observation directe des sociétés intéressées que j'ai été amenée à supposer une relation de cause à effet entre l'endogamie tribale (ou plutôt sa dégradation) et un certain avilissement de la condition féminine.

L'avilissement de la condition féminine dans le monde est en effet un phénomène assez général : la femme est physiquement plus faible que l'homme, et, pour un homme, il était à la fois commode et possible de s'approprier une femme — voire plusieurs — et de les traiter comme des objets lui appartenant. L'inverse exige un concours de circonstances fort rarement réunies.

Il y a donc de nombreuses sociétés où la femme est traitée comme un être privé de raison; cependant la forme de cet asservissement varie. Dans la zone méditerranéenne, il affecte certains caractères bien particuliers et fort tenaces, proba-

1. On trouve aussi d'importantes minorités musulmanes au nord de la Méditerranée (Yougoslavie, Albanie); d'importantes minorités chrétiennes au sud et à l'est; des minorités juives très anciennes dans les divers pays musulmans.

blement plus tenaces qu'ailleurs parce qu'ils sont intégrés dans un système social cohérent.

Or la claustration des femmes méditerranéennes, les diverses formes d'aliénation dont elles sont victimes représentent actuellement la plus massive survivance de l'asservissement humain; en outre elles ne dégradent pas seulement l'être qui en est victime ou celui qui en bénéficie, mais — parce qu'aucune société n'est totalement féminine ou totalement masculine — elles paralysent toute l'évolution sociale et, dans la compétition actuelle des peuples, constituent une cause irréparable de retard pour ceux qui n'ont pas su s'en libérer.

Cette dégradation traditionnelle qui atteint un si grand nombre d'individus — la moitié de la société — reçoit d'ailleurs des approbations qui ne sont pas toutes masculines [1], et elle rencontre des adversaires qui ne sont pas tous féminins, car la femme, comme beaucoup d'esclaves, est souvent complice. Mais de même qu'il n'existe pas de milieu où l'on puisse trouver une opinion exclusivement limitée aux femmes [2] ou exclusivement limitée aux hommes, il n'existe nulle part non plus un malheur étanche uniquement féminin, ni un avilissement qui blesse les filles sans éclabousser les pères, ou les mères sans atteindre les fils. En outre, par l'intermédiaire de l'enfance, la diminution générale du rôle de la femme, de sa valeur en tant qu'être humain, — au-delà des misères individuelles, — se transmet à la société dans son ensemble, et agit sur elle comme un frein.

Pour toutes ces raisons, il m'a semblé que cela rendrait service *maintenant* d'expliquer ou — pour employer un néologisme à la mode — de « démythifier » le harem.

1. Un journaliste suisse m'a signalé dans son pays une association féminine très active dont l'objectif était de s'*opposer* au suffrage des femmes.

2. On trouve des opinions auxquelles, par exemple, 55 pour 100 des femmes et 45 pour 100 des hommes ont adhéré, mais l'analyse ne va pas au-delà. Or les femmes, même dans les pays où elles ont des droits étendus, n'ont pas fait les mêmes études, n'exercent pas les mêmes métiers que les hommes, — du moins statistiquement.

On ne trouvera pas dans cette étude une description du harem, mais une tentative pour dépister ses causes, puis après les avoir identifiées, pour en faire l'analyse, la « socianalyse ».

Comme le psychanalyste, en effet, nous devrons d'abord observer attentivement le sujet qui nous intéresse — une société actuelle ou presque actuelle — et tenir alors grand compte de ses erreurs, de ses lapsus [1]. Ensuite, pour les expliquer, il nous faudra, avec son aide, déchiffrer ses rêves, et remonter alors dans son passé le plus lointain jusqu'à sa toute petite enfance.

Comme le psychanalyste, nous allons donc disposer de deux sources d'information. D'une part, des comportements : actuels, contrôlables — et d'autre part, leur confrontation avec des souvenirs, des cauchemars, des obsessions. Dans la pratique, les deux enquêtes marchent du même pas, l'une poussant l'autre.

En rapprochant les éléments de cet ensemble — celui de mes propres observations —, un certain nombre de conclusions se dégageait qui autorisait des hypothèses. Elles me semblent assez solides mais elles imposent un prodigieux recul dans le temps. C'est ce recul qui m'amena à formuler une autre série d'hypothèses relatives aux très lointaines racines de la société humaine.

Cette seconde série d'hypothèses — la moins solide — se trouve malheureusement placée tout au début du livre, mais ce n'est pas sans hésitations que j'ai adopté dans ma présentation l'ordre inverse de celui que j'ai suivi dans la recherche.

Ce livre, en effet, a été entièrement pensé et écrit en commençant par les derniers chapitres, c'est-à-dire par une étude très attentive de faits contemporains, de sociétés contemporaines, de *changements de sociétés* qui s'opèrent en ce siècle-ci. Ensuite, en cherchant les liens qui les unissaient et la nature

1. Ce sont les faits aberrants, hors système, qui, en sociologie, jouent les rôles révélateurs que la psychanalyse attribue aux lapsus. Voir à ce sujet tous les usages contraires à l'Islam que l'on trouve chez les Musulmans. p. 27 et 28, p. 93 et suivantes.

des forces qui les ont maintenus de siècle en siècle, j'ai été amenée à remonter le cours du temps jusqu'à la préhistoire.

En suivant l'ordre chronologique de l'histoire, j'ai donc malmené l'ordre logique de la réflexion. Je l'ai fait par souci de clarté, car il est réellement difficile d'exposer une histoire embrouillée en commençant par la fin. Pourtant, on sait bien que l'événement doit avoir achevé son cours pour devenir « histoire », et que par conséquent toute histoire vraie n'existe que par sa conclusion, et commence par elle sa carrière historique.

Bref, suivant en cela l'ordre conventionnel de la chronologie, dans trois chapitres qui suivent celui-ci, j'ai groupé tous les faits de nature historique, et même préhistorique, auxquels je me réfère, et j'en déduis des hypothèses; elles ne servent pas de bases nécessaires aux chapitres suivants, mais à mon sens elles les éclairent.

Je souhaite, en effet, qu'on considère cette première partie — qui pourrait s'intituler « Ethnologie à travers le temps » — comme une sorte d'échafaudage, utile à cette place pour permettre d'acquérir une vision plongeante sur l'immense perspective de siècles dont nous devrons ensuite continuellement sous-entendre la présence derrière les faits sociaux de grande dispersion et de grande actualité que nous allons décrire dans la suite de cette étude.

Qui dit « échafaudage » dit « construction provisoire », — cela signifie que je ne songe pas à défendre la solidité de cette première série d'hypothèses. En revanche, je crois qu'on peut accepter leur emplacement, et admettre l'origine très lointaine des divers phénomènes sociaux étudiés ici : c'est bien à la fin de la préhistoire qu'il faut placer non pas le commencement du « harem », mais le commencement du processus qui devait y aboutir.

Nos échafaudages seront utiles aussi dans la mesure où ils nous obligeront à penser le présent le plus actuel à travers un passé très lointain.

UNE SOCIOLOGIE A USAGE EXTERNE NOMMÉE ETHNOGRAPHIE

Il y a un peu plus d'un siècle, lorsque les sciences humaines commencèrent leur carrière, on aurait pu définir l'ethnographie : la sociologie extérieure, la sociologie des autres. Or, cette « *sociologie à usage externe* » a grandement facilité, par la suite, la connaissance de nos propres sociétés, parce que, au départ, elle exigeait le dépaysement, c'est-à-dire la sérénité, la lucidité.

Les hommes des Nouveaux Mondes — les « sauvages » — en accaparant l'attention de quatre générations d'ethnologues, ont ainsi fait faire un pas décisif à la connaissance de notre espèce en tant que telle, mais ils n'ont permis à toutes les sciences humaines de devenir sciences que parce qu'ils les ont déniaisées au départ, en les dépaysant; il est d'ailleurs symptomatique de signaler à ce sujet que le seul dépaysement intellectuel pratiqué avant le XIXe siècle (celui des études gréco-latines) a reçu le beau nom de « humanités ».

Or, notre propos est d'étudier ici des coutumes invétérées appartenant à ces peuples que mon ami Marcel Griaule appelait ironiquement « *les nobles riverains de la Méditerranée* [1] » et, dans la perspective où nous nous plaçons, la différence entre musulmans, juifs et chrétiens est mince, en gros, il s'agit de « notre » société, de « notre » civilisation, c'est pourquoi il y avait intérêt à commencer par grimper sur une pyramide de siècles pour bénéficier chez nous du regard plongeant qui est celui de l'étranger.

Malgré toutes ces très bonnes raisons, aller de l'inconnu au connu constitue un premier manquement grave à l'austère vertu ethnographique qui fut, et reste encore, mon idéal. Ce ne sera

1. Marcel Griaule, *Méthodes de l'ethnographie*. Presses Universitaires, Paris, 1957, p. 4.

malheureusement pas le seul, car ce livre représente presque exactement le contraire de ce que je voudrais faire.

Le reste de cette étude est consacré à l'observation d'une certaine société[1] dite tribale, et à l'analyse de ses principales manies. Elle nous fera parfois sortir du Maghreb, mais nous promènera surtout du nord au sud de ce demi-continent; il est vaste et divers, et nous serons ainsi amenés à le visiter plus en ethnologues qu'en ethnographes; — or j'ai toujours souhaité être plus ethnographe qu'ethnologue[2].

Dans le dernier chapitre, intitulé « Les femmes et le voile », on trouvera des conclusions. La principale consiste à lier la claustration des femmes dans tout le bassin méditerranéen, *à l'évolution, à l'interminable dégradation de la société tribale.* On y trouvera aussi les raisons pour lesquelles cette position humiliée a été si souvent, et à tort, attribuée à l'Islam; on y trouvera enfin un très bref exposé des dégâts dont elle est responsable.

LES GRILLES DE DÉCHIFFREMENT

A cause de cette troisième partie, j'ai préféré publier cette étude sans attendre de lui avoir fourni le trousseau d'érudition dont j'aurais aimé la nantir : il m'a semblé que sa publication pouvait être utile *maintenant*, et c'est là une des raisons pour lesquelles le lecteur spécialiste s'étonnera peut-être d'y voir simplifier l'appareil scientifique dont s'entoure habituellement la sociologie[3].

1. Depuis quelques années, des ethnologues ont utilisé les méthodes de l'ethnologie pour enquêter sur leur propre société. Par exemple : L. Bernot et R. Blancard, *Nouville, un village français.* Institut d'ethnologie, Paris, 1953. Pierre Bourdieu, *Célibat et Condition paysanne dans le Béarn.* Études rurales, E.P.H.E., 6e section. Nos 5-6, Paris, avril-septembre 1962.
2. Voir p. 20.
3. En outre, j'aurais aimé choisir avec plus de soin les citations que je

Je me suis également appliquée à employer le langage le plus courant. Aujourd'hui, l'énorme développement de toutes les sciences impose une spécialisation qui logiquement va croître encore; pourtant, et depuis plusieurs générations, elle ne permet plus à personne d'inventorier la totalité du capital intellectuel dont notre espèce dispose, et même les professionnels de la science acceptent d'ignorer ou effleurer les domaines qui ne sont pas exactement ceux de leur tiroir. Il existe cependant des tiroirs qui concernent tous les habitants de la terre et, de temps en temps, un grand cataclysme survient qui pose impérieusement les mêmes questions à tout le monde.

En particulier, c'est presque un lieu commun de parler aujourd'hui du péril terrestre que représentent les perspectives de la démographie mondiale, — mais on n'en parle quand même pas assez, puisqu'on n'a pas encore entrepris ni même défini ce qui pourrait ébaucher une guérison.

Un homme d'État citait en 1965 [1] le chiffre total de l'aide aux pays sous-développés; il le fixait à 5 milliards de dollars. En même temps il chiffrait à 10 milliards de dollars le montant de l'aide nécessaire *pour empêcher la misère de s'accroître*, — autrement dit pour compenser l'appauvrissement qui résulte de l'augmentation démesurée de la population. C'est dire que non seulement les hommes pauvres sont chaque jour plus pauvres mais c'est dire aussi qu'ils sont, en même temps, de plus en plus nombreux. Si l'on ne peut pas guérir la maladie terrestre maintenant, comment la guérira-t-on quand elle aura doublé? Car

fais, mais (comme tous les gens qui ne savent pas défendre leur temps) il m'est presque impossible d'écrire à Paris où j'ai mes livres. C'est donc pendant des vacances, des maladies, des voyages, que j'ai composé la plus grande partie de cette étude — dans des trains, des bateaux, des cafés, des hôtels, sous une tente, à l'ombre d'un arbre et n'ayant, le plus souvent, que ma mémoire pas très bonne comme bibliothèque.

1. Jules Moch, *l'Adaptation de l'O.N.U. au monde d'aujourd'hui.* Paris, Pédone, 1965, p. 149-150.

NOTE DE 1974. La crise du pétrole permet un sursis à certains États dits sous-développés, elle ne résout pas tous leurs problèmes.

elle aura doublé deux fois : doublé en gravité pour chacun des gens atteints, et atteignant deux fois plus de gens.

Cette étude ne porte ni sur l'économie, ni sur la démographie, mais elle voudrait éclairer un certain axe de notre évolution, — *axe responsable des déterminations démographiques* [1] *actuelles*. Elle se place donc aussi dans une perspective pratique mondiale.

Au surplus, tous les gens qui écrivent ont évidemment des motifs de le faire; ces motifs varient avec chacun, mais se rattachent toujours à ce qu'il y a de plus personnel dans une expérience individuelle.

En ce qui me concerne, j'ai eu l'occasion, par deux biais différents, de mesurer le désarroi des hommes devant le monde qu'ils ont fait, et par deux fois de constater le soutien réel que peut apporter à ceux qu'ils écrasent, la compréhension — c'est-à-dire l'analyse — des mécanismes écraseurs (en outre, cette clarté projetée sur les monstres est aussi, je n'en doute pas, une des façons efficaces de les exorciser). L'ethnographie, en effet, à la différence des autres sciences humaines, se contente mal d'archives, de statistiques, de compilations : l'ethnographe doit questionner des hommes vivants, non des textes. Par conséquent, il faut aussi qu'il réponde à des questions, qu'il explique, qu'il s'explique, et s'il veut bien comprendre, il doit veiller d'abord à être bien compris. En un mot je dirais que l'ethnographie, l'ethnologie (dans la pratique on les sépare mal [2]) sont des sciences réflexes, réciproques, des sciences où l'on approche de près le malheur des hommes, mais où l'on ne déchiffre le « fait humain », dans son originalité, sa richesse, son secret, qu'à travers la fine grille de l'expérience vécue.

Cette « grille de déchiffrement », chacun de nous la possède et l'affine au cours de sa vie. J'ai affiné la mienne entre 1940 et

1. Voir p. 54, 57, 61.

2. L'ethnographe étudie et décrit directement des populations; l'ethnologue compare entre elles les enquêtes des ethnographes, et réfléchit pour en déduire des conséquences; l'anthropologue essaie de situer le tout dans la perspective d'une histoire de l'Homme. Pratiquement, il n'est pas possible de bien observer sans réfléchir et de bien réfléchir sans observer.

1945, dans la fraternité du grand danger, auprès de gens de toutes origines, de toutes formations, mais qui tous avaient réellement envie de comprendre, — qui supportaient des choses très dures à supporter, et qui voulaient savoir pourquoi. Quand ils avaient compris, au secret d'eux-mêmes, une petite mécanique qui s'appelle la raison se remettait en marche, et elle entraînait souvent très miraculeusement les délicats rouages qu'étudient les anatomistes et les médecins, et que Xavier Bichat [1] définissait « *l'ensemble des fonctions qui résistent à la mort* ».

Bref, mon métier et ma vie m'ont appris que tous les gens intelligents ne sont pas nécessairement instruits (ni, d'ailleurs, les gens instruits nécessairement intelligents) mais que tous les gens intelligents méritent qu'on s'entretiennent avec eux des choses qui les concernent. Or, le problème étudié dans les pages qui suivent — celui de la dégradation de la condition féminine dans la zone méditerranéenne — concerne très directement le destin d'une partie de l'espèce humaine. C'est-à-dire, en fait, notre destin à tous, car il est exclu, désormais, qu'une importante fraction de l'humanité puisse évoluer à l'écart.

ESCAMOTAGE D'UNE MOITIÉ DE L'HUMANITÉ

Entre 1961 [2] et 1966 — années où j'ai mis à jour les informations que contient cette étude — l'absence des femmes dans tous les lieux publics était encore un sujet d'étonnement pour le voyageur qui visitait les pays bordant la Méditerranée. Pourtant presque tous ces pays sont dirigés actuellement par des gouvernements modernes, et ces gouvernements, conscients du danger, légifèrent à l'envi pour essayer d'associer à la vie natio-

1. Xavier Bichat, *Recherches physiologiques sur la vie et sur la mort*. Paris, 1800.

2. Voir note 1, p. 30.

nale la moitié féminine de la population. En vain. La résistance du milieu reste constamment plus forte que la loi.

A quoi tient cette résistance? Où doit-on la situer? Tel sera mon sujet essentiel.

Beaucoup de gens croient que cette résistance opiniâtre puise son origine dans la religion musulmane, effectivement très répandue dans la zone du monde où la société féminine est le plus séparée de celle des hommes. Ils le croient d'autant plus volontiers que, dans tous les pays, existe une tendance à considérer ce qui touche à des usages familiaux très anciens comme sacré, donc religieux; les paysans musulmans ne font pas exception à cette règle, et confirment en toute bonne foi une opinion contre laquelle protestent en vain les musulmans lettrés.

Il nous suffira de situer avec précision, dans le temps et dans l'espace, la mise à l'écart de la femme, pour constater que la zone qui lui correspond géographiquement couvre une surface dont les frontières ne sont pas celles de la religion musulmane — puisqu'il faut y inclure, *encore aujourd'hui*, tout le littoral chrétien de la Méditerranée [1], et qu'il faut au contraire en exclure de vastes régions très anciennement converties à l'Islam. Historiquement, n'importe quelle incursion dans le passé nous démontre également que le harem et le voile sont infiniment plus anciens que la révélation du Coran [2].

L'absence de concordance, à la fois géographique et historique, entre l'aire d'extension du harem et la religion musulmane n'est pas le seul indice important, nous verrons que l'analyse des institutions contredit également une origine

1. Sans omettre les régions conquises par ses habitants, notamment certaines zones du continent américain : Texas, Mexique et Amérique du Sud.

2. « *Il est possible que l'inscription de Ramsès III à Médinet Habu contienne une allusion au voile* »... La... décoration du tombeau de Petosiris, exécutée en style grec, « *représente à plusieurs reprises des femmes dont la tête est recouverte de voiles semblables à ceux des paysannes modernes dans beaucoup de régions de l'Égypte* ». W.-S. Blackman, *Les Fellahs de la Haute-Égypte*. Payot, p. 251. Le gynécée grec est un harem.

religieuse de l'effacement des femmes dans le bassin méditerranéen [1].

L'opinion qui attribue à l'Islam l'origine du harem et du voile n'exclut nullement, chez ceux qui la colportent, une multitude d'anecdotes relatives à une hypertrophie de la jalousie masculine, considérée simultanément comme une des explications du phénomène; la jalousie se trouve ainsi, assez bizarrement, associée à la foi religieuse; il est toutefois aussi difficile d'imaginer une jalousie issue de la religion, qu'une religion issue de la jalousie. Faudrait-il alors attribuer voile et harem à un certain climat? à une certaine race? Nous verrons aussi que cela est en contradiction avec tout ce que nous savons du passé [2]. A quoi tient alors cette survivance si tenace qui, encore aujourd'hui, constitue, là où elle sévit, le plus grave obstacle au progrès?

UNE CONTRARIÉTÉ CHRONIQUE

A l'origine des hypothèses que j'expose se trouve l'observation directe de tribus semi-nomades dont j'ai partagé la vie pendant de longues années, — assez longtemps pour voir évoluer les gens qui en faisaient partie. En effet, ce n'est pas dans les institutions mais dans la façon dont elles évoluent que j'ai cru apercevoir une contradiction ou, comme disent les psychiatres, un conflit. Et la « mise au secret » des femmes me semble résulter très directement de ce conflit.

Tout comme les nœuds psychologiques que l'École de Freud étudie chez les individus, le « conflit » en question paraît être le produit d'une « contrariété » chronique, d'une « agression » habituelle, à laquelle l'organisme — en l'occurrence : la société — répond par une « mise en défense ». On sait que, selon une théorie médicale plausible, cette « mise en défense » dans le

1. Voir chapitre VII, « Conflit avec Dieu », p. 161.
2. Voir dans le chapitre IV, « Incertaine jalousie », p. 104.

domaine physique, est à l'origine de l'urticaire [1], de l'asthme et, en général, des maladies dites allergiques; les gens qui souffrent de ces maladies savent également qu'elles peuvent être beaucoup plus dangereuses et insupportables que les attaques (tabac, poussières) qui les provoquent.

Cette allergie sociale est encore actuelle, puisque j'ai pu l'observer; son origine cependant se profile déjà à l'orée des immenses ténèbres de la préhistoire.

Pour mieux souligner certaines des agressions internes et externes dont fut victime, de siècle en siècle, la société que nous examinons, il nous faut considérer cinq paires de concordances. Elles sont anciennes mais encore usuelles dans l'ensemble de l'Afrique du Nord; elles se retrouvent aussi dans le monde arabe, autant en milieu chrétien qu'en milieu musulman; elles dépassent même ses frontières. Ces relations paraîtront à première vue incohérentes; elles sont unies toutefois par un appariement fidèle, trop fidèle à coup sûr pour qu'on l'explique par le hasard.

Existe-t-il une logique qui unirait, deux par deux comme les pales de certaines hélices, nos couples de concordances? Et qui ensuite, tel un axe moteur, unirait également entre elles toutes nos paires d'ailerons?

Les gens qui ont une imagination visuelle peuvent s'amuser à dessiner le tout, sous forme d'une machine analogue à celle qui propulse certains avions; l'originalité de notre machine, c'est qu'elle tourne à l'envers et que, au lieu de tirer vers l'avant, vers l'avenir, vers l'inconnu, les sociétés qu'elle remorque, elle les entraîne vers un passé mort.

CINQ CONCORDANCES

Première concordance : le voile et la ville.

Le voile des femmes maghrébines est en relation avec l'urba-

1. Voir chapitre IX « Les femmes et le voile », p. 199.

nisation. Autrement dit : les femmes musulmanes ne se voilent que lorsqu'elles habitent une ville; les femmes des campagnes circulent le visage découvert.

Cette concordance, générale dans tout le Maghreb et dans le monde arabe [1] est connue; le fait original, qui je crois n'a pas été encore signalé, c'est que le voile s'il tend à régresser actuellement dans les villes tend, en revanche, à progresser dans les villages. Au Maroc, dans le Constantinois, j'ai connu des femmes qui, dans un gros bourg, ont pris depuis moins de dix ans l'habitude de le porter, en Oranie les campagnardes qui ne se voilaient pas pour aller en ville il y a vingt ans se voilent maintenant à cette occasion, en Mauritanie, où l'urbanisation est très récente, on peut déceler la même fâcheuse tendance...

Seconde concordance : la noblesse et l'endogamie.

La noblesse, pour les Maghrébins, est en relation avec le mariage entre cousins dans la ligne paternelle; l'obligation sera d'autant plus rigoureuse qu'on est plus noble. Mieux encore : on est d'autant plus noble qu'on appartient à une famille plus endogame.

L'aspect sommaire de cette forme d'orgueil peut apparaître comme un « racisme » familial, — c'est aller trop vite. S'il en était ainsi, en effet, le groupe agnatique supporterait moins facilement le mariage du fils avec une étrangère que celui d'une fille avec un étranger, car le sang est alors perdu mais non mélangé. Or, c'est l'inverse qui se produit, du moins dans les zones rurales [2], où, pour une grande famille marier ses filles

1. Chez certains chrétiens méditerranéens et chez les juifs traditionalistes, les femmes ne sont pas voilées mais sont enfermées jusqu'à la vieillesse, et assassinées en cas d'adultère (ou de soupçon d'adultère).

2. Je l'ai surtout observé personnellement dans le Constantinois, dans les campagnes marocaines et chez les nomades de Mauritanie. Dans la ville de Tlemcen, par contre, les familles refusent fermement de marier

à des étrangers était honteux il y a moins de dix ans, tandis qu'accepter les mésalliances des fils avec des étrangères apparaissait comme supportable.

Si cette double réaction était moderne, elle pourrait s'expliquer par l'habitude, à cause de la fréquence actuelle des mariages entre les jeunes héritiers maghrébins et les étudiantes chrétiennes qu'ils ont rencontrées au cours de leurs études [1].

Il n'en est rien, et cette double réaction apparaît même comme un archaïsme, tandis que la généralisation des mariages mixtes est très récente.

Troisième concordance : au nord du Sahara, les femmes héritent là où les tribus sont détruites.

La relation entre l'héritage des femmes et la destruction des tribus sédentaires s'explique aisément, car c'est l'héritage féminin qui détruit la tribu. Toute la structure tribale repose, en effet, sur l'impossibilité, pour un étranger au lignage de l'ancêtre, de posséder un terrain faisant partie du patrimoine familial. Afin de maintenir ce terroir intact, il faut donc interdire les ventes à des étrangers (ce qui va de soi, et se retrouve dans de nombreux pays), mais aussi disposer d'un système d'héritage conçu de telle sorte qu'aucun étranger ne puisse légalement devenir héritier. Or, lorsqu'une fille se marie avec un homme qui n'est pas son cousin en ligne paternelle, les enfants nés de ce mariage appartiennent juridiquement à la famille de leur père, et sont en conséquence étrangers au lignage de leur grand-père maternel. Si, conformément aux prescriptions

les fils à des jeunes filles n'appartenant pas à la bourgeoisie de la ville alors que les filles peuvent, à la rigueur, épouser des étrangers riches. Naturellement les jeunes gens qui ne se soumettent pas sont de plus en plus nombreux. (Notons qu'à Tlemcen, nous sommes dans un milieu typiquement citadin et très influencé par sa bourgeoisie turque.)

1. Mariages licites selon le Coran, alors que le mariage des musulmanes avec des chrétiens pose un problème religieux.

coraniques, la fille hérite alors de son père la demi-part qui lui revient, elle transmettra cette part du patrimoine à ses enfants, donc à des étrangers... Pour pallier ce danger, les Maghrébins ont combiné les deux systèmes de protection possibles : deshériter toutes les filles (c'est-à-dire violer la loi du Coran) et les marier systématiquement à des parents en ligne paternelle.

Le premier procédé est évidemment le seul qui soit toujours efficace, et là où il n'a pas été utilisé il n'y a plus de tribu.

Quatrième concordance : la destruction des tribus coïncide avec la dévotion.

Cette conséquence peut se déduire aisément de la concordance précédente [1]; dans l'Islam, en effet, la destruction des tribus est en relation directe avec l'observance religieuse parce que la loi coranique exige que tous les fils héritent une part du bien paternel, et toutes les filles une demi-part; la loi religieuse est de ce fait deux fois meurtrière pour les charpentes tribales.

Si l'on veut maintenir un grand patrimoine pendant des siècles, il est utile, en effet, de privilégier un héritier unique [2], — pratique non conforme au Coran et apparemment disparue dans tout le Maghreb, où elle survit cependant presque partout à l'état de traces. Il est plus essentiel encore de ne pas permettre à un étranger de posséder une enclave dans le domaine patrimonial (ce qui exclut, nous l'avons vu, les petits-fils utérins de l'héritage de leur grand-père maternel); or cette dernière pratique, qui viole franchement les prescriptions du Coran, est encore usuelle dans de nombreuses régions d'Afrique du Nord, mais non pas dans toutes.

1. La dévotion détruit, à coup sûr, la tribu, mais il est également possible que la destruction de la tribu — et le manque d'honneur qui en découle — inclinent à la dévotion. Par compensation.

2. Voir à ce sujet la position particulière du fils aîné dans la zone méditerranéenne : chapitre v, « Monseigneur mon frère », p. 108.

Au cours de l'islamisation, les tribus paysannes d'Afrique du Nord se trouvèrent acculées à un dilemme très cruel : ou bien on appliquerait la loi du prophète, — et alors on casserait la tribu — ou bien on sauverait la tribu, mais il faudrait *violer la loi religieuse...* Le fait qu'il existe encore un si grand nombre de tribus intactes dans tout le Maghreb, répond suffisamment quant au choix qui fut fait, — et situe également à sa vraie place le prétendu « fanatisme musulman ».

Tout se passe, d'ailleurs, comme si le législateur coranique avait utilisé l'héritage dans les deux lignes pour pulvériser délibérément le système tribal, — et par conséquent égaliser, moderniser, révolutionner, démocratiser [1] la société arabe. Cela, dès le VIIe siècle de notre ère.

Cinquième concordance : au nord du Sahara, on ne voile les filles que là où elles héritent.

Voilà qui est étrange (et constant), car tout se passe comme si les femmes en acquérant un droit sur l'héritage de leur père — donc en prenant une puissance économique — perdaient la disposition de leur propre personne. On pourrait tenter d'expliquer cette anomalie en se référant à la ferveur religieuse qui, ayant détruit la tribu en imposant l'héritage féminin, aurait également mis en honneur le voile et le harem; il ne faut pas totalement, me semble-t-il, exclure cette explication (car en tout pays la dévotion réelle et éclairée entraîne derrière elle la bigoterie, c'est-à-dire l'attachement aux formes qu'on croit religieuses). Bien plus probable encore, cependant, me semble l'hypothèse selon laquelle nous nous trouverions

1. Démocratiser, mais pas « socialiser » : le Coran, en effet, lorsqu'on observe toutes ses prescriptions en matière d'héritage, pulvérise la propriété privée, mais sans la nier ou la détruire. Voir Maxime Rodinson, *Islam et Capitalisme*, Le Seuil, 1966.

en présence d'un enchaînement que j'ai personnellement observé :

a. La ferveur religieuse impose l'héritage féminin,

b. L'héritage féminin détruit la tribu,

c. La tribu détruite accepte des étrangers,

d. Les pères voilent alors leurs filles, *afin de les conserver quand même pour les garçons de la famille...*

Depuis l'indépendance du Maroc, la loi coranique est devenue obligatoire dans les campagnes, ce qui constitue un fait nouveau, révolutionnaire, et de grande conséquence sociologique; quant à l'Algérie indépendante, nul ne sait encore comment les choses vont s'y passer réellement. Toutefois, il faut noter que dans ces deux pays l'héritage paysan tend à s'amenuiser au point de ne plus permettre aux familles de vivre de l'unique exploitation du domaine, et cette circonstance va faciliter les vertus de détachement que la loi religieuse ou le civisme marxiste exigent désormais des propriétaires maghrébins. (Je me permets de les associer, parce que, pratiquement, ils collaborent en détruisant le domaine terrien.)

Si l'on admet cette perspective, on se trouve — à l'intérieur d'une zone qu'il nous faudra définir mais qui ne correspond pas aux frontières religieuses — en présence d'une société qui, depuis une haute antiquité, souffre d'une agression interne permanente, et réagit maladroitement contre cette agression.

Avant d'aborder les aspects contemporains de ce double mécanisme — agression et défense — il nous faut tout d'abord, sinon répondre à quelques questions sur ses origines, au moins les poser.

L'ANCIEN MONDE

Certains aspects théoriques de cette étude dépassent assez largement les frontières de l'Afrique, mais ils ont pour point de départ l'observation directe : mes propres enquêtes, — qui, de 1934 à ce jour, m'ont amenée à beaucoup parcourir ce demi-continent nommé par les Arabes : *Maghreb*.

Ce mot signifie « couchant », et désigne commodément une zone géographique et une civilisation homogènes dont les frontières sont un peu indécises. Considérons ici qu'elles englobent, à l'ouest de l'Égypte, tous les peuples d'Afrique dont la langue et la culture sont arabo-berbères, c'est-à-dire, en venant de l'Atlantique, cinq États : la Mauritanie, le Maroc, l'Algérie, la Tunisie, la Libye; il y faut ajouter le nord du Niger, le nord du Mali. Quant à l'Égypte, elle est politiquement mais aussi ethnographiquement, l'épine dorsale du grand oiseau arabe, le pays frontière où se rencontrent les deux courants inverses du Maghreb et du Levant; les Anciens la rattachaient à l'Asie et plaçaient la limite de l'Afrique sur la frontière libyenne actuelle. Cela correspond à une très ancienne et encore actuelle réalité sociologique.

J'ai eu l'occasion d'observer sur place [1], longuement, la plupart des choses dont je parle; cela signifie que je n'utiliserai pas des catégories de faits sociaux sans tenir compte de leur environnement : il m'est familier. Je connais mieux les régions dites archaïques, peuplées par des paysans sédentaires ou semi-nomades; cependant j'ai vécu aussi chez des nomades parlant berbère, les nomades parlant arabe, les paysans devenus tra-

1. Environ dix ans de séjour, dont moins de deux ans dans les grandes villes et le reste du temps parmi les paysans et les nomades; le dialecte que j'ai pratiqué fut le berbère des chaouïas. Mes premières missions scientifiques (1934 à 1937) me furent accordées par l'International African Institute; les suivantes (1939-1940, 1964-1965 et 1965-1966) par le Centre national de la Recherche scientifique. Je les remercie ici et je remercie également l'École pratique des Hautes Études, le ministère de l'Éducation nationale, l'Organisation mondiale de la Santé qui m'ont permis, entre mes grandes missions, de multiplier les voyages d'études. C'est, en effet, l'O.M.S. qui m'a proposé de faire pour elle, en 1961, une enquête dans tout le Moyen-Orient (Égypte, Pakistan, Iran, Irak, Liban, Syrie, Jordanie, Israël), en me demandant d'y examiner surtout la condition des femmes. Au cours de ce voyage rapide, j'ai pensé qu'il était impossible de parler utilement de cette situation sans l'expliquer, qu'on ne pouvait pas l'expliquer sans remonter très loin, — mais que cela rendrait grand service de le faire. Telle fut l'origine de l'étude actuelle.

vailleurs agricoles, ouvriers, soldats ou commerçants. Et, naturellement, les citadins.

Entre ces diverses catégories sociales, il existe de nombreux points de ressemblance et de dissemblance, dont certains sont très antiques et d'autres récents, mais il n'est possible de les différencier que lorsqu'on connaît assez bien la société maghrébine dans son ensemble.

Des aspects de cette enquête peuvent être retrouvés dans les secteurs conservateurs d'une zone encore plus vaste que le demi-continent maghrébin. Cette région correspond au domaine du sémitique, et s'étend par conséquent — sous l'aile levantine de l'oiseau arabe — jusqu'à l'océan Indien. J'ai pu la parcourir, mais ne me référerai pas à une connaissance si superficielle sans l'appuyer sur des textes; avec leur appui, il m'arrivera de confronter un reliquat social recueilli dans le Maghreb, commun à tous les groupes berbères et visiblement antérieur à l'Islam, avec un résidu analogue, provenant des zones sémitiques du Moyen-Orient. En effet, le résidu berbère en question me semble sans lien avec l'Islam, mais cela ne signifie pas sans lien avec l'arabisme.

Certes, les Arabes musulmans qui ont envahi l'Afrique du Nord n'étaient pas tous docteurs en théologie; ils auraient pu, par conséquent, exercer une influence non musulmane sur les pays qu'ils ont conquis. En fait, c'est surtout par l'intermédiaire de leur foi qu'ils ont influencé le vieux Maghreb conservateur qui aujourd'hui encore parle berbère.

Un autre argument milite en faveur de la très haute antiquité de ce reliquat commun aux Berbères et aux Arabes, c'est sa diffusion : il dépasse leur domaine propre, couvre celui du sémitique et s'étend même bien au-delà. En outre, il porte sur ce qu'il y a de plus essentiel, donc à la fois de plus originel et de plus original dans une société (mais ce dernier argument est, à mon sens, moins convaincant [1] que le précédent). En tout cas,

1. On verra, en particulier, dans le chapitre IV : « Feuillage persistant et racines caduques », que les structures — qui sont bien ce qu'il y a de plus fondamental dans une société — ne sont pas toujours ce qu'il y a de plus originel.

ce reliquat date assurément d'une période infiniment antérieure aux contacts relativement récents entre les Berbères païens, israélites ou chrétiens, et les conquérants de l'Islam.

Lorsque j'évoque des ressemblances entre le vieux fond arabe et le vieux fond berbère, je ne parle que de l'architecture des deux sociétés, non de celle des deux langues, mais le fait que des linguistes [1] aient rapproché le berbère du sémitique renforce, évidemment, l'hypothèse d'un très ancien voisinage des peuples qui parlèrent ces langues. Dans les explications possibles, il ne faut pas exclure non plus l'hypothèse d'une conquête pacifique dont les archéologues peuvent suivre les traces en auréoles autour du Levant méditerranéen; les conquérants principaux se nomment « blé » et « chèvre » — ou si l'on préfère « beurre » et « pain ». Ils ne sont certainement pas venus seuls, et des idées, des façons de vivre faisaient à coup sûr partie de leurs bagages.

On trouvera, en effet, quelques références à une zone plus vaste encore que celles où se sont répandus les parlers sémitiques et les parlers berbères, car elle inclut des régions où l'on parle des langues indo-européennes.

Ces ressemblances, on peut songer à les expliquer par des contacts, — car le nord de la Méditerranée a été souvent envahi au cours des millénaires historiques par des populations venues du Sud méditerranéen, et inversement. Mais alors pourquoi telle coutume est-elle empruntée ici, et pas ailleurs où la même influence s'est exercée? Par exemple, pourquoi certaines tribus de Touaregs musulmans convertis depuis longtemps, continuent-ils à déshériter les fils [2] au profit des filles? à voiler les hommes et non les femmes? à préférer marier un garçon à la fille de son oncle maternel [3] plutôt qu'à la fille de son oncle paternel?

1. Marcel Cohen, *Essai comparatif sur le vocabulaire et la phonétique du chamito-sémitique*, Paris, 1947.

2. Tout cela est en train de changer, ou a déjà changé, mais le changement est récent.

3. C'est le cas des Touaregs en général, mais les Touaregs Kel Ghela préfèrent marier les jeunes gens aux filles de leurs tantes maternelles —

Pourquoi, à l'autre extrémité du monde musulman — chez les Minangkabau de Sumatra [1], fervents disciples de l'Islam — le domaine héréditaire se transmet-il intégralement de fille aînée en fille aînée, et les biens acquis d'oncle maternel à neveu utérin?

Pendant ce temps, chez les chrétiens de Sicile — fervents chrétiens — le propre frère des nobles dames soupçonnées d'adultère les fait respectueusement étrangler sous ses yeux [2], en présence d'un aumônier. Les meurtres de ce type remontent, il est vrai, à trois ou quatre siècles, mais c'est seulement la forme extérieure de l'exécution qui a changé : actuellement, en effet, les Siciliens utilisent plutôt le revolver, et c'est le mari qui officie (car on peut alors étiqueter le crime dans la rubrique « passionnelle », et s'arranger au mieux avec la justice démocrate-chrétienne [3]); dans les campagnes de la Grèce et du Liban, dans le même cas, le chef de famille reste assez souvent encore fidèle au couteau, et les jeunes villageoises contemporaines peuvent être — doivent être — chrétiennement poignardées par leur propre père ou, mieux encore, par leur frère aîné.

Bref, il y a des coutumes étrangères qui « prennent », comme « prend » une teinture, qui mordent et s'incrustent, — tandis

mariage considéré comme incestueux dans une grande partie du monde, même dans des régions où la filiation est uniquement patrilinéaire.

1. Jeanne Cuisinier, que nous avons perdue en 1964, écrivait à propos des puritains musulmans de Sumatra (les Padri) qui soutinrent de 1804 à 1837 une guerre acharnée, d'abord contre les traditionalistes puis contre les Hollandais : « *Les Padri ne se sont jamais élevés contre la transmission des biens héréditaires et leur gestion par les femmes, pas plus qu'ils n'ont objecté à la transmission du nom par la mère* » (p. 56)...; elle ajoute : « *Les femmes de Minangkabau sont à la fois plus indépendantes et plus religieuses que les autres indonésiennes* » (p. 60). Jeanne Cuisinier, *Islam et matriarcat à Minangkabau.* Cahiers de Science économique appliquée, juillet 1963.

2. Voir le chapitre IX : « Les femmes et le voile », p. 199.

3. Fort sagement, elle a fixé une peine minima pour le meurtre « d'honneur », — trois ans. Cela permet d'éviter l'acquittement systématique qui était jadis la règle et qui se maintient pratiquement en France. Heureusement, en France, ce type de meurtre est devenu rare : il ne faut, en effet, pas le confondre avec le crime passionnel.

que d'autres ne « prennent » pas, glissent et s'éliminent au cours des lessivages du temps. On en revient ainsi, dans le bassin méditerranéen, à l'hypothèse d'un substrat très ancien, commun aux riverains d'Europe, d'Afrique et d'Asie : c'est-à-dire à l'Ancien Monde. N'oublions pas qu'il dépassait largement les frontières de la race blanche, en Afrique comme en Asie.

II. DE LA RÉPUBLIQUE DES BEAUX-FRÈRES À LA RÉPUBLIQUE DES COUSINS

Du point de vue des « structures élémentaires [1] », l'immense zone mondiale que nous venons de situer peut se définir par deux caractères qui coïncident géographiquement : d'une part, le mariage préférentiel entre cousins de la lignée paternelle, d'autre part une politique nataliste, « raciste », conquérante.

UNE ZONE TERRESTRE QUI NE PROHIBE PAS L'INCESTE

J'ai rencontré des groupes de nomades nobles de l'Ancien Monde, survivants mais presque partout moribonds [2] : ils défendaient encore la pureté hypothétique d'une lignée [3]; quant aux sédentaires maghrébins que j'ai connus, ils avaient double passion pour refuser le risque de voir l'étranger, outre leur fille, prendre leur champ.

1. C'est le titre adopté par Claude Lévi-Strauss pour l'étude qu'il consacre aux systèmes de parenté du « monde sauvage ». Ces systèmes sont exactement l'inverse de celui que nous allons analyser. Claude Lévi-Strauss, *les Structures élémentaires de la parenté*, Paris, Presses Universitaires, 1949 (640 p. in-8°).

2. Sauf en Mauritanie, où la « civilisation du désert » est encore très vivante.

3. Les « racismes » méditerranéen et anglo-saxon diffèrent : le second

Dans une société immobile, cette défense furieuse contre le sang étranger ne laisse pas que de faire des victimes, mais ce sont des victimes individuelles. Lorsque la société évolue en masse, les meurtrissures se multiplient et ne sont plus subies avec la même résignation; on observe alors un durcissement général des systèmes. Si mon hypothèse est exacte, la femme méditerranéenne serait la grande victime de ce durcissement, et, par la femme, à travers la femme, l'ensemble des habitants de cette région subirait un très grave retard.

Le système de mariage que les sociologues nomment « endogame » (en l'espèce, il s'agit du mariage entre cousins germains, enfants de deux frères) s'intégrerait ainsi dans la mécanique sociale aux dangereuses conséquences que nous évoquions dans le premier chapitre de cette étude.

Lorsque nous examinons la diffusion de ce type de mariage endogame, nous constatons qu'elle correspond à une région vaste et homogène : tout l'Ancien Monde. Nous constatons aussi que cette région homogène forme comme une tache opaque dans le système de structure qu'on trouve dans tout le reste de la terre; celui-là se caractérise, en effet, par la prohibition absolue du mariage entre gens unis par une parenté légale [1]...

Dans un livre [2] qui est un classique de l'anthropologie, Claude Lévi-Strauss explique cette prohibition quasi générale de l'inceste par *la nécessité de l'échange*. Faut-il alors penser que cette nécessité va se faire moins sentir dans une certaine zone du monde? Il y a aussi de cela...

Dans l'Ancien Monde, on prohibe actuellement l'inceste, certes, mais d'une façon qui, de nos jours encore, peut se voir qualifier de négligente [3]. Encore faut-il s'entendre sur le sens

porte sur la race (autrement dit l'ascendance dans toutes les branches); le premier ne considère que la lignée (l'ascendance paternelle).

1. Dans presque tout le Maghreb la « parenté légale » est constituée par la lignée paternelle.

2. Voir note 1, p. 35.

3. Voir chapitre III, « Vivre entre soi » (sur l'inceste dans la Méditer-

qu'on donne au mot « inceste ». En le prenant dans son sens ethnologique de « *mariage avec un parent très proche appartenant à votre lignée* », il est possible de dire que le « mariage incestueux » est considéré dans toute la Méditerranée comme le mariage idéal.

On pourrait se contenter d'enregistrer cette anomalie sans chercher à l'expliquer (car c'est en cela que consiste une vertu appréciée en ethnographie : tout observer, tout décrire, en se gardant d'interpréter). Consacrer ce chapitre à de l'ethnographie sans vertu comporte une excuse : c'est l'aversion que doit inspirer l'escamotage des questions dont on ne connaît pas d'avance la réponse. Or, peut-on aborder une enquête comme celle-ci, sans se demander : « *Pourquoi l'Ancien Monde, presque dans son ensemble (mais pas tout à fait), a-t-il adopté vis-à-vis du mariage une préférence qui est l'inverse de celle que l'on observe chez la plupart des autres populations terrestres (la plupart, mais non pas toutes)* [1] *?* »

Pour trouver l'origine de cette volonté méditerranéenne de « *ne pas échanger* », de « *garder toutes les filles de la famille pour les garçons de la famille* », il nous faudra remonter très haut dans l'histoire de l'espèce humaine. En tout cas plus haut que le niveau de l'histoire.

UN MILLION D'ANNÉES DE DISCUSSIONS POLITIQUES

Il n'est pas question d'évoquer ici les innombrables théories relatives à l'évolution des premières sociétés, mais seulement quelques faits, généralement admis, concernant leur durée.

L'être le plus ancien [2] ayant appartenu à la famille humaine

ranée) et chapitre v, « Voici venue la fête de nos noces, ô mon frère » (sur le mariage avec la cousine qui est assimilée à une sœur : fille de l'oncle paternel).

1. Dans les deux cas, il s'agit de positions *majoritaires*.

2. A propos de ces êtres, voir André Leroi-Gourhan, *Le Geste et la Parole*. Albin Michel, 1964. L'auteur écrit p. 94 : « *Ils marchent debout, ont un bras normal, taillent des outils stéréotypés en quelques coups frappés sur le bout d'un galet. Leur alimentation est partiellement carnivore.* » Cette définition corres-

a été retrouvé au Sud-Est de l'Afrique, dans des terrains très antérieurs aux glaciations d'Europe et aux périodes pluviales qui semblent leur correspondre sur le continent africain; il a donc vécu dans un climat chaud, et il a dû affronter, sans feu et sans armes, les bêtes extrêmement féroces dont il fut alors contemporain. Dès ce moment, à coup sûr, il a vécu en groupes, et une organisation élémentaire de ces groupes a forcément constitué sa première activité intelligente, — bien avant l'outil, bien avant la parole, bien avant la domestication du feu (trois conquêtes qui ne furent possibles qu'après des centaines de milliers d'années de vie sociale et de grognements significatifs, adaptés à une hiérarchie). Ceci nous explique l'extraordinaire agilité que déploient et qu'ont toujours déployée ses descendants, dans un domaine qui s'étend encore, sans hiatus, du café du Commerce aux hordes Aranda. En fait, tous les hommes de la terre ont, pour le moins, un gros million d'années de discussions politiques derrière eux, — mille fois mille ans [1].

Homo, à l'aube de son ascension, fut un carnivore assez minable : mal outillé pour la chasse, mal outillé pour la fuite, et traqué par des grands fauves. Cette phase de sa vie s'étend sur l'immense période du paléolithique inférieur, c'est-à-dire qu'elle correspond à plus des dix-neuf vingtièmes de son histoire.

Au cours de la dernière phase de son existence, il devint lui-même un grand destructeur qui, dès lors, fit peur à toutes les autres créatures.

Le virage entre les deux situations — celle de gibier et celle de chasseur — semble s'être amorcé au paléolithique moyen (Moustérien), donc un peu *avant* l'époque où apparaissent dans

pond bien à un ancêtre de l'homme, et non à un demi-singe, c'est pourquoi l'auteur préfère le nommer Australanthrope plutôt qu'Australopithèque. Il ajoute plus loin (p. 127) « ... *la présence dans le cerveau des aires d'association verbale et gestuelle est parfaitement concevable chez l'Australanthrope.* »

1. J. Coppens, *Homo Habilis et les nouvelles découvertes d'Oldoway*. Bulletin de la Société préhistorique française, octobre 1964.

les fouilles les restes de l'*Homo Sapiens*. Dès le paléolithique moyen, en effet, *Homo* cessa d'être une proie facile.

LE MÉTISSAGE POLITIQUE ET L'APPARITION DE L'HOMME INTELLIGENT

Les premiers groupes d'hommes qui, à l'aube du paléolithique inférieur, utilisèrent le feu pour se chauffer la nuit et se protéger contre les bêtes féroces, franchirent un seuil qui les séparait fondamentalement de leurs ancêtres. On peut en dire autant de ceux qui, près d'un million d'années plus tard, se nourrirent pour la première fois [1] avec les céréales qu'ils avaient semées, la viande et le lait des bêtes élevées par eux.

Entre le paléolithique inférieur et le paléolithique supérieur, par contre, il ne semble pas qu'il y ait eu une différence de mode de vie aussi radicale; pourtant, c'est entre le paléolithique inférieur et le paléolithique supérieur, donc au paléolithique moyen, que se place la mystérieuse mutation qui remplaça la brute au front bas (dont l'homme de Néanderthal est un spécimen), par l'*Homo Sapiens* contemporain. Quant aux inventions techniques qui firent de l'homme l'être le plus redoutable de sa planète, elles se situent aussi au paléolithique moyen, mais plusieurs d'entre elles *précèdent* l'apparition de « l'homme intelligent ».

Lorsque l'on considère les transformations anthropologiques qui se produisent encore aujourd'hui dans un groupe humain dont se modifie le genre de vie [2], on est aisément convaincu que

1. C'est une façon de parler : on a régulièrement moissonné les céréales sauvages longtemps avant de penser à les semer.

2. Selon Kluckhohn, les recherches de Boas, de Shapiro et d'autres ont jeté le doute sur la stabilité de ces caractères (forme de tête, taille, etc.). « *Les enfants allemands et russes qui souffrirent de famine pendant la première guerre mondiale différaient de leurs parents de façon prononcée, quant à la taille et à la forme de la tête. Sur des périodes plus longues les changements sont encore plus frappants. Par exemple, un groupe de « Nordiques » a acquis une tête notablement plus ronde entre 1200 avant J.-C. et 1935.* » Clyde Kluckhohn, *Initiation à l'anthropologie*, Bruxelles, Dessart, p. 145.

quelque chose d'important a été changé dans les habitudes des hommes paléolithiques un peu avant le paléolithique supérieur — changement qui explique l'apparition de l'*Homo Sapiens*. Mais quoi exactement?

Certes, le feu a dû sûrement être utilisé pendant des milliers d'années, comme défense contre les fauves et contre le froid, avant d'être employé à la cuisson de la majorité des aliments, car, de nos jours encore, les habitudes alimentaires ne se changent pas aisément; en outre, il faut de l'ingéniosité [1] pour cuire certains végétaux sans marmite. Il est donc possible que l'habitude de cuire (et de rendre ainsi assimilable) une partie importante de la nourriture soit plus tardive qu'on ne serait tenté de l'imaginer, et il est certain qu'elle a influé sur l'évolution physique, mentale et sociale de l'homme.

Tout de même les récentes découvertes préhistoriques rapprochent singulièrement de nous le paléolithique moyen, l'industrie moustérienne et l'homme de Néanderthal [2], en les éloignant du même coup des premiers humains qui utilisèrent le feu. Et cela donne à réfléchir.

Dans cette nouvelle perspective, il n'est peut-être pas absurde d'imaginer un changement d'une autre nature, sociale et non technique : une « institution » répondant à la raréfaction du gibier. En effet, cette raréfaction atteignit probablement son maximum *peu de temps* après les premières inventions techniques du paléolithique moyen (pièges, armes de jet, chasses avec

1. Les Indiens de la prairie faisaient bouillir de l'eau dans des cuves de cuir en y jetant des pierres brûlantes; le fromage dans les Pyrénées, est encore fabriqué, parfois, en jetant dans le lait des pierres chaudes. Une population ne pratiquant pas ces moyens de cuisson un peu compliqués peut rôtir sous la cendre des châtaignes et même cuire du pain (c'est ainsi que nous le faisions dans le Hoggar, et dans l'Aïr : il est excellent).

2. En Europe l'homme du Néanderthal disparaît il y a 35 000 ans environ et sa présence est attestée pendant 115 000 ans.

Lorsque les préhistoriens pensaient que la présence humaine remontait à 300 000 ans, *Homo Neanderthalensis* était un très lointain ancêtre. Il se rapproche singulièrement de nous depuis qu'on évalue à deux millions d'années l'aventure de notre espèce.

rabatteurs), — car ensuite elle a été nécessairement compensée par quelque chose qu'il faut bien appeler des « conventions » des « règlements »... Tandis que, tout de suite après les inventions techniques, la disette prenait l'humanité par surprise.

La situation de tout le paléolithique moyen et supérieur fut, en effet, exactement l'inverse de la nôtre : le progrès créait la pénurie, l'intelligence humaine provoquait la famine — mais ces famines furent nécessairement précédées par des contestations entre les chasseurs. Or, de ces luttes, on ne trouve pas trace au paléolithique supérieur.

Est-ce que ces pénuries auraient pu, dès le paléolithique moyen, acculer les hommes à l'obligation d'inventer — inventant cette fois, non pas dans le domaine du technique, mais dans le domaine du politique?

Ce qui rend plausible (ou du moins pas invraisemblable) cette hypothèse, c'est l'expérience ethnographique : elle nous montre en effet chez tous les « sauvages », une invention sociale littéralement échevelée, combinée partout avec une invention technique assez pauvre et lente. Voilà déjà une bonne raison pour imaginer la politique associée à notre évolution dès ses premiers débuts.

Une science voisine — la préhistoire — nous prêtera un autre argument, tiré de longues rêveries devant les vitrines où sont classés les premiers outils humains : on reste confondu devant la faculté d'imitation presque infinie de nos ancêtres, quand on les voit copier le même outil pendant des dizaines de millénaires. Comment ne pas imaginer, pour les institutions, un conservatisme parallèle?

Or, tout à coup, il y a 40 000 ans (beaucoup de temps par rapport aux 5 000 ans de la durée historique, mais bien peu dans la perspective des deux millions d'années de notre évolution) le progrès humain subit une accélération qu'aucune raison discernable ne permet d'expliquer. Presque tout de suite après apparaît une espèce d'homme qui est déjà notre contemporain, et, presque d'emblée, la création de véritables œuvres d'art vient contresigner son génie.

Quelle que soit la nature du changement qui a précédé l'apparition de l'humanité actuelle, il fut important et décisif. Or il n'apparaît pas dans les fouilles de cette période, car on n'y trouve trace que d'une amélioration importante d'un mode de vie antérieur : des chasseurs, mal outillés jusque-là, inventent des armes et s'organisent, et ceci leur permet de devenir beaucoup plus redoutables pour le gibier. Ils continuent cependant à être des chasseurs, des pêcheurs, des ramasseurs de glands, de châtaignes ou de millet sauvage. Et pourtant, ils changent radicalement de type physique et intellectuel.

Dans la région qui nous intéresse (Afrique du Nord, Europe, Levant), les reste de l'*Homo Sapiens* ne se trouvent pas dans les terrains antérieurs à 40 millénaires, mais dès qu'ils apparaissent, les traces d'une intelligente activité humaine se multiplient.

Chaque progrès technique se traduit dès lors pour notre espèce par une chance supplémentaire de survie, donc par un accroissement en nombre [1], mais jusqu'au néolithique, cet accroissement, la nature le pénalisera, exactement comme elle pénalise celui des lapins ou des écureuils : par la disette, c'est-à-dire la mort ou l'obligation d'émigrer.

On constate cependant que les hommes du paléolithique supérieur émigraient peu — à l'inverse des peuples de la période suivante(néolithique) — et André Leroi-Gourhan [2] écrit(à propos des coquillages marins retrouvés dans les gisements de cette phase) :

1. V. Gordon Childe, *la Naissance de la civilisation (Man makes himself)*. Traduction et édition Gonthier, 1963, p. 59 : « *L'abondance des vestiges du paléolithique supérieur livrés par les cavernes annonce un fort accroissement de la population. Les squelettes de cette époque retrouvés sur le seul territoire de la France dépassent en nombre tous les squelettes antérieurs dans le monde entier. Et la durée du paléolithique supérieur représente pourtant moins du vingtième des phases précédentes, mais le nombre des squelettes de ce stade en France n'atteint pas de son côté le centième de ceux de la période néolithique sur le même territoire. Et la durée de cette nouvelle étape néolithique couvre moins du dixième des périodes aurignacienne et magdalénienne.* »

2. André Leroi-Gourhan, *les Religions de la préhistoire*. Presses Universitaires, 1964, p. 72.

« *En définitive, dans la majorité des cas, c'est dans un rayon de 100 à 200 km que l'approvisionnement semble s'être fait, ce qui correspond bien avec les données actuelles sur l'existence de groupes régionaux relativement stables à l'intérieur du grand ensemble que constituait l'Occident paléolithique.* »

Il note [1] également (à propos des dessins rupestres) : « *L'étude des œuvres, là où leur densité est suffisante, montre que les unités régionales étaient solides et stables sur de longs siècles. Entre le Solutréen et le Magdalénien récent, les Asturies, les Cantabres, les Pyrénées centrales, le Quercy, la Dordogne exhibent une individualité de style tout à fait frappante; la vallée du Rhône semble avoir aussi constitué une entité géographique persistante et l'on se méprendrait gravement si l'on imaginait les peuples préhistoriques comme parcourant précipitamment les vastes espaces de l'Atlantique à l'Oural, dans un mouvement tourbillonnant : le monde paléolithique ne semble pas avoir été très différent du monde historique.* »

Si l'on ne situe qu'au paléolithique supérieur les disettes provoquées par la raréfaction du gibier, le problème de survie qui s'est posé aux hommes resta cependant « leur problème » pendant *cent*, *deux cents*, *trois cents siècles*, — six fois plus que toute la durée de l'histoire; si l'on admet qu'elles peuvent avoir commencé dès le paléolithique moyen, il faut évaluer à plus de quarante millénaires cette immense durée, — temps pendant lequel l'intelligence humaine fut confrontée sans cesse avec cette exigence impérieuse : maintenir un équilibre avec le nombre des hommes et les espèces dont ils se nourrissaient.

Dans tous les cas, il s'agit là d'un laps de temps bien suffisant pour que la réflexion sociologique des vieux chefs de clans en ait tâté tous les reliefs un nombre incommensurable de fois. Que cette réflexion se soit pratiquement orientée à la longue, puis concentrée (à travers mille imaginations saugrenues dont il nous reste quelque chose) vers l'unique solution possible et *raisonnable* : la protection du gibier et, dans le domaine social,

1. André Leroi-Gourhan, *ibid.*, p. 84.

la création et le maintien d'un *statu quo*, — c'est-à-dire le respect des frontières [1] et des terrains de parcours du voisin, — cela expliquerait notamment la stabilité relative des établissements de cette période. Mais cela expliquerait aussi la généralité de cette institution compliquée, connue sous le nom d'exogamie, et encore pratiquée sur tous les continents par les populations vivant principalement de chasse et de cueillette.

Cela expliquerait aussi que les premières œuvres d'art soient inspirées par ce que les premiers préhistoriens appelaient : le culte de la fécondité, c'est-à-dire une protection systématique des femelles animales et — par extension logique — une attention portée à la natalité humaine (les deux apparaissent dès l'époque aurignacienne).

Nous savons que l'homme paléolithique disposait de ressources dont il ne pouvait pas accroître le rendement sans risquer de détruire irréparablement la faune et la flore qui le nourrissaient; on pense, d'après les fouilles actuellement inventoriées, qu'il n'eut pas recours à la guerre; on ne trouve pas trace d'anthropophagie sur les restes humains parvenus jusqu'à nous; on constate que, brusquement après les découvertes néolithiques, la population augmente, — mais pendant tout le paléolithique, elle semble stable : elle n'émigre pas, elle s'accroît à peine, elle ne s'entretue pas... Pourquoi? Comment?

Ce qu'on peut affirmer, en tous cas, c'est que cela ne va pas de soi.

D'autre part, une étrange invention sociale — l'exogamie —

1. « *On n'a pas de preuve que la guerre ait existé à l'époque paléolithique. On a de bonnes raisons de croire qu'elle était inconnue au début du néolithique en Europe et en Orient. Les habitats ne présentent pas les structures qu'eût exigées une défense contre d'éventuelles attaques. Les armes semblent n'avoir été destinées qu'à la chasse. La guerre offensive organisée n'existait pas en Australie, certaines régions du Nouveau Monde semblent avoir été totalement exemptes de guerre avant l'arrivée des Européens.* » Clyde Kluckhohn, *Initiation à l'anthropologie.* Bruxelles Dessart, p. 72.

L'absence de guerre semble bien, en effet, caractériser le paléolithique supérieur mais pas le néolithique (voir p. 52).

compliquée, d'un usage difficile, fort agaçante pour ceux qui la pratiquent[1], d'une utilité[2] qui n'apparaît pas immédiatement, se présente à nous aujourd'hui comme si généralement diffusée dans l'espèce humaine qu'il n'est pas un continent où l'on n'en trouve des traces, à travers un nombre tout à fait inimaginable d'extravagantes combinaisons.

Quand on considère cette répartition, ou bien il faut admettre une « exigence » de la société humaine (mais alors comment expliquer l'existence d'une zone immense et homogène — tout l'Ancien Monde[3] — où cette loi, propre à la société humaine dans son ensemble, ne s'applique pas) ou alors, il faut chercher une explication qui tienne compte des deux solutions opposées.

Si l'on admet la relation (qui me semble assez probable) entre le néolithique méditerranéen et l'endogamie, on doit repousser en effet les origines de l'exogamie dans un passé incommensurablement plus ancien, — donc paléolithique à coup sûr. A ce niveau, on est alors obligé de chercher non plus une loi invariable (puisqu'elle a varié[4]), mais un phénomène *accidentel*, à la fois très primitif, très général et très impérieux.

La disette, provoquée par une amélioration des techniques de chasse, correspond assez bien à ces conditions. Elle ne pouvait avoir, en effet, que quatre conséquences : l'émigration, la guerre entre tribus, la disparition par famine, ou la recherche d'un *statu quo*. Or, nous avons vu que les hommes du paléolithique supérieur émigraient peu; il ne semble pas qu'ils aient pratiqué la guerre ou l'anthropophagie; ils dominaient assurément leur milieu géographique; leur nombre s'accroît très lentement, — c'est dire que l'ensemble de ces remarques exclut, à la fois, l'hypothèse d'un gaspillage des ressources naturelles (il aurait

1. Voir p. 61 et 62.

2. Claude Lévi-Strauss, *op. cit.*, fait justice des théories expliquant la prohibition de l'inceste par le moralisme, l'hygiène, etc.

3. Le chapitre III est consacré à l'endogamie qui a caractérisé l'Ancien Monde et le chapitre V à l'endogamie actuelle.

4. On verra, dans les chapitres III et V, *comment* elle a varié à l'intérieur d'un domaine très vaste dont la Méditerranée est le centre.

alors provoqué la disparition locale de notre espèce), et l'hypothèse d'une natalité *naturelle*.

Les hommes du paléolithique supérieur (Aurignaciens, Magdaléniens) disposaient d'un cerveau qui ne différait pas de celui des hommes d'aujourd'hui, — cela, les crânes qu'on a retrouvés permettent de le penser. Avaient-ils également une intelligence comparable à la nôtre? Il est bien vrai que la mise en valeur de l'intelligence est un fait social qui peut par conséquent se modifier au cours des âges, mais cette mise en valeur ne suffit pas, nous le savons bien, il lui faut un support, — le cerveau. Celui-ci se modifie beaucoup moins vite, et il ne s'est pas modifié depuis l'apparition de l'*Homo Sapiens*, malgré les énormes changements survenus.

Faut-il alors penser que le changement qui interfère dans les habitudes humaines à la fin du paléolithique moyen fut plus important que tous les changements que notre espèce a vécus au cours des cent siècles qui viennent de s'écouler?

L'AGE PALÉO-POLITIQUE

Dans une société qui vit de chasse et de cueillette, le groupe qui survivra aura tout d'abord sauvegardé les espèces qui le nourrissent et, pour cela, concentré son attention sur la survie des femelles; ensuite il aura dû s'observer lui-même, pour ne pas diminuer en nombre, ni s'accroître (ce qui lui a imposé une surveillance vigilante de sa natalité : ni trop, ni trop peu d'enfants); enfin il lui a fallu protéger son territoire vital contre les incursions de ses voisins. Or l'exogamie constitue le moyen immédiat d'établir un réseau de traités, mais une fois instaurée, elle peut aussi participer à la transformation des natalités « naturelles [1] » en natalités « sociales ». Elle peut également aider les vieux chefs de clans à s'attribuer prioritairement les jouvencelles.

1. Signalons à ce propos que la « natalité naturelle » (un enfant par an

A la fin du paléolithique supérieur, il n'est nullement audacieux de penser que *Homo* a depuis longtemps « observé » l'exogamie sous tous ses angles, il a joué avec elle, et il est tout à fait probable qu'il apprécie et mesure déjà le frein qu'elle constitue effectivement pour la natalité.

Il est beaucoup plus audacieux d'imaginer cette coutume, non pas à la fin du paléolithique supérieur — période très avancée dans l'art, la technique, et à coup sûr les institutions — mais immédiatement après les premières grandes inventions qui marquent le paléolithique moyen et qui inversent définitivement la position de l'homme par rapport à son milieu : désormais, il sera de moins en moins en danger, et de plus en plus dangereux.

On peut imaginer que les premières conventions réglèrent des conflits entre groupes dont l'origine commune était proche; on peut imaginer que ces conventions devinrent des habitudes; on peut imaginer que, lorsque des groupes humains différents se trouvèrent ensuite en contacts frontaliers, celui des deux qui utilisait le procédé de l'échange des femmes pour maintenir la paix parvint à se faire comprendre des nouveaux venus. Puis passèrent les siècles et les milliers d'années...

Est-il possible d'attribuer l'invention de l'exogamie à l'homme du Néanderthal, à « la brute au front bas »? Ce que nous savons de son outillage ne rend pas la chose invraisemblable; il n'est pas invraisemblable non plus d'imaginer que chaque groupe de chasseurs cherchait déjà à se réserver un territoire de chasse. Des frontières, des limites, cela suppose des conventions, des systèmes d'alliances, dont le plus simple, le plus « primitif » est, en fait, l'échange des femmes.

Si l'on admet cet ensemble d'hypothèses, on explique peut-être deux phénomènes étonnants de l'histoire humaine : d'abord l'apparition de l'homme moderne, de l'homme intelligent, d'*Homo Sapiens* — ensuite la disparition, non moins surprenante et simultanée, de tous les autres représentants de l'espèce *Homo*...

pour toutes les femmes âgées de quinze à quarante-cinq ans) ne se rencontre dans aucune société, sauvage ou non. Tout au plus pouvait-on la signaler, il y a quelques années, chez des catholiques canadiens.

Dans cette perspective, *Homo Sapiens* serait né du métissage systématique, politique, des souches humaines jusqu'alors existantes, et c'est *en lui* qu'elles auraient toutes disparu. En somme, « l'homme intelligent » serait une fabrication, une invention, — la plus grande de toutes à coup sûr — et il faudrait l'attribuer à l'homme de Néanderthal, à la Brute-au-front-bas de nos manuels enfantins. Pour assurer la sécurité de ses zones de chasses, dès l'époque moustérienne, il aurait su s'imposer la rude discipline de l'exogamie, et il aurait ainsi mis en route un processus de croisement systématique s'étendant sur les 30 000 ans du paléolithique supérieur...

Retenons que, jusqu'au néolithique, le progrès technique a buté nécessairement et continuellement sur une pierre d'achoppement : la disette, qui résultait mécaniquement des améliorations apportées aux pratiques de la chasse et de la cueillette.

En bonne logique, cette pierre d'achoppement devait orienter les meilleurs esprits de toute la période vers l'invention politique et vers la recherche magique. Or, le fait est que, dans les civilisations qui se rapprochent de la leur, (c'est-à-dire vivant surtout de chasse et de cueillette), la richesse de l'invention politique laisse pantois tous les spécialistes qui s'en occupent [1].

Un beau jour, un beau siècle, tout change radicalement : *Homo* a inventé la culture des céréales (c'est-à-dire l'agriculture), la domestication [2] de la chèvre, de la brebis, de la vache (c'est-

1. Après les découvertes du néolithique, c'est l'invention technique qui devient prioritaire. Pour qui est venu à l'étude des vieilles sociétés rurales de l'Ancien Monde par l'ethnologie (comme ce fut mon cas), il est frappant de comparer la pauvreté d'invention de ces sociétés dans le domaine des institutions et des structures avec la richesse qu'on observe dans les sociétés exogames.

2. Le chien a été domestiqué à la fin du paléolithique ou au début du mésolithique, c'est-à-dire très longtemps avant la chèvre et le mouton, qui précèdent un peu la vache. « *Le candidat le plus vraisemblable au titre d'aïeul des chèvres, est la chèvre à bézoard du Turkestan et de l'Afghanistan. Pour les moutons, c'est l'argali des monts Elbourz, en Iran septentrional* »... « *L'une et l'autre patries coïncident géographiquement avec celle du blé.* » — Carleton C. Coon, *Histoire de l'Homme.* Calmann-Lévy, p. 154.

à-dire l'élevage) et la ville : c'est-à-dire la civilisation. Le tout à peu près en même temps, à cinq ou six siècles près, et à peu près au même endroit. En outre, les inventeurs ont pris l'habitude de polir les pierres au lieu de les tailler, — ce qui a facilité le travail du bois et par conséquent la navigation et le traînage — et cet usage, qui a donné son nom (néolithique) à l'ensemble de leur culture, s'est répandu en même temps qu'elle. Car de tout temps les civilisations se sont adoptées ou rejetées en bloc.

Ces inventions néolithiques furent précédées ou suivies de beaucoup d'autres : tissage, céramique, navigation en pirogues ou radeaux, charroi par traîneaux ou luges à chien, et le tout va changer assez vite la face de la planète Terre en précipitant l'évolution humaine. Pour situer leur importance, il suffit de dire qu'il s'est écoulé près de deux millions d'années entre les premiers hominiens et les débuts de la révolution néolithique [1], — et environ huit mille ans, dix mille au plus, entre ceux-ci et nous. A dater de cet événement, on comptera en siècles au lieu de compter en millénaires, mais on doit noter cependant qu'un tel essor n'aurait pu avoir lieu si, depuis très longtemps, les chasseurs du paléolithique supérieur n'avaient pas été en possession d'un cerveau et d'une adresse manuelle qui valaient les nôtres, — ce qui implique la maîtrise de beaucoup d'idées. Peut-être conviendrait-il de surnommer le paléolithique supérieur : « l'âge paléo-politique » pour mieux l'opposer à la période suivante [2] qu'on surnommerait « paléotechnique ».

Au cours du néolithique, les innombrables règlements inventés par les génies insomniaques des cavernes seront en effet frappés de forclusion : désormais, il ne sera plus nécessaire de se contraindre, on pourra chasser et dévaster à volonté, — le troupeau et le champ assureront l'avenir. On pourra aussi garder ses femmes, prendre celles du voisin, et avoir autant d'enfants

1. Voir note 2 p. 40.
2. Voir note 1, p. 48.

qu'il en viendra, car plus on sera nombreux, plus on sera fort pour défendre et accroître une capitalisation qui commence à naître.

LA PETITE INFANTE « CIVILISATION » BERCÉE SUR DES GENOUX POINTUS

La naissance des premières villes du monde est approximativement contemporaine et approximativement compatriote des découvertes les plus décisives de l'humanité : je veux dire la culture des céréales, la domestication des animaux, — inventions essentiellement rurales cependant, mais pas plus rurales que les premières cités.

Entre ces trois grandes créations — ville, champs, troupeau — jaillies en pleine préhistoire, l'archéologie nous permettra peut-être un jour de trancher de façon décisive le problème des antériorités; quoi qu'il en soit, je suis tentée, en attendant, d'imaginer que la ville fut la première venue des trois, car elle me semble avoir été le plus grand facteur d'invention de toute notre évolution.

Je sais que les livres saints [1] de la Sociologie énoncent le contraire, avec des arguments d'une logique vigoureuse (il est très vrai, d'ailleurs, que *ville* signifie *spécialisation*, ou, si l'on préfère, *artisanat*, donc *surplus alimentaire*, et il est logique de penser que ce « surplus » n'a été possible qu'après les grandes inventions néolithiques : agriculture, élevage), mais inversement, les ethnologues savent que les hommes isolés [2] n'inventent pas ou n'inventent guère, et les préhistoriens ont l'habitude d'évaluer en milliers d'années le temps de diffusion d'un très petit progrès technique. Or, tout à coup, ce n'est plus en

1. Friedrich Engels, *l'Origine de la famille, de la propriété privée et de l'État*.

2. Plus encore que par la simple addition des cerveaux, le progrès est mû par le contact des intelligences qui fait étinceler le génie : les petites cités organisées de la Grèce ancienne étaient plus fécondes que nos bidonvilles.

milliers d'années, mais en siècles, voire en quarts de siècle, que se chiffre le progrès, et celui-ci, brusquement, se met à répondre en même temps à tous les grands besoins humains.

Entre l'invraisemblance sociologique et l'invraisemblance ethnologique, seule l'archéologie [1] pourra trancher. En attendant qu'elle se prononce, il n'est pas interdit d'imaginer, près d'un lac ou d'un fleuve poissonneux, un lieu où la pêche est particulièrement fructueuse; non loin de là, des terres inondées permettent une cueillette abondante et régulière de céréales sauvages. Une contestation aiguë s'élève entre deux groupes importants: une organisation sociale plus efficace chez l'un d'eux lui donne la victoire... Il fortifie alors la position convoitée, fonde un marché, — c'est la ville.

Dès lors, le vrai progrès est en route, et chaque invention sera aussitôt diffusée, imitée, perfectionnée : les deux grands fléaux de l'humanité, la tyrannie et la guerre, auraient ainsi bercé la petite civilisation naissante sur leurs genoux pointus.

Pour l'instant, contentons-nous d'affirmer que l'hypothèse sociologique n'est pas plus certaine que l'autre, mais que, d'une manière ou d'une autre, l'affaire se passe sur le même petit morceau de notre planète, et, à très peu de siècles près, au même moment. Bien peu de temps, en tous cas, si l'on considère que la « mode » des lourds silex bifaces du paléolithique inférieur subsista, presque sans variante, pendant des centaines de milliers d'années : une durée presque dix fois plus longue que l'immense période que nous imaginons ici pour l'exogamie.

Donc, très vite, on cesse de craindre les pénuries dues à l'amélioration des techniques de chasse (ces progrès qui se retournaient si vite contre leurs inventeurs en accélérant à la fois le rythme de l'extermination du gibier et celui de la prolifération des chasseurs), mais on va bientôt redouter, et de plus en plus, les entreprises des groupes moins favorisés contre ces objectifs vulnérables et attrayants : les greniers et les troupeaux.

1. Des découvertes archéologiques, postérieures à la première édition de cette étude, confirment son hypothèse.

A l'inverse de ce qui semble se passer durant la période précédente, l'archéologie permet de déceler, au néolithique, dans les vastes étendues comprises entre le Nil et le Gange, de nombreux changements. Gordon Childe écrit : « *Les monticules d'Iran, de Mésopotamie et de Syrie, les cimetières d'Égypte attestent de véritables mutations en matière de céramique et d'architecture domestique, de rites mortuaires et d'art. Ces changements parfois brutaux doivent être considérés comme des indices de déplacements des populations, comme des signes de conquêtes, d'invasions ou d'infiltrations étrangères* [1]. »

Clyde Kluckhohn [2], par contre, signale que les premiers villages néolithiques ne présentent aucune trace de fortifications. Cependant, j'ai eu l'occasion, en 1961, de voir les fouilles qui se poursuivent encore sur l'emplacement de la plus ancienne ville connue à ce jour (Jéricho); elles ont dégagé un « village » qui s'étend sur plus de trois hectares. Il était protégé par un fossé, de neuf mètres de large et de trois mètres de profondeur, creusé dans le roc [3]. Les habitants contemporains du plus ancien niveau élevaient des moutons et des chèvres, mais pas de bovins; ils ne polissaient pas leurs haches de pierre, ignoraient la poterie et vivaient il y a neuf mille ans [4] (date fournie par le carbone 14).

La tour ronde en pierre, et l'énorme muraille qui lui sert de point d'appui, m'ont paru ressembler beaucoup à un rempart. Et qui dit « rempart » dit ville. Et guerre...

Est-ce que la guerre a été consécutive au progrès? Ou le progrès consécutif à la guerre? Quelle que soit la théorie qu'on admette pour expliquer le changement, il y eut changement, et un changement qui remettait toute l'expérience humaine en question.

1. V. Gordon Childe, *la Naissance de la civilisation, (Man makes himself)*. Traduction et édition Gonthier, Paris, 1963, p. 126.

2. Cité p. 44, note 1.

3. Miss K. Kenyon, *Communication*, Revue biblique tome LXIV, 1956, p. 225.

4. Chiffre moyen : 8 215 ans, pour la seconde phase. La première phase n'a pas pu être datée.

LES FEMMES DES CHASSEURS AURIGNACIENS ÉTAIENT-ELLES MOINS SOLIDES QUE LES NORMANDES DU QUÉBEC ?

A l'aube du néolithique, la terre était très peu peuplée : « *On avance,* écrit Jean Fourastié [1], *pour le début du quatrième millénaire avant Jésus-Christ et pour la planète entière, le chiffre de 10 millions d'humains : c'est aujourd'hui, à très peu près, la population de la commune de Tokyo.* »

« *Les 100 millions furent atteints, pense-t-on, au temps du Christ; à ce moment donc encore, c'est-à-dire tout récemment dans l'histoire de notre espèce, Français plus Italiens d'aujourd'hui eussent à eux seuls peuplé les cinq continents. Le milliard fut compté vers 1830. En 1962, nous étions 3 135 000 000. L'évolution présente implique que les six milliards seront dépassés en 2000. Il faudrait une assez improbable chute du taux de fécondité pour que les douze milliards ne soient pas approchés en 2050* ou *2060.* »

Si, au lieu d'examiner la croissance de l'espèce humaine à l'échelle de la terre, nous la considérons à l'échelle du territoire français — un des mieux connus du monde, au point de vue préhistorique — nous constatons que, entre le moment où sa population est de culture paléolithique et celui où elle est devenue de culture néolithique, elle a décuplé [2]. Il faudra arriver

1. Jean Fourastié, *Les 40 000 heures.* Paris, Laffont-Gonthier, 1964, p. 158.
2. Louis-René Nougier, *les Genres de vie de l'homme préhistorique.* La Nature, mars 1953, p. 83 : « *Par méthode qualitative il est possible d'avoir une estimation vraisemblable de la population de la Gaule au troisième millénaire avant notre ère. Le semis rural des terres faciles et riches suggère un peuplement de l'ordre de 10 à 20 habitants au kilomètre carré. Mais l'ensemble du territoire n'est pas aussi peuplé. Massif Armoricain, Massif Central, Alpes notamment échappent largement au peuplement néolithique. Des régions comme la Bourgogne, la Normandie, les pays agricoles de l'Oise semblent par contre plus peuplées. En tenant compte de tous ces divers facteurs, d'après les trop rares cartes précises établies, la population néolithique de la Gaule pouvait atteindre cinq millions d'habitants à la fin du troisième millénaire. Pour le quatrième, les estimations ne*

au xxe siècle pour retrouver un taux plus explosif encore de l'accroissement humain. La différence entre les deux périodes, c'est qu'au début du néolithique la terre était quasi vide et qu'aujourd'hui elle est quasi pleine.

Étonnons-nous tout de même en passant...

Quelques centaines de paysannes françaises quittent la Normandie au xviie siècle; deux cents ans plus tard, elles ont dix millions de petits-fils [1]. Le Canada du xviiie siècle était-il plus salubre que la vallée de la Dordogne il y a quinze mille ans? Les contemporaines d'Henri IV étaient-elles plus saines, plus fécondes que les femmes Cro-Magnon? Et sinon comment expliquer la lenteur de la croissance démographique que nous sommes bien obligés de constater chez nos ancêtres du paléolithique et que nous retrouvons chez tous les peuples chasseurs.

« *C'est ainsi*, répondent les statisticiens. *Nous savons que la population croît avec les ressources alimentaires.* »

Alors comment expliquer que cette miraculeuse et mystérieuse règle de croissance ait cessé de fonctionner, de nos jours seulement, dans les trois quarts du monde?

Et si l'on imaginait autre chose. Par exemple des habitudes *sociales* d'équilibre démographique, lentement, durement, douloureusement acquises et maintenues, au cours des quatre cents siècles intelligents qui précèdent le néolithique. Il y a sept ou huit mille ans elles se relâchent, comme se détend un ressort, à la suite des inventions qui permettent de multiplier et de stocker la nourriture...

Les peuples concernés vont, dès lors, se développer démesu-

peuvent dépasser le demi-million... Songeons qu'il faudra cinq millénaires, de la fin du troisième millénaire au xxe *siècle, pour que le même territoire décuple de nouveau sa population.* »

1. L'émigration française au Canada s'est arrêtée sous Louis XV et elle n'a repris que très récemment; aux effectifs canadiens, il faut en outre ajouter les francophones du Canada qui ont émigré en grand nombre aux États-Unis (la population actuelle du Canada atteint 19 millions, dont près de la moitié est d'origine française). L'explosion démographique canadienne est antérieure aux grandes découvertes médicales.

rément et même plus qu'ils ne veulent, mais ce développement numérique sera lui-même un énorme facteur de conquêtes, et un énorme facteur d'inventions.

Un jour vient où, grâce à la boussole et à Christophe Colomb, ils rencontrent « les sauvages », c'est-à-dire les peuples à tradition *statu quo*[1], et naturellement la rencontre est fatale pour ces derniers : ils seront désormais hors de course.

Au XXe siècle, ce sera à l'intérieur de la grande nappe de « population nataliste » que va se produire une tragique fission : en effet, une partie des peuples de l'Ancien Monde, une partie des premiers civilisés de la planète Terre, une partie des premiers bénéficiaires de l'explosion démographique néolithique (la branche aînée) s'achemine aujourd'hui vers la famine que crée sa tradition de peuplement, — tandis qu'une autre partie de la même population (la branche européo-américaine, la branche cadette), à la suite d'une autre série d'inventions[2], est revenue à la prudence démographique de l'homme des cavernes.

LES CENT KILOMÈTRES CARRÉS D'UNE FAMILLE PALÉOLITHIQUE

Les premiers hommes paléolithiques n'étaient pas tout à fait des hommes, et les derniers furent probablement des politiques harcelés de problèmes. Pour trouver l'image de *Homo* parti à la conquête du monde — *Adam* — c'est peut-être aux débuts du néolithique qu'il faut la chercher.

1. Je préfère cette expression à celle de « tradition paléolithique » ou bien « vivant surtout de chasse, de pêche et de cueillette » ou bien « exogame », car les peuples en question ont connu, plus ou moins tardivement et sporadiquement, des techniques néolithiques, ils ont souvent pratiqué un peu d'agriculture et d'élevage — mais pas assez pour déraciner une tradition de prudence démographique qui me semble les caractériser.
2. La grande industrie du XIXe siècle.

La belle terre encore sauvage des rives méditerranéennes, un climat merveilleux, un sol vierge où les chèvres, les paysans et les pharaons n'avaient pas encore décimé les forêts, où l'on pouvait n'ensemencer que les meilleurs limons... On imagine aisément les changements prodigieux que l'agriculture et l'élevage apportèrent là, dans la vie des hommes, et l'essor qu'ils donnèrent alors à leurs espoirs.

Pour suggérer un ordre de grandeur, rappelons le chiffre qu'aimait citer Vidal de La Blache à propos des rizières du Cambodge : un hectare y suffit pour faire vivre une famille. Il faut plus d'espace à des mangeurs de blé en zone sèche, et bien davantage encore à des bergers, — mais comment allons-nous chiffrer la surface nécessaire pour faire vivre un ménage de chasseurs magdaléniens?

A titre indicatif, consultons les estimations faites pour les « continents sauvages », avant l'arrivée des hommes du Vieux Monde : un habitant au kilomètre carré [1] dans la région la plus peuplée, c'est-à-dire la côte nord-ouest de l'Amérique, — mais elle n'est si peuplée que parce qu'elle s'alimente avec un « gibier » impossible à décimer sans une technique industrielle : le saumon. Sur l'ensemble de la côte américaine du Pacifique, 18 habitants pour 100 kilomètres carrés — là encore, des pêcheurs. Pour les chasseurs de la prairie, le taux de peuplement diminue de moitié : 8 seulement pour cent kilomètres carrés et, sur un autre continent (l'Australie), 2 habitants pour mille kilomètres carrés.

Avec le néolithique l'exigence vitale s'inverse, car désormais les ressources vont croître dans la proportion où croissent les hommes, et, pendant des milliers d'années, il n'y aura presque jamais trop de bras pour labourer les champs, pour fabriquer les charrues, pour protéger les réserves de grains ou défendre le bétail (nos paysans disent encore : *On va « garder » les vaches*).

Que ce changement si radical et si localisé ait eu un retentissement sur la façon dont les hommes de ce temps « pensaient »

1. G. Childe, *De la Préhistoire à l'Histoire*, N.E.F., p. 67.

leurs sociétés, cela semble probable, mais je tiens à souligner que ce transfert ne peut pas être attribué à une invention plutôt qu'à une autre, mais seulement au choc qu'a représenté, sur un espace défini, à une époque définie, la conjugaison de toutes ces inventions, et surtout sa conséquence presque immédiate : *une variation brutale dans la relation de l'homme avec son espace nourricier* [1].

Car — c'est un fait — on trouve, disposées en auréoles autour de la région privilégiée où *Homo*, pour la première fois, mena paître un troupeau et ensemença un champ, des sociétés expansionnistes (prohibant sévèrement [2] le contrôle des naissances), endogames jusqu'à la limite de l'inceste [3], et parfois dépassant celle-ci, « racistes », guerrières... Et c'est un fait aussi qu'elles engendrèrent notre civilisation.

A l'opposé, éparpillées dans tous les autres morceaux de continents, se sont maintenues les cultures dites primitives, celles où les hommes vivent de chasse, de cueillette ou d'une agriculture rudimentaire, en tout cas à l'intérieur d'une économie statique. Celles-là, selon mon hypothèse, auraient continué sans hiatus la tradition du « statu quo » qui me semble avoir été celle d'*Homo Sapiens* jusqu'à la révolution néolithique, — car elles étaient tenues, par leur mode de vie, d'étudier et d'observer

1. Dès 1938, en observant les changements survenus en moins d'une génération chez les transhumants de l'Aurès méridional, j'étais arrivée à la conclusion que la cause la plus déterminante de mutation sociale était une variation dans la densité d'un peuplement. J'ai fait une conférence au CHEAM sur ce sujet entre ma seconde et ma troisième mission (1938).

2. « *Westermarck nous dit que le fœticide et l'infanticide sont des pratiques courantes chez les peuples nomades. Les enfants en bas âge sont des éléments de faiblesse. Peut-être notre règle et une autre très voisine tirée, elle aussi, des soi-disant lois de Romulus et défendant l'exposition des enfants en bas âge sont-elles des réactions d'un peuple agricole contre des usages antérieurs.* » Pierre Noailles, *les Tabous du mariage dans le droit primitif des Romains*. Annales sociologiques, Série C, fascicule 2, p. 11.

Westermarck, *l'Origine et le développement des idées morales*. Paris, 1928, p. 420.

3. Voir chapitre II.

pour elles-mêmes le maintien d'un équilibre. Et quel équilibre? Sinon, pratiquement, un *planning* familial, et un embryon de Nations-Unies...

Appelons les premières, les nôtres, « natalistes », — elles correspondent à l'impact de la première civilisation néolithique [1]; gardons aux autres le nom de « sauvages ». Parmi les techniques « sauvages » de contrôle des naissances et de paix internationale [2], nous évoquerons alors la prohibition de l'inceste et l'échange des femmes [3], mais probablement aussi le mariage, la monogamie [4], et même la vertu, — institutions qui auraient ainsi survécu aux causes qui les ont fait naître. Il faut d'ailleurs y adjoindre des procédés de régulation des naissances moins estimés : notamment l'infanticide [5] et peut-être les sacrifices

1. Cela ne signifie pas, naturellement, qu'il n'y a pas de techniques néolithiques chez les « sauvages » mais seulement que l'impact du premier néolithique est centré sur l'Ancien Monde.

2. Dans une société influencée par l'Ancien Monde, mais dont le mode de production est resté paléolithique (les Touaregs) on trouve une natalité « primitive » — j'entends par là, le contraire de « naturelle » (voir p. 137).

3. Claude Lévi-Strauss *(Les Structures élémentaires de la parenté)* a montré que ces deux coutumes sont solidaires.

4. Ce fut également un sujet d'étonnement pour les premiers ethnologues de constater la fréquence de la monogamie chez leurs « sauvages ». Le père Schmidt (grand adversaire de Marcel Mauss) en avait déduit une sociologie morale.

En outre, en cas de guerre, l'échange de femmes ou l'échange d'hommes était régulièrement pratiqué, il y a encore très peu de temps, chez des peuples très archaïques, et cela malgré un parti pris « raciste » affirmé. J'ai relevé plusieurs cas anciens d'échanges d'hommes entre Taïtoq et Kel Ghela (filiation matrilinéaire); Barth signale des échanges de femmes entre les Kel Owey blancs (qu'il appelle les pâles conquérants) et les noirs indigènes du pays d'Altgober : ils auraient même conclu un traité obligeant le chef des *Kel Owey* à n'épouser qu'une femme noire (cette région a, je crois, une filiation patrilinéaire).

Duveyrier, de son côté, nous dit que lorsqu'on fait observer à des Touaregs nobles qu'ils sont très foncés de peau, ils invoquent la « politique » qui, en cas de défaites ou de victoires, les oblige à recevoir ou à donner un contingent annuel de jeunes vierges.

Duveyrier, *les Touaregs du Nord.* Paris, Challamel, 1864.

5. « *Pendant l'accouchement, le père attend, à portée de voix, que la sage-femme*

humains. Quant à l'anthropophagie, elle était tout indiquée et, si l'on n'en trouve pas de trace, nous devons nous en étonner et parler assez hardiment de motivation spirituelle.

Inversement, la sociologie néolithique [1] (la nôtre) aurait à son actif la prohibition de l'échange, le retour à l'inceste, la polygamie, la guerre, le « racisme », l'esclavage, et une véritable obsession de la virginité féminine [2], — sans omettre la politique nataliste que l'on retrouve dans la plupart des sociétés de l'Ancien Monde, et seulement là. Il est possible (mais non pas certain) qu'on puisse y ajouter une prédilection notable pour la vendetta, la filiation patrilinéaire et les privilèges de l'aîné.

L'ESPACE HUMAIN, LES STRUCTURES DE PARENTÉ, ET DEUX TYPES DE NATALITÉ

En somme, depuis qu'il émergea de la condition animale, l'homme aurait connu déjà deux fois une terre trop grande pour lui, et deux fois une terre trop petite.

Trop grande, pendant tout le paléolithique inférieur (près de deux mille millénaires), trop petite à l'époque des grands chasseurs magdaléniens, aurignaciens, voire moustériens (vingt,

lui annonce, de loin, le sexe de l'enfant. La réponse est brève : « lave-le » ou : « ne le lave pas ». S'il dit « lave-le », c'est que l'enfant doit vivre. Il arrive en effet que lorsque naît une fille et qu'il y en a plusieurs dans la famille, on ne la garde pas. » Margaret Mead, *Mœurs et sexualité en Océanie*. Plon, 1963, p. 31. L'auteur nous décrit une naissance chez les Arapesh, population de Nouvelle-Guinée.

1. Il ne s'agit pas ici du néolithique mondial, mais du premier néolithique, localisé dans le Levant méditerranéen.

2. J'imagine que ce n'est pas au substrat indien mais à la tradition ibérique qu'il faut rattacher cette histoire — banale dans le Nord-Est du Brésil — d'un catholique pratiquant qui se remarie sans prendre la peine de divorcer, parce qu'il considère de bonne foi son premier mariage comme nul. Motif : sa première femme n'était pas vierge (Santo-André, 1963). — Le pauvre homme dont on m'a parlé fut bien penaud et surpris quand il apprit qu'il était bigame.

trente, quarante milliers d'années), puis de nouveau trop grande lorsque, avec le néolithique, naquit il y a neuf mille ans la civilisation. Maintenant, en cette seconde moitié du vingtième siècle, elle est pour la seconde fois trop petite, par suite des découvertes de Pasteur, Fleming et quelques autres. Et c'est là, très évidemment, le fait le plus important de notre temps.

Ces hypothèses concordent avec la relative continuité des civilisations du paléolithique supérieur, les turbulences de la période suivante, ainsi que l'existence de deux zones mondiales caractérisées chacune par un type de structure; elles permettent aussi d'expliquer la répartition de la « structure sauvage » sur une aire assez vaste et discontinue pour que ceux qui l'ont étudiée aient aimé lui appliquer des théories évolutionnistes, — tandis que, dans la zone des grandes civilisations (zone ramassée), les spécialistes ont plus volontiers invoqué, pour des faits de même catégorie, les théories diffusionnistes. Elle explique également que, à l'inverse de toute logique, ce soit la « zone sauvage » qui se soit imposé la rude discipline et les complications de l'échange des femmes et des denrées, tandis que dans l'Ancien Monde, là où l'humanité a le plus développé les traits qui la caractérisent, — je veux dire : qui la différencient des autres espèces vivantes en tant qu'espèce originale — on ait cherché à éluder ce trait « humain » essentiel, toutes les fois que c'était possible.

Nous nous trouverions, en somme, en présence de deux univers d'âges différents mais qui furent parfois simultanés.

Chacun d'eux est régi par des lois physiques qui lui sont propres; le premier, univers social statique, est caractérisé par une grande durée sur une immense étendue : ce serait celui-là que les chasseurs paléolithiques auraient élaboré pendant les trente millénaires du paléolithique supérieur, celui-là aussi, qui aurait survécu dans les « nouveaux mondes », où la science le découvrit au XIXe siècle, et voulut, d'emblée, voir en lui (non sans bonnes raisons) une étape du passé commun à toute notre espèce.

Le second univers social serait un « univers en expansion »,

— plus localisé que l'autre, car il correspond à un « événement », ou plutôt à une série d'événements convergents, ceux que Gordon Childe appelle très justement « la révolution néolithique ». C'est dire qu'ils peuvent être datés, au moins approximativement, et que leur centre de dispersion peut également être géographiquement situé : il correspond à celui de l'Ancien Monde.

D'un côté les politiques de *statu quo*, élaborées dans les cultures les plus évoluées des « sauvages » — c'est-à-dire chez les hommes intelligents ne vivant que de chasse et de cueillette. De l'autre, les politiques natalistes, liées à un type d'économie où la production est indéfiniment croissante : le nôtre, jusqu'à ce jour.

LA « SITUATION » NÉOLITHIQUE REPRODUIT CERTAINS ASPECTS DE LA SITUATION LA PLUS PRIMITIVE DE L'HOMME

Si l'on consent à établir un lien entre l'évolution structurale des sociétés et les relations de l'homme avec son espace nourricier, on s'aperçoit alors que la *situation* néolithique reproduisait certains aspects d'une situation infiniment plus ancienne : celle du paléolithique inférieur couverte par la grande ombre de notre ignorance. Nous pouvons imaginer, toutefois, que, autour des hordes constamment menacées de disparaître, l'espace était alors trop grand.

Or, on sait aussi que ces conditions de vie et les sentiments qu'elles ont fait naître (les seuls authentiquement primitifs du passé humain) ont duré pendant des centaines de millénaires, — une durée tellement immense qu'il faut à coup sûr chercher au fond de cette nuit infinie les racines de ce qu'on appelle la « nature humaine ».

De fait, on a bien l'impression que beaucoup de traits néolithiques sont plus « naturels », plus « primitifs », moins « contrariants » pour nos exigences les plus apparemment instinctives

— moins « sociaux » en un mot — que ceux des civilisations dites sauvages. Les exemples du caractère contrariant et compliqué des « civilisations sauvages » abondent d'ailleurs dans la littérature ethnographique, et l'agacement qu'il provoque chez les hommes qui se l'imposent a été noté : Meyer Fortes, par exemple [1], nous décrit le « *ressentiment que l'on observe constamment chez les Ashanti des deux sexes et de tous rangs contre les restrictions et les frustrations qu'ils attribuent à l'observance de la règle de la filiation matrilinéaire* ». De l'autre côté de l'Atlantique, chez les Indiens, Claude Lévi-Strauss signale les mêmes réactions. Nous verrons aussi, dans le chapitre VII (« Conflit avec Dieu ») que la bonne grâce avec laquelle les Touaregs ont adopté certaines prescriptions islamiques tient à leur antipathie pour leurs institutions antérieures.

Dans cette perspective de préhistoire économique, on n'a plus lieu de s'étonner en constatant que les structures de chacun de ces univers sont, de part et d'autre, si riches en contradictions internes. Car la prolifération humaine (qui a résulté pour l'Ancien Monde des découvertes néolithiques) lui a bel et bien imposé la communication qu'il refuse — et communication signifie progrès. Tandis que l'autre hémisphère social, l'hémisphère « sauvage », qui a conçu et institutionnalisé l'échange, est resté le monde des grands isolements.

On pourrait expliquer aussi, dans chacun des deux systèmes, les survivances de coutumes et d'aspirations — chaque fois les plus archaïques — appartenant au système inverse.

Car on rencontre dans l'Ancien Monde — endogame — des éléments de structures sociales qui ne peuvent se comprendre que dans un système exogame [2] : dans le Maghreb je les ai cher-

1. Meyer Fortes, « Parenté et mariage chez les Ashanti », dans l'œuvre collective dirigée par Radcliffe Brown et D. Forde : *Systèmes familiaux et matrimoniaux en Afrique*. Presses Universitaires, 1953, p. 344.

2. A propos d'exogamie, Marcel Mauss aimait citer les exemples mentionnés par H. Hubert et Czarnowski chez les Celtes : « *L'Histoire du Munster nous présente deux dynasties royales, les Clanna Darghthine et les Clanna Dairenne, qui alternent au pouvoir à chaque génération*, qui se marient entre elles et mettent

chés avec minutie, et je peux en citer quelques-uns [1]; ils me paraissent antiques, « intérieurs à la société », aussi antiques, aussi intégrés que les faits d'endogamie. Simplement, ils sont extrêmement rares et localisés.

Il est vrai que, si l'on admet une théorie évolutionniste quelconque, elle peut permettre d'imaginer une société « civilisée » succédant à une société « sauvage », — et conservant quelques-unes de ses empreintes. La situation inverse serait plus étonnante; pourtant, le sûr et sensible observateur des « *Structures élémentaires* » a choisi de terminer son livre en citant un mythe andaman concernant la vie future : où tout le monde restera jeune, où la maladie et la mort seront inconnues, « *où nul ne se mariera ni ne sera donné en mariage* »... Et l'auteur français nous parle de la « *douceur, éternellement déniée à l'homme social, d'un monde où l'on pourrait* vivre entre soi [2] ».

« Vivre entre soi », — tel pourrait être le titre de cette étude — car c'est bien la formule qui convient à la volonté acharnée dont nous allons maintenant suivre la trace presque à chaque page. Et c'est cette volonté acharnée, — là où elle s'est heurtée

respectivement les enfants en pension l'une chez l'autre », (H. Hubert, *la Civilisation celtique*. Albin Michel, p. 243).

(L'institution qui consiste à faire élever les fils par des parents nourriciers est appelée du nom anglo-normand de *fosterage*; elle s'est maintenue longtemps en pays celtique et s'appelle en Irlande l'*altram*.)

Toutefois Henri Hubert cite également Strabon (qui copie Pythéas) et Strabon dit des Irlandais qu'ils se vantaient de ne connaître ni mère ni sœur, (H. Hubert, p. 246). Voir le chapitre III, « Vivre entre soi ».

1. « Sauve-toi de ton sang, pour qu'il ne te tache pas » (étude à paraître).

2. Claude Lévi-Strauss (p. 567) *op. cit.*, cite ce mythe andaman, d'après E.-H. Man (*On the aboriginal inhabitants of the Andaman Islands*. Londres s.d., 1883, p. 94-95).

On trouve dans les Évangiles (Matthieu, XXII-30; Marc, XII-26; Luc, XX-35) la réponse de Jésus aux Sadducéens qui, dans les traductions françaises, n'évoque pas le texte cité par E.-H. Man. Par contre la traduction anglaise en est assez proche pour qu'on puisse se demander si cette phrase des Évangiles n'a pas influencé E.-H. Man — ou les Andamans —, du moins dans la forme qui nous est parvenue. Le fond n'en est pas moins authentique et c'est lui qui importe.

à des impossibilités — qui me semble avoir dégradé la condition féminine, dans tout le bassin méditerranéen.

Quant aux hypothèses que nous venons d'examiner, avant de les verser dans l'immense herbier des théories périmées, retenons-en au moins quelques éléments qui me semblent assez sûrs, ou du moins vraisemblables, concernant tous l'endogamie.

Sa diffusion d'abord : elle est déjà étendue au moment où débute l'histoire, et suggère une origine largement antérieure à celle-ci; toutefois, cette origine si ancienne (à coup sûr préhistorique) semble bien moins ancienne que celle de l'exogamie.

Retenons aussi son absence de lien avec une race, une langue, un peuple, ou même une civilisation quelconque, mais son lien évident avec une aire géographique homogène, jointive, qui correspond à peu près à l'Ancien Monde, à peu près à la plus ancienne diffusion du néolithique, à peu près à la région où la procréation est un devoir patriotique.

Retenons enfin l'association très probable de l'endogamie avec une « détente » démographique, avec une variation dans la relation entre l'homme et son espace nourricier; elle explique l'association constante de l'endogamie avec une politique nataliste [1], expansionniste, « raciste », conquérante...

Les autres hypothèses de ce chapitre — concernant l'origine de l'*Homo Sapiens* et de l'exogamie — ne sont que des tentatives d'explications et nullement, comme les précédentes, des déductions parties d'une longue chaîne de faits observés. Toutefois elles comblent provisoirement les vides laissés par des hypothèses un peu plus solides, et elles sont confirmées par le fait qui domine l'expérience anthropologique — je veux dire l'étonnante [2] homogénéité de l'espèce humaine dans son ensemble.

1. La zone endogame semble avoir représenté un îlot assez réduit dans le passé, mais les civilisations auxquelles elle correspond sont en train de recouvrir la terre entière.

2. Tous les éleveurs ont l'expérience de la facilité avec laquelle se créent, naturellement ou artificiellement, à l'intérieur d'une espèce, des variantes raciales : le loulou de Poméranie, par exemple, est un petit-fils des vrais

Naturellement, je ne considère pas comme un argument l'agrément de penser que notre cerveau est le résultat d'une invention de la brute de Néanderthal — cadeau que, avec toute notre science, nous n'avons pas été capables d'améliorer.

loups de la forêt germanique, et dix mille années au plus le séparent de ses ancêtres sauvages.

Or, dans l'espèce humaine, il semble bien que le tout petit enfant dispose d'emblée d'une virtualité d'aptitudes qui paraît être sensiblement équivalente dans tous les groupes raciaux. Ensuite — très tôt — le milieu agit pour développer ou freiner ces aptitudes, et pour différencier, dès la seconde enfance, les petits hommes.

III. VIVRE ENTRE SOI

L'INCESTE ET LA NOBLESSE

De Gibraltar à Constantinople, sur la rive nord de la mer et sur sa rive sud, chez le chrétien et chez le musulman, chez le citadin et chez le campagnard, chez le sédentaire et chez le nomade, c'est un fait qu'une susceptibilité collective et individuelle exacerbée accompagne partout, aujourd'hui encore, un certain idéal de brutalité virile, dont le complément est une dramatisation de la vertu féminine.

Ils s'intègrent l'un et l'autre dans un orgueil familial qui s'abreuve de sang, et se projette hors de soi sur deux mythes : l'ascendance, la descendance. Tout cet attirail s'accompagne régulièrement de ce que l'on nomme, dans le jargon sociologique, endogamie; elle peut aller jusqu'à l'inceste.

Sur les rives africaines et asiatiques de la Méditerranée, si l'on cherche à distinguer les régions où l'endogamie est actuellement pratiquée, et celles où elle est seulement souhaitée, on constatera que dans les premières se trouvent la plupart des tribus de grande et moyenne transhumance, et les sociétés très enracinées de propriétaires terriens; quant aux secondes, elles couvraient encore, il y a peu de temps, une partie majoritaire du territoire. Majoritaire mais pas totale, même dans le passé [1].

1. Il existe, dans l'Afrique berbérophone, des zones où subsistent des traces d'exogamie (les provinces touarègues et, peut-être, le Moyen et le Haut-Atlas, l'Ouarsenis). Elles sont très réduites par rapport aux précédentes, éloignées des régions où l'on circule, elles semblent encore plus archaïques.

Aujourd'hui, dans les régions riches et industrialisées, le changement est certain; ailleurs, il est quelquefois simulé : on peut en effet rencontrer depuis deux générations, des intellectuels maghrébins qui se révoltent contre les vieilles règles, et affirment volontiers qu'elles ne s'appliquent pas chez eux, *puisqu'ils ne veulent pas les appliquer*. Sur place, on constate que, même chez les plus convaincants, il existe des conflits familiaux actuels entre la tradition endogame et l'individualisme.

Nous avons vu, dans le chapitre précédent, que cette volonté d'endogamie semble liée à une société expansionniste, et qu'elle permet de définir une zone du monde qui s'opposerait, par des structures essentielles, à cet autre hémisphère où furent découverts, au cours des cinq derniers siècles, les hommes appelés sauvages [1].

Ces derniers appartiennent presque exclusivement à des peuples que les « Anciens » ont ignorés, mais si l'on accepte les hypothèses du chapitre précédent, ce n'est pas pur hasard. En effet, à la grande surprise des premiers théoriciens de l'ethnologie, il apparut assez vite que plus une société était « primitive » (selon la terminologie encore aujourd'hui en usage), plus elle était compliquée. Bien plus étrange encore : on trouve — souvent — chez ces « sauvages », chez ces « primitifs », un agacement certain devant leurs propres complications, et une nostalgie inassouvie de simplicité.

Parmi les théories anthropologiques susceptibles d'expliquer un très large éventail de phénomènes, il en est une qui se situe plus que les autres dans la perspective de notre sujet : c'est celle que Claude Lévi-Strauss défend dans l'œuvre qu'il a intitulée : *Structures élémentaires de la parenté* [2].

L'auteur connaît mieux que quiconque les contradictions que présente l'enquête ethnographique, surtout étendue à l'échelle terrestre, c'est pourquoi il a délimité avec soin l'aire de son étude. Disons, pour simplifier, qu'elle explore presque exclusivement

1. Voir chapitre II.
2. Claude Lévi-Strauss, *op. cit.*, p. 40.

les « nouveaux mondes » tels que nous venons de les définir.

Dans ce cadre, il analyse les règles du mariage et démontre à leur sujet que la prohibition de l'inceste — fait universel — se rattache étroitement à l'obligation d'échanger des femmes, étape essentielle de la communication. Cette volonté, ou nécessité de communiquer, il la définit comme fondamentale — et certes elle l'est. Mais la communication pourrait être une nécessité du progrès, une nécessité de la civilisation et même une nécessité de l'homme-individu, sans pour autant correspondre à une volonté *consciente et formulée* de la société : le fait est, cependant, que l'échange des femmes dans les sociétés « sauvages » obéit à des lois explicites.

Or, il existe aussi d'autres sociétés — précisément celles qui font l'objet de cette étude — où la situation est exactement inverse : si l'échange s'y rencontre (et naturellement il s'y rencontre) c'est *malgré* une volonté sociale partout exprimée.

PROHIBITION DE L'ÉCHANGE

Certes, le mariage avec certains parents est actuellement interdit dans le Maghreb — mais cette règle est générale dans le monde, et elle comporte des grandes différences d'application.

Lorsque la prohibition de l'inceste se présente comme un fait « primitif », elle élimine du lot des conjoints possibles toute une catégorie de gens pas nécessairement parents selon notre conception, mais portant le même nom et s'appelant entre eux « frère », « sœur », — tel ce jeune Vietnamien des Hauts Plateaux Muong dont Georges Condominas [1] nous raconte le suicide

1. G. Condominas, *Nous avons mangé la forêt*. Mercure de France, 1957, p. 106.

provoqué par la honte d'être reconnu coupable d'inceste : sa partenaire appartenait à sa lignée maternelle, mais elle était parente avec lui au trentième degré; en outre elle était veuve, ce qui, presque partout, signifie « disponible ».

Bien différente est la prohibition qui tient compte essentiellement de la parenté naturelle. Celle-ci n'interdit le mariage qu'entre parents très proches, et il s'agit alors d'une mesure dont le ressort est une hygiène ou une morale relativement ancienne, mais qui n'a pas cessé d'être la nôtre (pour cette raison, d'ailleurs, nous l'appelons, tout court : la Morale).

Or, lorsqu'on parle du Maghreb, on ne doit pas perdre de vue que notre « morale » y dispose de très antiques fondations, et lorsqu'on parle du Levant on se trouve sur le lieu même de son berceau.

C'est dire qu'il nous faut regarder alors nos propres idées, nos idées actuelles, comme susceptibles d'être, éventuellement, « archéologiques », — j'entends par là aptes à constituer un élément du substrat, et à ce titre de nous réapparaître alors à demi saupoudrées par la poussière des siècles.

Lorsque nous examinons, dans un milieu archaïque maghrébin, une coutume à propos de laquelle les grandes religions monothéistes ont pris parti, nous avons donc intérêt à ne pas la considérer isolément, mais toujours en parallèle avec la loi religieuse du pays — qu'elle soit chrétienne ou musulmane, le mécanisme est le même. Nous constatons alors que, lorsque la religion a repris à son compte une coutume antérieure à elle, la pratique, invariablement, *renforce* la loi. Par contre, lorsque la religion s'est opposée à la coutume, le dosage des infractions religieuses nous donnera les plus précieuses indications sur l'enracinement de l'usage en cause.

Le Coran, par exemple, proclame que la prière est le premier devoir du Croyant, et place ce devoir avant celui de faire le Ramadan; il mentionne épisodiquement le voile, mais ne le conseille que pour les femmes de la famille du Prophète; il ne fait *aucune* allusion à la circoncision.

Tous les musulmans pensent, naturellement, que le Coran

est un livre parfait; cependant nous les voyons se conformer, sans aucune exception, à l'usage de la circoncision — usage qui était déjà antique [1] dans le milieu où elle est pratiquée aujourd'hui, plus de mille ans avant la naissance du Prophète; nous les voyons renoncer (péniblement) à celui du voile — également plus ancien que l'Islam — et attacher en grand nombre beaucoup d'importance au carême. Par contre, ils se considèrent comme de bons musulmans sans presque jamais aller à la mosquée et bien souvent sans même savoir faire leur prière.

Aucune règle sociale n'est apparemment plus antique que la prohibition de l'inceste; pourtant, *cette fois*, la pratique des « nobles riverains de la Méditerranée » reste, et cela encore aujourd'hui, en deçà de la loi religieuse; on peut même rencontrer chez eux des mariages entre un oncle et sa nièce, aussi bien parmi les juifs pratiquants et parmi les vieux chrétiens arabes du Liban que chez certains musulmans. Par ce type d'union, pratiquée par toutes les minorités religieuses méditerranéennes, des petites communautés, cernées par les houles des grandes religions majoritaires, s'efforcent de se maintenir différentes.

Tel n'est pas le cas que nous signale (chez les Touaregs de la Tamesna) Francis Nicolas qui écrit : « *L'interdit sexuel entre frères et sœurs consanguins* [2] *existe, mais non entre frères et sœurs utérins. Un homme peut se marier avec sa tante paternelle ou maternelle; le mariage est licite entre cousins germains au premier degré.* »

En l'occurrence, il s'agit vraisemblablement d'un contresens. Tous les Touaregs distinguent en effet les « cousines croisées » (filles des oncles maternels ou des tantes paternelles) qu'ils considèrent comme des alliées et non des parentes, et les « cou-

1. Voir p. 93 ce qui concerne la circoncision et l'interdit du porc.
2. Francis Nicolas, *Tamesna, Les Ioullemmeden de l'Est ou Touâreg « Kel Dînnîk », Cercle de T'âwa. Colonie du Niger.* Paris, Imprimerie nationale, 1950, p. 213.

sines parallèles » (filles des tantes maternelles et des oncles paternels). Ces dernières ils les appellent « sœurs » et les traitent fraternellement. Ils apprécient toutefois les mariages avec une « cousine-sœur » mais seulement du côté maternel, car ils réprouvent en général les mariages avec la « *cousine-sœur du côté paternel* » (si recommandés au nord du Sahara, comme chez les Arabes du Levant).

Chez les Touaregs du Hoggar les impératifs de l'héritage imposent parfois un mariage entre oncle et nièce, entre tante et neveu; mais l'inceste entre père et fille se range dans la rubrique « délinquance » (qu'il ne faut toutefois jamais négliger quand on ausculte une société car on est, selon l'époque ou le lieu, plus ou moins délinquant pour le même crime [1].

ROIS D'ÉGYPTE

Avant le christianisme et avant l'Islam, non seulement l'inceste n'était pas interdit chez les anciens Égyptiens, mais il est possible qu'il ait eu pour mobile la piété ou le respect d'une tradition. A titre d'exemple, voici quelques détails familiaux concernant trois souverains [2] de la XVIIIe dynastie.

Le pharaon Aménophis III mourut en l'an 1372 avant le Christ. On connaît le nom de plusieurs de ses femmes, dont la plus aimée semble avoir été la reine Tiyi; il n'en épousa pas moins leur propre fille Satamon.

1. A Djanet, vers 1950, un personnage religieux qui avait coutume de rendre visite aux femmes seules dans les villages où il passait pour ses quêtes, ayant eu la distraction de s'apercevoir trop tard que l'une d'elle était sa propre fille, dut faire des aumônes, s'excuser, et il y eut aussi une prière publique.

Tout aussi exceptionnel est le cas de ce Druse, venu consulter en 1925 un cheikh de Mascara : « *Est-il permis par la religion de manger les pommes d'un arbre qu'on a planté?* » « *Oui* » avait répondu le cheikh. Le consultant, fort de cette approbation, épousa tranquillement sa propre fille.

2. Mme Desroches-Noblecourt, *Vie et Mort d'un pharaon*, Hachette, 1965. Voir notamment, p. 121, 163, 167, 168, 170, 277.

Son fils aîné, Aménophis IV, lui succéda; il changea de nom en changeant de religion, mais il est surtout connu des amateurs d'art comme époux de la très belle Néfertiti. Il eut d'elle plusieurs filles et maria l'aînée (Méritaton) à son frère Smenkhérê. Lui-même épousa la plus jeune, Ankhsenpaton, âgée de 11 ans, dont il eut bientôt une « fille-petite-fille », Tashéry.

Dans la dernière période de sa vie, il semble avoir vécu séparé de sa femme principale, Néfertiti, mais, par contre, dans une curieuse intimité avec son « frère-gendre » Smenkhérê : il le fit représenter avec lui, dans une attitude que beaucoup d'égyptologues considèrent comme conjugale, et il lui attribua un des prénoms d'abord réservé à Néfertiti [1]. La momie que les spécialistes attribuent avec le plus de probabilité à Smenkhérê appartient à un prince de vingt-trois ans, fidèle du culte inauguré par Aménophis IV, ayant la même forme de crâne que Toutankhamon, — trois faits qui rendent plausible l'attribution. En tout cas, le corps, qui est celui d'un homme, présente un bassin d'aspect féminin, est inhumé dans un sarcophage de femme, dans l'attitude des épouses royales : bras gauche plié sur la poitrine, bras droit le long du corps.

Après la mort d'Aménophis IV et de son « frère-gendre-veuve », c'est un enfant de neuf ans, frère des deux précédents, qui devient roi sous le nom de Toutankhamon. On le marie aussitôt à sa nièce et belle-sœur, la petite Ankhsenpaton, à la fois fille et veuve d'Aménophis IV.

Ils n'eurent pas d'enfant vivant, et quand Toutankhamon mourut, ce fut sa « veuve-nièce-belle-sœur » qui lui succéda. Celle-ci était apte à transmettre la souveraineté, mais pas à

1. Dans les pages suivantes, on trouvera l'histoire d'un souverain de Syracuse qui maria son fils avec une de ses filles. Selon Louis Gernet, le motif de ce mariage aurait été de faire accepter ce fils comme son successeur (il était de mère non syracusaine tandis que les filles, nées d'une autre union, étaient syracusaines de père et de mère). Or Aménophis IV a essayé également de faire accepter son frère Smenkhérê comme son successeur, (notamment en le mariant avec sa fille aînée) et cela peut représenter une explication de son étrange attitude. L'autre explication serait la rare beauté que nous révèlent les portraits du jeune cadet.

l'exercer; pour cette raison, elle dut se remarier aussitôt avec un vieux fonctionnaire, le grand vizir Ay. Or celui-ci était, semble-t-il, en même temps son propre grand-père et son propre grand-oncle, mais cette fois, par les femmes. (On croit en effet que Ay a été le frère de Tiyi, grand-mère paternelle d'Ankhsenpaton, et le père de la belle Néfertiti, mère de la petite reine.)

Mille ans plus tard, nous trouvons sur le trône d'Égypte une famille grecque qui régna pendant trois siècles : tous les souverains issus de cette lignée s'appelèrent Ptolémée, et presque toutes les souveraines furent prénommées Cléopâtre; ils eurent tous et toutes des vies dramatiques qui nous semblent, en outre, criminelles — mais en même temps si étrangement semblables entre elles que le mot « crime » se vide de son sens.

Le fondateur de la dynastie, compagnon d'Alexandre, était né en Macédoine en l'an 360 avant J.-C. Malgré cette origine européenne qu'ils revendiquèrent tous, le second roi de la dynastie, Ptolémée II, inaugura un style auquel sera fidèle toute sa descendance : en montant sur le trône (283 av. J.-C.), il fit assassiner deux de ses frères et épousa une de ses sœurs.

Son fils, Ptolémée III, n'épousa qu'une cousine germaine et ne la tua pas, mais son petit-fils, Ptolémée IV, fut soupçonné d'avoir empoisonné son père pour prendre le pouvoir et, dès son avènement, en 222 avant le Christ, fit mettre à mort sa mère, son frère, et sa sœur-épouse Arsinoé.

Le sixième Ptolémée épousa lui aussi sa sœur (172 av. J.-C.), mais fut contraint d'associer son frère et sa femme à la souveraineté; lorsqu'il mourut, vingt-six ans plus tard, le fruit de cette union familiale, Ptolémée VII, fut proclamé seul roi par sa mère. Il avait, toutefois, un oncle paternel — celui dont son père avait accepté la co-souveraineté — qui épousa la reine-mère, c'est-à-dire à la fois sa sœur et la veuve de son frère. Le jour du mariage (146 av. J.-C.), il fit assassiner son neveu et beau-fils, et lui succéda sous le nom de Ptolémée VIII, sans rencontrer, semble-t-il, de résistance; ensuite, il répudia sa sœur, ce qui scandalisa ses sujets. Est-ce pour retrouver son prestige perdu qu'il épousa sa nièce bilatérale (à la fois fille de sa sœur et de son frère)? Est-ce pour se venger de sa sœur-épouse qu'il tua un de leurs fils? Ou tout cela fait-il partie d'un système?

Le frère et la sœur se réconcilièrent néanmoins un peu plus tard, et le roi associa au trône un des fils qu'il avait eus de ce premier mariage (Ptolémée IX), mais ce fut un fils né de sa nièce qui lui succéda et qui devint le dixième Ptolémée.

Ptolémée X, comme ses prédécesseurs, épousa sa sœur et fut détrôné par son frère cadet (Ptolémée XI); toutefois, il reprit son trône. Sa sœur-épouse, Cléopâtre, lui donna une fille, puis, répudiée, se remaria en dehors de la famille, et une seconde sœur (qui s'appelait aussi Cléopâtre) l'assassina. La seconde sœur, un an plus tard, fut tuée par son beau-frère (le second mari de l'aînée) et c'est une troisième sœur qui épousa le frère-roi. Lorsque ce dernier mourut, la fille d'une des trois précédentes régna et, n'ayant pas de frère, épousa son cousin germain, Ptolémée XII.

Celui-ci, peu de temps après le mariage, fit assassiner sa femme et fut massacré par son peuple; il ne laissait pas d'enfant. Un fils naturel de Ptolémée X prit alors le pouvoir sous le nom de Ptolémée XIII; le peuple le chassa et le remplaça par deux de ses filles, puis l'une d'elles mourut, et il tua l'autre en reprenant son trône. Par testament, il légua la couronne à son fils aîné, Ptolémée XIV, associé à sa troisième fille. Ptolémée XIV mourut accidentellement avant le mariage, mais un frère cadet, Ptolémée XV, lui succéda, épousa leur sœur, et fut assassiné par elle.

Cette dernière se nommait Cléopâtre — comme ses grand-mères et ses tantes; elle séduisit les généraux romains, intrigua, gouverna, mourut. A la différence des précédentes, elle ne fut pas oubliée.

PATRIARCHES D'ISRAEL

En Israël, à l'époque que nous décrit la Genèse, on distingue la sœur de père et la sœur de mère, et l'on considère la première comme une épouse possible. Abraham, le saint prophète qui a engendré les arabes et les juifs, dit [1] à propos de sa femme Sara : « *Elle est vraiment ma sœur, la fille de mon père mais non la fille de ma mère, et elle est devenue ma femme.* »

L'Ancien Testament ne trouve rien que de très licite [2] dans cette union. Par contre, lorsqu'il mentionne le viol du neveu d'Abraham, le vieux Lot, par ses deux filles, son approbation n'est pas aussi explicite. Voici, d'ailleurs, le texte en question : « *Lot monta de Coar et s'établit dans la montagne avec ses deux filles, car il n'osa pas rester à Coar. Il s'installa dans une grotte, lui et ses deux filles. L'aînée dit à la cadette :* « *Notre père est âgé et il n'y a pas d'homme dans le pays pour s'unir à nous à la manière de tout le monde. Viens, faisons boire du vin à notre père et couchons avec lui; ainsi, de notre père, nous susciterons une descendance.* » *Elles firent boire, cette nuit-là, du vin à leur père, et l'aînée vint s'étendre près de son père, qui n'eut conscience ni de son coucher ni de son lever. Le lendemain, l'aînée dit à la cadette :* « *Hier j'ai couché avec mon père; faisons-lui boire du vin encore cette nuit, et va coucher avec lui; ainsi de notre père nous susciterons une descendance.* » *Elles firent boire du vin à leur père encore cette nuit-là et la cadette alla s'étendre auprès de lui, qui n'eut conscience ni de son coucher ni de son lever. Les deux filles de Lot devinrent enceintes de leur père. L'aînée donna naissance à un fils et elle l'appela Moab; c'est l'ancêtre des Moabites d'aujour-*

1. Genèse 20-12.
2. Huit siècles plus tard, lorsque Ammon, fils de David, viole sa demi-sœur Tamar, celle-ci lui reproche sa violence en lui disant qu'il pouvait la demander à leur père (Deuxième livre de Samuel 12-12). Ce genre d'union fut interdit ensuite (Lévitique 18-9 et 20-17; Deutéronome 27-22).

d'hui. La cadette aussi donna naissance à un fils et elle l'appela Ben-Ammi; c'est l'ancêtre des Bené-Ammon d'aujourd'hui. »

Cette histoire, qui nous semble assez scandaleuse, l'est un peu moins lorsqu'on la confronte avec ce qui transparaît, dans d'autres passages de la Genèse, des exigences sociales de l'époque.

Lorsque Abraham voit son fils le plus cher (le seul qu'il ait eu de son union avec sa sœur) en âge de prendre femme, il envoie un fidèle serviteur dans son pays de naissance afin d'y rechercher une jeune vierge issue de sa lignée paternelle. Parvenu au but, l'intendant répète [1] les paroles de son maître : « *Malheur à toi si tu ne vas pas dans ma maison paternelle, dans ma famille, choisir une femme pour mon fils...* ». La femme choisie sera Rébecca, *petite-fille du frère d'Abraham.*

Isaac et Rébecca ont deux fils jumeaux. L'aîné Esaü vend son droit d'aînesse au cadet Jacob, et c'est ce dernier qui reçoit la bénédiction; ce sera également pour lui que se posera d'emblée le problème du « mariage endogame », car Esaü a d'abord épousé deux femmes étrangères (hittites) dont sa mère dit [2] : « *je suis dégoûtée de la vie à cause des filles de Hét...* ». Esaü, d'ailleurs, quand son frère Jacob part pour le pays d'Abraham afin d'y prendre femme, comprend « *que les filles de Canaan étaient mal vues de son père Isaac* [3] ». Il se rend alors chez son oncle Ismaël pour chercher une troisième épouse, et celle-ci sera sa cousine germaine en ligne masculine.

Pendant ce temps, « le fils béni », Jacob, continue sa recherche dans la lignée paternelle.

Il parvient dans le pays natal de son grand-père Abraham, et retrouve son oncle maternel, Laban. (Cet oncle maternel est, ne l'oublions pas, le petit-fils d'un frère d'Abraham : c'est-à-dire en même temps, un oncle paternel.)

1. Genèse 24-38.
2. Genèse 27-46.
3. Genèse 28, versets 6, 7, 8 et 9.

Jacob sert son oncle pendant sept ans pour obtenir [1] sa cousine Rachel qu'il a aimée dès le premier regard. Le jour des noces, il se trouve, par surprise, marié avec l'aînée [2], Léa, et il doit encore servir son oncle sept autres années pour obtenir la cadette.

MONARQUES INDO-EUROPÉENS

Sur l'autre rive de la Méditerranée, nous retrouvons cette même distinction entre la sœur de père et la sœur de mère, notamment dans un épisode de la vie d'un tyran du Ve siècle avant Jésus-Christ : Denys l'Ancien.

Celui-ci avait épousé deux femmes le même jour, toutes deux de noble origine, mais l'une était syracusaine, tandis que l'autre était originaire d'une cité étrangère. Or, ce fut l'étrangère qui eut un fils, tandis que la Syracusaine donnait le jour à deux filles.

Louis Gernet a noté une série de traditions concordantes qui donnent à penser que les filles du tyran, à cause de la nationalité syracusaine de leur mère, parurent aux contemporains être plus « légitimes » que son fils. Le fait est que Denys le Jeune succéda bien à son père, mais « *contre le vœu de ses futurs sujets* [3] ». Bref,

1. Jacob « paye » son oncle par sept années de service, mais l'oncle, en mariant ses filles, leur donne à chacune une « servante » (nous pouvons traduire par « esclave ») (Genèse 29-24).

2. Genèse 29-24, 25 et 26 : « *Laban réunit tous les gens du lieu et donna un banquet* »... « *Le matin arriva, et voici que c'était Léa ! Jacob dit à Laban : « Que m'as-tu fait là ? N'est-ce pas pour Rachel que j'ai servi chez toi ? Pourquoi m'as-tu trompé ? Laban répondit : ce n'est pas l'usage dans notre contrée de marier la plus jeune avant l'aînée.* »

Notons, à ce propos, que la contrée en question s'étend jusqu'à l'Atlantique. J'ai personnellement connu beaucoup de « Laban » contemporains dans le Maghreb, où, encore aujourd'hui, il est contraire à la coutume d'établir une fille cadette avant l'aînée. L'Ancien Testament est d'ailleurs plein de préceptes qui visent à obliger filles et garçons à faire tous les enfants qu'ils peuvent.

3. Louis Gernet, *Mariages de tyrans*. Hommage à Lucien Febvre, Eventail de l'Histoire vivante, Colin, 1954, tome II, p. 41 et 42.

quand ses enfants furent adultes, Denys l'Ancien maria sa fille aînée à son fils, peut-être pour justifier ses prétentions au trône; quant à sa fille cadette, il la maria à son frère. Cette dernière devint veuve et se remaria; cette fois elle épousera son oncle maternel.

« *A Athènes*[1], *et sans doute dans une grande partie de la Grèce, on peut épouser sa sœur de père (mais non pas sa sœur de mère) : nous en connaissons des exemples. On peut épouser aussi sa nièce : en particulier le mariage avec la fille du frère est non seulement admis, mais considéré avec une espèce de faveur, même à l'époque classique. Dans les données de la légende, il apparaît avec une fréquence significative. Dans le droit de la famille, il a une valeur d'institution : si un défunt ne laisse qu'une fille, celle-ci, sous le nom d'Epiclère, est normalement épousée par le plus proche parent de son père — c'est le frère de son père qui est le premier appelé.* »

Les pharaons de la XVIIIe dynastie, les tyrans de Sicile, sont des personnages historiques. Plus incertains — bien que plus récents — sont les renseignements que nous possédons sur les anciens Irlandais. Strabon nous dit qu'ils sont encore plus sauvages que les habitants de l'Angleterre *car ils sont anthropophages en même temps qu'herbivores et croient bien faire en mangeant les corps de leurs pères et en ayant publiquement commerce avec toute espèce de femme, voire avec leurs mères et leurs sœurs.* » Il ajoute : « *A dire vrai, ce que nous avançons là repose sur des témoignages peu sûrs*[2]... » Effectivement, Strabon se réfère ici à Pythéas dont il dit ailleurs : « *Pythéas, que tout le monde connaît comme le plus menteur des hommes*[3]. »

Toutefois, le principal héros de l'épopée irlandaise, le roi Cuchulainn, est né de l'union incestueuse du roi Conchobar avec sa sœur Dechtire[4]; quant à la mère de la reine de Connaught — Medb, prototype de la reine Mab — elle avait trois frères tri-

1. Louis Gernet, *ibid.*, p. 44.
2. Strabon, *Géographie*. Traduction Tardieu, Hachette, 1867, livre I, p. 333.
3. Strabon, I, p. 107.
4. S. Czarnowski, *le Culte des héros*. Alcan, 1919, p. 262.

meaux qui livrèrent à leur père une bataille dont l'enjeu était la royauté d'Irlande. « *Avant la bataille, elle se fit faire par eux trois un fils qu'elle aurait épousé* [1]. »

Je n'ai pas cherché systématiquement les exemples d'incestes historiques ou semi-historiques qu'on peut trouver dans l'Ancien Monde, et je cite ici les premiers qui me sont venus à l'esprit. L'important, en effet, c'est que, avant le christianisme et avant l'Islam, l'inceste était une pratique qui n'avait pas, dans cette région de la terre, le caractère sacrilège que lui attribuent les peuples exogames.

De nos jours, *malgré l'Islam*, *malgré le christianisme,* des mariages que ces deux religions interdisent ou déconseillent — entre la nièce et son oncle (surtout paternel), ou entre le neveu et sa tante — sont encore relativement nombreux [2].

En France, une enquête portant sur 3 450 000 mariages catholiques [3], bénis entre 1946 et 1958, nous montre que 253 dispenses ont été accordées pour la célébration d'une union entre un oncle et sa nièce ou entre une tante et son neveu — chiffre relativement peu élevé pour un pays où ce mariage est admis, mais chiffre impossible dans des régions où ce mariage serait considéré comme scandaleux.

On ignore le nombre des unions civiles célébrées en France entre parents à ce degré, et on ignore encore bien davantage le nombre des « unions libres ». Il serait d'ailleurs intéressant de relever, dans le cadre de l'Europe, le nombre des cas d'inceste entre père et fille qui parviennent jusqu'aux cours d'assises; il serait intéressant également de comparer les peines infligées par les jurys pour ce genre de crime. Des gens qui connaissent bien leur région m'ont assuré que les jurés paysans étaient beaucoup

1. Henri Hubert, *les Celtes*, p. 246.

2. En pays touareg, dans une seule famille, à vrai dire noble, on en relève deux; c'est cependant considéré par l'ensemble de l'Islam comme un péché grave et explicitement interdit par le Coran.

Michel Vallet, *Généalogie des Kel Ghela*, Mémoire présenté à la 6e Section de l'École pratique des Hautes Études (inédit).

3. Jean Sutter et Jean-Michel Goux, *op. cit.*, p. 154.

plus indulgents que les jurés citadins; ces mêmes gens peuvent tous citer dans leurs villages plusieurs cas d'inceste que la justice a ignorés.

Dans certaines régions de France (confluent de la Loire et du Rhône) l'attention d'observateurs ecclésiastiques a été attirée sur le nombre des défloraisons de filles par leur père; un psychiatre suisse m'a également signalé ce fait dans le Valais. Cela peut naturellement être attribué à l'alcoolisme, mais l'alcoolisme sévit ailleurs.

Encore sommes-nous là dans le domaine du rare, et même du scandaleux — un scandale qui, toutefois, a plus d'importance juridique dans les villes que dans les campagnes.

GARDER TOUTES LES FILLES DE LA FAMILLE POUR LES GARÇONS DE LA FAMILLE...

Lorsqu'on sort de l'exceptionnel pour se référer à la pratique courante, on constate que dans presque tout le Maghreb et dans la plus grande partie du Levant le « mariage idéal » a lieu, encore aujourd'hui, avec la parente qui sans être une sœur, ressemble le plus à une sœur.

En pratique, la « sœur » en question est, il est vrai, une cousine germaine, fille d'un oncle paternel [1]; mais c'est précisément la cousine pour laquelle, dans le dialecte berbère le mieux conservé, le touareg, le *seul* terme ancien d'appellation est « ma sœur ». Dans tout le reste du Maghreb, on dispose, pour désigner cette très proche parente, d'un mot composé, d'origine arabe, « bent'ammî », « oult-'ammî », qui signifie littéralement « fille de mon oncle paternel », — mais dans les chansons, dans le langage amoureux, et même dans la pratique quotidienne, en par-

1. Une partie du chapitre v (« Voici venue la fête de nos noces, ô mon frère ») est consacrée au mariage entre cousins.

lant des cousines, on dit usuellement « mes sœurs », « ma sœur » [1]. L'habitude d'utiliser ces termes de parenté est même si profondément entrée dans les mœurs que, lorsque la guerre d'Algérie est venue exalter le lien idéal du compagnonnage, les conjurés ne s'appelèrent pas entre eux « camarades » (comme nous le fîmes en France sous l'oppression), mais « sœur », « frère ».

A un échelon moins noble, mais toutefois bien instructif à observer, car il est très marqué par les influences corse, sicilienne et algérienne — je veux dire la classe sociale française qu'on appelle le « milieu » — les femmes qui font le trottoir pour nourrir des protecteurs sont nommées par ceux-ci : « les sœurs ». Et entre eux, à la manière des peuples les plus primitifs, les truands s'appellent, tout court, « les hommes »...

En même temps que cette recherche d'une union avec la parente la plus proche, nous trouvons dans ces mêmes regions de la Méditerranée des traces d'une volonté très antique *de ne pas communiquer*, de garder toutes les filles de la famille pour les garçons de la famille, de ne s'allier par mariage à une lignée étrangère que sous la pression d'une nécessité impérieuse. Habiter à proximité de gens auxquels on n'est pas uni par des liens de consanguinité, et même de parenté légale (car les parents utérins sont, dans bien des endroits, tout juste tolérés), est une cause d'humiliation; et, pour cette raison, on y combine à peu près partout toutes les ressources de la ruse et de la violence pour interdire aux étrangers de s'installer de façon durable dans le voisinage. Le corollaire logique d'un tel état d'esprit est l'adoption « comme parent » du voisin dont on n'a pas pu se débarrasser.

On voit que la situation maghrébine est exactement inverse

1. Même coutume chez les habitants du Levant.

A. Aymard et J. Auboyer, *l'Orient et la Grèce antique*. Presses Universitaires, 1963, p. 48.

« *Dans la poésie égyptienne, le jeune homme appelle* « *ma sœur* » *son amante qui l'appelle à son tour* « *mon frère* ». *Il en était de même dans l'usage courant entre mari et femme. S'ensuit-il que le mariage consanguin ait été la règle ? Certains le nient, d'autres le pensent. Ceux-ci font valoir que la mythologie égyptienne, avec Osiris et Isis, en fournissait un exemple prestigieux...* »

de celle que nous ont décrite tous les ethnologues qui ont observé l'hémisphère « sauvage ». Ce parallélisme contraire est d'ailleurs des plus étroits car (alors que dans les Nouveaux Mondes le tabou qui interdit le mariage entre gens du même campement, ou de la même lignée, ou du même nom, s'étend souvent aux aliments) nous trouvons partout trace dans le vieux monde des répugnances qu'inspirent les nourritures étrangères.

MANGER LA VIANDE DE SON TROUPEAU C'EST COMME ÉPOUSER LA FILLE D'UN ONCLE PATERNEL

Un vieux savant marocain, homme de grand savoir et de grand jugement, avec qui je discutais la prédilection maghrébine pour le « mariage en famille », m'a cité une opinion qu'il considérait comme générale et qu'il a résumée sous la forme suivante : « *Les gens aiment épouser la fille de leur oncle paternel, comme ils aiment manger la viande de leur élevage* » (littéralement : égorger une bête de leur troupeau) [1].

Pour les sensibles citadins qui me liront, le mot « égorger » évoque un acte sanguinaire, mais pour les nomades et les paysans, égorger signifie avant tout « *un bon repas, une fête où l'on mange de la viande* », — grande fête quand on égorge un bœuf ou même un mouton, petite fête quand on sacrifie seulement une ou plusieurs poules... C'est au point que, dans le Haut Atlas, j'ai entendu traduire le mot berbère qui signifie « une fête avec viande » par un néologisme français que je n'ai jamais rencontré ailleurs : *une égorgette* [2]. En français, l'expression étonne, car

1. Le dicton peut aussi s'entendre dans le sens inverse, il signifiera alors qu'on redoute d'épouser une cousine comme on redoute de dévaster son troupeau.

2. En berbère, féminin singulier : *thamghrout*; pluriel : *thimghras* (de *ghars* : égorger).

le radical « égorger » effraie l'imagination, tandis que le diminutif féminin « ette » évoque une petite chose jolie, gaie, pimpante.

Tel quel, ce terme bizarre, d'origine populaire, traduit à la perfection le mot du parler d'origine, il n'est pas jusqu'au *t* final du berbère (marque du féminin ou diminutif), qui ne reparaisse dans l'adaptation, avec, par une curieuse coïncidence, le même sens dans les deux langues.

On rencontre dans le Maghreb, plus souvent qu'ailleurs, une gamme de sentiments qui n'ont pas d'étiquette officielle, bien que nul homme ne leur soit totalement étranger. Dans cette gamme, on peut ranger le profond amour et la paix intérieure que procurent un cadre et des objets où rien n'est inconnu, où les menaces d'ordre humain ne sont pas à prévoir, — mais il y a place aussi pour la fraîche extase du banlieusard devant les fruits de son verger, les légumes de son jardin. Cette joie naïve nous restitue l'euphorie orgueilleuse de tous les vieux propriétaires terriens de l'Ancien Monde, lorsqu'ils savourent le vin de leur vigne, l'eau de leur source [1], le pain fait à la maison par les femmes de la famille, avec le blé que le père a tiré de sa terre, aidé par ses frères cadets et ses fils. Certains paysans du Maghreb prétendent en reconnaître le goût.

Le bonheur de garder tous ses enfants près de soi, fixés grâce à des époux et des épouses de leur sang, l'orgueil d'être bien défendu par leur cohésion et leur nombre, je les ai entendus exprimés souvent dans l'Algérie paysanne d'avant 1940. On

1. Me trouvant à Bombay, j'ai eu la chance de me lier avec deux Indiennes élevées à Paris puis mariées à des Brahmanes et pourvues de belles-mères; elles m'ont surtout parlé des interdits alimentaires auxquels elles devaient faire attention : un Brahmane qui voyage emporte même son eau (l'eau de son puits à lui), et toute nourriture qui n'est pas « de sa maison » lui répugne, interdite ou non.

« *Mais Jacquemont, dans l'Inde, regarde son escorte de cipayes qui mangent : autant de fourneaux, de pots, de feux et de cuisson que d'hommes. Il n'y en a pas deux pour manger ensemble, ni la même chose* », Lucien Febvre, *la Terre et l'Évolution humaine*. Albin Michel, 1949, p. 200.

songe alors à cet autre proverbe, venu d'un autre univers [1] :

Ta propre mère
Ta propre sœur
Tes propres porcs
Tes propres ignames que tu as empilés
Tu ne peux les manger...
Les mères des autres
Les sœurs des autres
Les ignames des autres qu'ils ont empilés
Tu peux les manger...

Margaret Mead, qui nous rapporte ce dicton, signale que les ignames interdits sont seulement ceux qui servent aux semences. Évidemment !

Car, là où il faut échanger, on ne peut pas tout échanger, et là où l'on veut conserver, on ne peut pas davantage tout garder, mais la volonté d'échanger est aussi clairement exprimée par le proverbe océanien que la volonté inverse me paraît l'être dans la vie quotidienne maghrébine. Et c'est de volonté, dans les deux cas, que nous parlons.

1. Margaret Mead, *Mœurs et Sexualité en Océanie*. Plon, p. 75. (Claude Lévi-Strauss a placé ce texte en sous-titre de la première partie des *Structures élémentaires de la parenté*, p. 33.)

IV. LE MAGHREB A L'AGE DU BEURRE

AU COMMENCEMENT ÉTAIT UNE SUITE

En Afrique du Nord comme ailleurs, aussi loin qu'on remonte dans le passé racial de l'homme moderne, on trouve le *mélange*. L'originalité du Maghreb, c'est que le mélange de types anthropologiques discernable aujourd'hui est composé d'éléments analogues (précisons bien : proches, mais non identiques) à ceux que les fouilles préhistoriques ont permis de reconstituer à l'époque appelée capsienne [1], c'est-à-dire il y a six à huit mille ans. Ce mélange comprend des types divers, les uns noirs [2], venus on ne sait d'où, d'autres dits méditerranéens,

1. Le Capsien a été défini à Gafsa, en Tunisie. Bien qu'il soit apparenté à l'Aurignacien d'Europe, il est à coup sûr beaucoup plus tardif : probablement contemporain du Magdalénien, auquel il ne ressemble pas. On trouve de l'industrie capsienne dans tout le Maghreb continental, en Afrique orientale (Kenya) et, isolément, au Sahara. Il n'est d'ailleurs pas exclu que le Sahara ait été parcouru, dès la fin du Capsien, par des hommes influencés par la civilisation déjà néolithique qui, pendant ce temps, envahissait l'Égypte, venant du Levant méditerranéen. J'ai fouillé, en 1939, dans le cœur de l'Aurès, un abri sous roche qui appartenait à l'industrie capsienne. (Mes notes, malheureusement, n'ont pas été publiées car elles ont disparu avec mes autres dossiers, à la suite de mon arrestation, en 1942, par la Gestapo.)

2. H. Alimen, *Préhistoire de l'Afrique*. Boubée, 1955, p. 401 : « *Enfin il faut indiquer aussi la présence de quelques squelettes à affinités négroïdes dans les milieux capsiens.* »

d'autres encore, les plus nombreux, qui évoquent l'homme de Cro-Magnon [1].

Il y a des probabilités pour que les descendants de ces hommes si divers soient encore les occupants actuels du Maghreb, c'est pourquoi on peut en dire quelques mots.

Ils ont utilisé des outils de pierre taillée, et appartiennent par conséquent à la civilisation paléolithique, — mais ils vivaient il y a six ou sept mille ans, et se trouvent donc contemporains des débuts du néolithique. Ils sont très différenciés physiquement, mais ils ont en commun un mode de vie, et ce mode de vie est sans rapport avec celui de leurs descendants : ils ne connaissent en effet ni les céréales, ni les animaux domestiques, et ils se nourrissent mal, au hasard de la chasse et de la cueillette. Ils fabriquent des petits silex pas très bien taillés et des aiguilles [2] d'os; ils utilisent des œufs d'autruche (sans doute pour transporter l'eau); ils habitent parfois dans des grottes où ils font du feu et mangent quantité d'escargots dont on retrouve, en amas énormes, les coquilles vides, mêlées à des cendres. On sait aussi qu'ils s'arrachaient deux incisives supérieures, et on croit qu'ils se peignaient le corps en rouge, car on a retrouvé des couleurs broyées dans certains de leurs gisements.

Lorsque vous vous promenez dans les montagnes de l'Aurès, si vous apercevez un creux de rocher pas trop loin d'un suintement d'eau, creusez là une étroite tranchée. Vous trouverez trace d'abord du séjour des bergers chaouïas : ils ont laissé quelques cendres, des noyaux de dattes, des tessons de poterie aisément identifiables. Au-dessous d'une couche de sable,

1. Il doit son nom à un petit village du département de la Dordogne où ses restes ont été identifiés pour la première fois; il ne s'agit pas d'une « race », mais d'un type qui semble universel à un certain stade de l'évolution humaine; les anciens préhistoriens trouvaient sa trace un peu partout, non sans raison, mais ils en déduisaient d'invraisemblables migrations « *raciales* ».

2. Sans doute aussi d'autres aiguilles, fabriquées avec des épines, qui ne sont pas parvenues jusqu'à nous. Les épines d'acacia sont dures comme l'acier, et certaines sont aussi longues qu'un doigt; j'ai vu des Touaregs fabriquer une aiguille avec deux épines, l'une servant à percer l'autre.

vous trouverez encore des cendres et très probablement quelques tessons de poteries romaines puis, sous les cendres romaines encore du sable en couche épaisse. Vient enfin un profond niveau, dans lequel les hommes du Capsien nous font leurs confidences; j'ai trouvé là des petits silex médiocres, quelques morceaux d'œufs d'autruche, une aiguille d'os et, des milliers de coquilles d'escargots enfouies dans une énorme masse de cendres, la plus épaisse des trois...

LA CIVILISATION DE LA SOUPE

Cependant, tandis que les Maghrébins pourchassent encore les escargots, un événement extraordinaire est en route quelque part à l'ouest de la Caspienne et de l'Indus.

Cet événement extraordinaire, c'est la naissance de la civilisation, soit essentiellement l'invention de l'agriculture et de l'élevage et la naissance de la vie urbaine.

L'agriculture (c'est-à-dire le pain), l'élevage (c'est-à-dire le beurre et le lait), la poterie (c'est-à-dire une soupière) : tels furent les trois dons majeurs que le Levant méditerranéen fit à l'humanité.

La première véritable civilisation, celle de la soupe, se propagea très vite vers l'ouest. Lorsqu'elle eut atteint le Maghreb [2],

1. La civilisation des transistors a mis moins de dix ans pour conquérir un espace bien plus vaste : elle s'étale pratiquement sur le monde entier.

2. Grâce au carbone 14, les physiciens ont pu établir que des blés, retrouvés dans un silo égyptien de l'époque néolithique, furent fauchés entre 4600 et 4250 avant J.-C. (G. Posener, *Dictionnaire de la Civilisation égyptienne*. Hazan, 1959, p. 230, colonne 1).

Le même procédé, appliqué à des charbons provenant du Capsien supérieur de Dra Mta el Abiod (Algérie) a donné 5050 + ou — 200 avant notre ère. (H. Alimen, *Préhistoire de l'Afrique*, p. 81). (On admet généralement comme marge d'erreur, dans les estimations faites à partir du carbone 14, un vingtième du temps écoulé.)

elle y bouleversa radicalement les mœurs, et les Mangeurs d'escargots adoptèrent dès ce moment le type d'alimentation, le mode de vie, le rythme saisonnier, qu'ils ont pratiquement conservé jusqu'au début du xxe siècle.

Devenus cultivateurs et éleveurs de troupeaux, ils ne renoncent pas pour cela aux cadeaux gratuits de la nature : le ramassage des châtaignes ou des glands doux, le gibier. Ainsi à Teniet-el-Had, en 1955, à la saison de la cueillette, j'ai vu vendre les glands 2 000 francs le quintal. La même année au même endroit, l'orge valait chez l'épicier 450 à 500 francs les 20 litres, c'est-à-dire le même prix.

Une enquête, effectuée en Grande Kabylie vers 1885, estime à 80 kilogrammes par an la consommation de gibier d'une famille de cinq personnes (le père, la mère et trois enfants de dix-sept, dix et six ans), sur une consommation totale de 234 kilogrammes de viande. On remarque d'une part que le gibier représente un bon tiers de la consommation familiale de viande, d'autre part que cette consommation était, il y a 80 ans, très supérieure à la consommation actuelle du paysan algérien. Néanmoins l'auteur fait déjà observer [1] que la Kabylie « *ne produit pas la moitié de la nourriture nécessaire à ses habitants* ».

Ce déséquilibre entre le chiffre de la population kabyle et les ressources de son territoire s'est prodigieusement accentué depuis 1885. Avant 1830, il existait par force un équilibre entre le taux de la population et ses ressources, — équilibre maintenu avec rudesse par la mortalité infantile, la guerre, des famines périodiques et l'exil volontaire. Dans cette période, la consommation de viande était probablement plus élevée encore qu'en 1885, car les ressources en gibier (qui décroissent toujours avec l'augmentation de la densité humaine) étaient à coup sûr plus abondantes. En outre, on sait positivement, notamment par les travaux d'André Nouschi [2], que le cheptel

1. Auguste Geoffroy, *Bordier, fellah, berbère de la Grande Kabylie*. Paris, Didot, 1888, Collection Le Play, p. 78.

2. A. Nouschi, *Enquêtes sur le niveau de vie des populations constantinoises de la conquête jusqu'en 1919*. Presses Universitaires, 1961.

algérien a beaucoup diminué depuis cent ans, par suite des confiscations de terre de l'époque coloniale. Dans la période où sévissaient les guerres entre tribus, il faut encore ajouter aux causes précédentes la tendance volontaire à favoriser le troupeau au détriment du champ, — car il est plus facile à protéger contre l'ennemi et, en cas de fuite, pourra plus aisément être mis à l'abri.

En conclusion, tous les renseignements que je possède (notamment par les sources orales), confirment cette forte consommation de viande des Maghrébins [1] dans un passé relativement récent : il n'excède pas un siècle.

Ces dons de la nature cessent néanmoins d'être l'unique ressource pour devenir l'appoint, — un appoint apprécié. La base de l'alimentation sera désormais la galette d'orge ou de blé, les céréales bouillies, le lait et le beurre des brebis, la viande des chevreaux...

Un changement si fondamental concerne la totalité des activités; il suffit à modifier [2] un type physique sans qu'il soit nécessaire, pour expliquer ces modifications, d'imaginer un apport de sang nouveau.

Au surplus, la « civilisation de la soupe » n'est pas arrivée toute seule en Afrique du Nord, des hommes venus d'Orient l'ont apportée dans leurs bagages, mais comme ceux qui transporteront un jour le Coran, ils sont peu nombreux; en outre, si l'on en croit des indices anthropologiques et linguistiques, ils ont peut-être déjà des affinités avec les occupants du pays... Bref, la modification que cet apport de sang nouveau a fait subir au capital génétique du Maghreb fut probablement du même ordre que celle qui a résulté de l'invasion arabe : faible.

1. Signalons à ce propos que la relative suppression du lait et de la viande dans la consommation courante actuelle, — résultat, en Afrique du Nord, de la sédentarisation, de l'urbanisation, de la colonisation, de la décolonisation, de la modernisation, de la paupérisation, peu importe l'étiquette médicale du fléau — est un désastre pour la santé publique de ce semi-continent.

2. Voir note 1, p. 39.

Mais la révolution dans les croyances et dans les mœurs, elle, a dû — déjà — être énorme.

LE PREMIER ETHNOGRAPHE DU MAGHREB

Trois à quatre mille ans après les mangeurs d'escargots, on trouve dans les fouilles — cette fois exactement — les types anthropologiques actuels [1] du Maghreb, c'est-à-dire *les mêmes souches humaines vivant dans les mêmes conditions...*

Ils sont bergers, ils sont laboureurs, ils enterrent leurs morts près d'immenses pierres levées — à peu près comme les Européens ont commencé à le faire quelques siècles plus tôt, sans doute sous une influence venue, pour les uns comme pour les autres, du Levant méditerranéen. A part cela, que font les Maghrébins de leurs loisirs? Comment s'organisent-ils? Que pensent-ils?

Nous allons pouvoir disposer de quelques éléments pour l'imaginer, car nous sommes dans le bassin méditerranéen, c'est-à-dire dans la plus ancienne des « zones à histoire ».

Les premières mentions historiques du Maghreb se trouvent, dès les premières dynasties [2], dans les inscriptions égyptiennes, donc près de 3 000 ans avant notre ère, mais elles sont très pauvres en détails descriptifs non conventionnels, et il faut attendre le ve siècle avant le Christ pour enfin disposer d'une description « ethnographique ».

Le premier ethnographe du Maghreb est un Grec : Hérodote.

1. « A Roknia, on... discerne l'existence des types kabyle, noir et égyptien », H. Alimen, *Préhistoire de l'Afrique*, p. 472. Roknia est une immense nécropole mégalithique (3 000 dolmens) à 12 km de Constantine.

2. Sous la IVe dynastie (2723 à 2563 av. J.-C.) le roi Snéfrou fit une expédition guerrière chez ses voisins de l'Ouest et il en aurait ramené 11 000 prisonniers et 13 000 têtes de bétail. (Étienne Drioton et Jacques Vandier, *l'Égypte*. Presses Universitaires, 1962, p. 170.)

Ce véritable homme de science, curieux et probe, sera aussi le type même de l'informateur que chérissent les sociologues — assez fidèle pour répéter exactement même ce qu'il ne comprend pas, même ce qui lui paraît absurde, mais pas si crédule qu'on l'a prétendu : « *Pour moi*, dit-il, *je ne refuse pas de croire ce qu'on raconte... et je n'y crois pas trop non plus* [1]*... Est-ce vrai ? Je ne sais, j'écris ce qui se dit. Mais tout est possible* [2]... »

Par lui, et pour la première fois, nous allons enfin apprendre, sur ces hommes mystérieux d'avant l'histoire, des traits de mœurs et de caractère un peu plus détaillés que les sobres confidences des débris de cuisine préhistoriques.

MILLE ANS AVANT LA NAISSANCE DU PROPHÈTE, ILS PRATIQUENT LA CIRCONCISION

Hérodote vivait près de mille ans avant la naissance du prophète Mohammed, et il a beaucoup voyagé, notamment en Égypte : il nous apprend entre autres choses que les prêtres égyptiens se rasaient le corps entier régulièrement; qu'ils faisaient quatre ablutions par jour [3]; que tous les Égyptiens avaient horreur du porc [4], et qu'ils pratiquaient la circoncision [5] depuis les temps les plus anciens : « *Seuls parmi tous les hommes, les Colchidiens, les Égyptiens et les Éthiopiens pratiquent la circoncision depuis l'origine. Les Phéniciens et les Syriens de Palestine reconnaissent eux-mêmes qu'ils ont appris cet usage des Égyptiens.* »

L'interdiction de consommer du porc (qui sera mille ans plus tard confirmée par le Coran) est probablement beaucoup

1. Livre IV, 96.
2. Livre IV, 195.
3. Livre II, 105.
4. Livre IV, 186.
5. Livre II, 37.

plus ancienne que toute la durée de l'histoire, car les fouilles de l'époque néolithique, en Moyenne Égypte, ont révélé des gisements où l'on a découvert : « *Des monceaux d'ossements de bovins et de moutons, mais aucune trace de porcs. Ceux-ci étaient pourtant familiers à la même époque aux gens du Fayoum et du Delta*[1]. »

On sait qu'aucun homme ne se considère comme appartenant à l'Islam s'il n'est pas circoncis; et c'est au point qu'on traduit très souvent, en Afrique du Nord, « circoncision » par « baptême ». On sait moins que, sur cette coutume qui semble si importante mille ans plus tard et mille plus tôt, le Coran garde un étrange silence : *car il ne la mentionne pas une fois*. Dans le calendrier musulman, même réserve, et nous constatons qu'aucune fête n'est consacrée à la commémoration d'une circoncision quelconque.

Les chrétiens ont adopté une attitude exactement inverse, car ils célèbrent pieusement l'anniversaire de la circoncision de Jésus, — mais s'abstiennent de circoncire leurs fils.

Or, la volonté d'universalité du christianisme et son implantation à Rome furent assurément à l'origine du délaissement de la circoncision par les premiers chrétiens, et le tout a constitué une des causes de rupture entre christianisme et judaïsme. Il s'agit donc d'un conflit important, qui eut un retentissement considérable et durable dans tout le monde méditerranéen, — et particulièrement dans la région même où vécut et prêcha le prophète Mohammed.

Différent en cela de la religion d'Israël (qui doit à sa lointaine origine d'être essentiellement nationale et même raciale), l'Islam, comme le christianisme, s'est voulu d'emblée universel. Dans ces conditions, comment ne pas considérer comme très délibéré

1. Gordon Childe, *La Naissance de la Civilisation*. Paris, Gonthier, 1964, p. 83.

On trouvera dans W.-S. Blackman, *Les Fellahs de la Haute Égypte*. Payot, 1947, p. 245 à 273, un chapitre entier consacré à la comparaison entre les usages de l'Antiquité et ceux qui sont encore en vigueur: on constatera, en le lisant, combien cette société est conservatrice, mais probablement pas plus que les autres.

le silence absolu que garde le Saint Livre des musulmans, sur cette antique obligation sémitique de circoncire les enfants mâles, et comment ne pas voir dans la fidélité rigoureuse à cette pratique [1] que nous constatons chez tous les adeptes du Coran, une circonstance, et non un dogme : « *il se trouve* » que le christianisme a très vite été prêché à Rome, chez les incirconcis, tandis que l'Islam a continué à se développer dans un milieu sémitique où, nous venons de le voir, la circoncision était une pratique déjà ancienne et générale plus de mille ans avant la venue du prophète Mohammed.

A L'OUEST DE L'ÉGYPTE, UNE TERRE PRESQUE INCONNUE

Hérodote possède des renseignements moins directs sur l'immense région que nous appelons Maghreb et que, dans le monde hellénique, on nomme alors Libye (ce sont les Égyptiens, premiers « hommes lettrés » à l'avoir connue, qui, longtemps avant les Grecs, ont donné le nom de « *Lebou* » ou « *Libou* » à leurs voisins de l'Ouest).

Malgré cette absence de connaissance directe, la description physique du pays est fidèle; Hérodote situe exactement le désert, situe également la haute chaîne de montagnes qui s'étend parallèlement à la mer; il énumère avec exactitude les bêtes sauvages qui les habitent.

Sur les Grecs et les Phéniciens déjà installés le long du littoral, il est normal qu'il soit très informé, mais il nous parle aussi de l'intérieur du pays, occupé par des autochtones dont il nous dit que les uns sont « libyens » et les autres « éthiopiens », — c'est-

1. Naturellement de nombreux auteurs qui font autorité dans l'Islam prescrivent la circoncision, mais il n'en est pas moins vrai que le seul livre révélé, pierre angulaire de toute la doctrine musulmane, s'abstient même de la mentionner.

à-dire noirs. Il ne nous décrit pas physiquement les Libyens, mais les Égyptiens, mille ans avant Hérodote, les ont représentés (parfois avec des yeux bleus, une barbe châtaine, un teint rougeâtre); en revanche il nous donne des détails nombreux sur leurs habitudes, détails dont quelques-uns sont souvent si étrangement actuels que je crois utile de les passer en revue : au-delà des pulsations rapides de l'événement, ils nous aideront à percevoir les rythmes très lents de l'évolution.

Hérodote, en particulier, nous fait observer que les Libyens, comme les autres hommes, mangent de la viande et boivent du lait mais que, de même que les Égyptiens, ils se refusent à consommer ou à élever des porcs [1].

A propos des habitations libyennes, le vieil auteur nous dit qu'elles sont « *formées d'un entrelacement de tiges d'asphodèles et de joncs* », et qu'elles sont transportables [2]. Des constructions analogues c'est-à-dire n'utilisant ni la pierre, ni la brique, ni les tissus se rencontrent encore dans tout le Sahara oriental. Elles sont légères, fraîches, bien adaptées au pays; je les ai habitées dans le désert de Libye, j'en ai vues dans les campements touaregs, chez les Toubbous, chez les Daouadas [3]. On les nomme en touareg *akabar*, en arabe *zerîba*, et actuellement on ne les déplace guère, mais il est certain que le nomadisme a précédé en Afrique l'introduction de la tente noire et, avant cette introduction, l'habitation transportable que nous décrit Hérodote peut correspondre à l'*akabar* (pl. *ikbran*). Quant à la tente de nattes, si caractéristique des nomades du Niger, elle correspond mieux encore à la description d'Hérodote, et s'identifie avec la *mapalia* décrite par Salluste [4].

1. Livre IV, 186.
2. Livre IV, 191.
3. Daouada (dawwâda) est un pluriel arabe et signifie « mangeur de vers ». Pour les noms de peuples, l'usage français est de traiter la forme du pluriel comme une forme unique, et de dire un Touareg, un Chaouia, un Daouada, des Touaregs, des Chaouias, des Daouadas.
4. L'excellent ethnologue Charles Le Cœur (tué en Italie pendant la dernière guerre mondiale) avait observé la tente de nattes chez les Toub-

Il n'est pas possible actuellement de la trouver en Libye et dans le Hoggar, car sa fabrication demande une matière première qui manque dans ce pays : un certain palmier, commun dans l'Aïr, le *doum*, appelé aussi « palmier de Pharaon ». Il n'est d'ailleurs pas exclu que les nattes de doum, très légères et robustes, aient été jadis transportées sur de plus grandes distances qu'aujourd'hui.

L'historien grec signale en Libye la présence simultanée de deux modes de production qui caractérisent encore le Maghreb : celui des bergers nomades et celui des cultivateurs sédentaires; il nous montre les nomades allant chaque année faire leur cure de dattes, et mentionne l'habitude libyenne de griller et manger les sauterelles. Il nous décrit les ancêtres des Maghrébins jurant en posant la main sur les tombeaux de leurs grands hommes, pratiquant la divination en allant dormir sur ces tombeaux afin de faire des rêves prophétiques, engageant leur foi dans des pactes de fraternité [1], promenant solennellement une jeune fille avant un combat rituel au cours duquel d'autres jeunes filles se partagent en deux camps et luttent à coups de pierres et de bâtons [2]...

J'ai assisté personnellement, dans l'Aurès, au serment sur les tombeaux [3], à la promenade rituelle d'une petite fille dans les champs qu'on va labourer, aux joutes de la Kora [4] à coups de pierres et de bâtons, le premier jour du printemps. Les cures de

bous et sur le pourtour méridional du Sahara; il avait pensé qu'elle correspondait à la description très précise de *mapalia* qu'on trouve dans Salluste.

Voir aussi Georges Marcy, *A propos de Mapalia*. Hespéris, 1942, p. 23.

E. Laoust, *l'Habitation chez les Transhumants du Maroc central*. Hespéris, 1935, p. 18, 19, 76. C.-G. Feilberg, *la Tente noire*. Copenhague, 1944.

1. Livre IV, 172.
2. Livre IV, 180.
3. Marceau Gast, *Alimentation des Kel Ahaggar* (thèse de 3e Cycle, inédite) signale que les vieilles femmes, pendant les périodes de famine, interrogent les monuments funéraires *(idebnan)*, pour savoir quand arrivera le mil transporté par la caravane.
4. La Kora est un jeu rituel qu'on retrouve dans tout le domaine chamitique : *takourt* dans l'Aurès, *takerikera* chez les Touaregs.

dattes des nomades sont encore usuelles en Mauritanie, et quant aux pactes de fraternité, on me les a décrits — dans le Haut et le Moyen Atlas, en Kabylie — comme une chose qui se pratiquait encore il y a une génération.

LES MODES FÉMININES, MODÈLE DE CONSTANCE

« *A mon avis*, dit le vieil historien, *c'est en Libye que se firent entendre d'abord les cris aigus accompagnant les cérémonies religieuses; car l'usage de pousser ces cris est très répandu chez les Libyennes, et elles s'en acquittent fort bien* [1]. »

Sur ce point, les Maghrébines n'ont pas changé, et si un contemporain des tombeaux circulaires ressuscitait un jour de mariage dans n'importe quel pays d'Afrique du Nord, sans doute reconnaîtrait-il les *you-yous* de ses descendantes.

Contrairement à ce qu'on pourrait logiquement supposer, le costume féminin également le surprendrait assez peu, — couleur, coupe, ont, semble-t-il, une bien étonnante constance. Voici ce que nous en dit Hérodote : « *Les Libyennes jettent par-dessus leurs vêtements des égées (peaux de chèvre) épilées, garnies de franges, enduites de garance; et c'est de ces égées que les Grecs ont tiré le nom d'égide* [2]. »

D'après les gens que j'ai interrogés dans l'Aurès, le costume des femmes était composé, il y a deux ou trois générations, d'un rectangle de laine rouge grenat, non cousu et tissé à la main, qu'elles portaient directement sur une chemise longue.

Il semble que le costume observé par Jeanne Jouin dans les îles Kerkena ait une grande ressemblance avec celui qui m'a été décrit : « *Les femmes des îles Kerkena portent... un châle rectangulaire en épais tissu de laine rouge brodé...* » Un seul ton est

1. Livre IV, 190.
2. Livre IV, 189.

admis : le rouge foncé [1]. Quant au châle kerkénien qui fait partie des collections du Musée de l'Homme, et qui est reproduit dans l'article de J. Jouin, il est garni de franges.

En pays touareg, vers 1939, des esclaves Dag Ghali portaient encore [2] des vêtements de peau teints en rouge et garnis de franges; un siècle plus tôt, par contre, les Touaregs nobles portaient déjà les vêtements importés — blancs, noirs ou teints en bleu « guinée » — sous lesquels l'Europe les a connus peu après.

« ... *le long de la mer, du côté du couchant* [3], *font suite à ceux-ci les Maces; ils se rasent la tête en réservant des crêtes, laissent pousser le milieu de leur chevelure, et rasent les parties de droite et de gauche jusqu'à la peau...* »

Les Touaregs n'ont qu'un seul mot pour nommer la crête du coq et cette taille de cheveux, le mot *agharkouba* (pl. *igharkoubaten*), mais on coiffe ainsi les jeunes enfants dans de nombreux endroits du Maghreb. Dans toute l'Algérie, on emploie le mot *gettaya* (intraduisible), et parfois aussi le mot *choucha*, pour désigner soit la mèche de cheveux autour de laquelle la tête est rasée, soit la bande chevelue en forme de crête. On donne à l'une et à l'autre une valeur de protection fort peu orthodoxe [4].

1. Jeanne Jouin, « le Tarf des Kerkéniennes », *Revue des Études islamiques*, 1948, p. 51.

2. M. Guy Barrère, instituteur dans le Hoggar, possède une tunique en peaux de chèvre et de mouton tannées dans l'Aïr et teintes en rouge, fabriquée en 1956 ou 1957 par une vieille femme Dag Ghali; elle a des franges.

3. Hérodote, *Histoires* (Melpomène, Livre IV), § 175.

4. El Bokhari, *L'Authentique Tradition musulmane, choix de h'adiths*. Op. cit., p. 89, p. 291, § 67.

« *Selon 'Omar ben Nâfi, Ibn 'Omar dit avoir entendu l'Envoyé de Dieu (à lui bénédiction et salut) interdire le qazà. Comme, dit 'Obaïd Allah (le râwî précédent), je demandai (à 'Omar) ce que c'était que le qazà, il nous dit, avec des gestes, (que Nâfi', son père, avait dit) : C'est lorsqu'on rase la tête d'un enfant en laissant par endroits « une touffe de cheveux », et 'Obaïd Allah montra de nouveau son toupet de cheveux et les deux côtés de sa tête. Comme on*

HOMMES SANS TÊTE ET HOMMES A TÊTE DE CHIEN

Même les fables que rapporte Hérodote ont un son familier. Par exemple : « *A partir de ce fleuve (Triton), la partie occidentale est très montagneuse, boisée et riche en bêtes. C'est chez eux que se trouvent les serpents de très grande taille, les lions, les éléphants, aspics, ânes portant des cornes et les cynocéphales et les acéphales qui ont leurs yeux dans la poitrine à ce que disent d'eux les Libyens* [1]. »

Or, lorsque, dans l'Aurès, je recueillais les généalogies des tribus [2], un chef de famille me fit le récit du pèlerinage à La Mecque [3] de son grand-oncle : « *vrai pèlerinage* », me dit-il, « *à pied par le désert* »... En route, le pieux voyageur avait rencontré « *les grands serpents qui mangent les gens, les hommes sauvages qui marchent nus* », et surtout les Beni Kleb, dont il avait dit à son retour : « *Ils ont l'odeur, le poil et les oreilles du chien; les mains, la figure et les pieds sont comme d'un homme.* » Visiblement, aux yeux du petit-neveu, c'était la rencontre des Beni-Kleb (les cynocéphales d'Hérodote) qui authentifiait péremptoirement l'itinéraire de l'oncle, et non son témoignage qui prouvait l'existence de ces étranges bipèdes.

A une autre extrémité du Maghreb — à Idélès, petit centre

demandait à 'Obaïd Allah si cela s'appliquait également à la fille et au garçon (pubères), il répondit : Je ne sais pas, car Nâfi' a dit ainsi : « l'enfant », et cependant, je lui ai renouvelé la question et il m'a répondu : Quant aux mèches des tempes et de la nuque, il n'y a pas de mal à les laisser au jeune homme, mais le qazà (en question) consiste à laisser des plaques de cheveux, alors qu'il n'y en a pas d'autres sur la tête. Il en est de même quand on partage les cheveux de-ci, de-là, sur la tête. »

1. Livre IV, 192.
2. Entre 1934 et 1940.
3. Probablement vers 1850.

de culture du Hoggar — on recueille [1] une tradition relative à un marabout nomade de la région de Tazrouk, mort il y a cinquante ans environ, après avoir séjourné au pays des Noirs, au-delà du pays Haoussa, *chez les anthropophages, les Beni A'ryan qui vivent tout nus, et les Beni Kelboun* : dans cette dernière tribu, tous les mâles naissent chiens, mais les enfants de sexe féminin sont des femmes et ils ne se marient qu'entre eux.

Quant à nous, si les témoignages presque contemporains du marabout touareg et du pèlerin chaouïa ne nous suffisent pas, voici Guillaume le Testu, Français du XVIe siècle, pilote de son état, auteur d'un atlas [2] où il a fait dessiner trois chameaux, à côté des hommes sans tête et des hommes à tête de chien; voici un chevalier anglais [3] qui, lui, ne fait pas œuvre de compilateur, mais raconte ce qu'il a vu : ... « *devers midy demeurent des gens de laide nature et de mauvaise nature, qui n'ont point de tête* »; et voici un prêtre, envoyé du pape [4] dans les mêmes régions, à la même époque, qui nous décrit « *les gens qui ont visages de chien* »; voici enfin le sculpteur bourguignon du portail de Vézelay qui représente le tout sur le tympan du narthex, aux côtés du Christ en majesté... Il est vrai que, selon une tradition, un homme à tête de chien a été canonisé [5].

Certes, il n'est pas exclu que le Grec Hérodote ait un droit de paternité sur tous ces contes [6], (ses livres ont été copiés, traduits,

1. Je dois cette information à Guy Barrère qui parle le touareg, et qui depuis huit ans dirige l'école de ce petit village sédentaire, situé au cœur du Hoggar.

2. Vers 1550.

3. Jean de Mandeville, auteur du *Livre des Merveilles*, manuscrit écrit en français. Il voyage entre 1332 et 1356.

4. Le frère Odrio de Frioul voyage vers 1314.

5. « *Saint Christophe, ce vaillant martyr du Christ était, nous dit-on, un cynocéphale.* » (Émile Mâle, *L'Art au* XIIe *siècle*, 1947, p. 330.)

On peut voir, parmi les sculptures de Notre-Dame-de-Paris, un saint Christophe à tête de chien.

6. On les retrouve chez des auteurs anciens comme Pomponius Mela, et ils ont pu puiser leurs informations soit dans le livre, soit dans la tradition orale née du livre.

diffusés largement, et ils ont pu « folkloriser ») — mais il n'est pas exclu non plus que ce qui se racontait déjà au temps d'Hérodote ait continué à se raconter aux mêmes endroits. En tous cas les deux anecdotes — celle de l'Aurès et celle du Hoggar — n'étaient nullement considérées par les gens qui les colportaient comme des légendes, mais comme des aventures réelles, récentes, indiscutables, survenues à des hommes honorablement connus de tout leur village.

« *Est-ce vrai ? Je ne sais, j'écris ce qui se dit...* »

UN IMMENSE AMAS DE CARAPACES VIDES

Ce développement un peu long n'avait pas seulement l'ambition de situer le plus ancien des historiens par rapport à ses successeurs plus modernes — et de souligner ainsi la très haute qualité de ses informations — mais aussi de montrer combien les sociétés que nous étudions ici sont conservatrices. Bizarrement conservatrices, ainsi que nous allons le voir.

Il est souhaitable, certes, de ne pas confondre les formes sociales avec ce qu'elles contiennent, et fort déplorable de n'attacher d'importance qu'à ce qui a perdu toute signification. Pourtant, il nous faut remarquer ici que les sociétés humaines peuvent ressembler parfois aux vertébrés, dont les squelettes survivent à leur enveloppe de chair, mais parfois aussi aux mollusques, dont le corps disparaît tout entier tandis que les carapaces échappent seules à la destruction de la mort.

Des « coquilles sociales » (réutilisées parfois par plusieurs séries de bernard-l'ermite usurpateurs), puis brisées, émiettées, et sous forme de débris, presque indestructibles, c'est cela qu'on nomme folklore. Or qui dit « folklore », dit « population avec histoire », car chez les peuples sans passé connu, on distingue mal, dans tel système cohérent que nous apercevons un beau jour, ce qu'il peut avoir emprunté à des devanciers.

Il n'en est pas de même dans la vallée méditerranéenne. Là, nous pouvons trouver un grand nombre de coutumes *actuelles*, dont l'immense antiquité nous est attestée dès l'aube de l'écriture, voire même un peu avant : telle cette horreur du cochon, qu'il est permis de déduire des fouilles néolithiques de la Moyenne Egypte [1].

FEUILLAGES PERSISTANTS ET RACINES CADUQUES

Certes, de grands changements sont intervenus, dans le monde en général et dans le Maghreb en particulier, au cours des vingt-cinq siècles qui nous séparent de la description d'Hérodote, et vouloir rapprocher les vingt peuples qu'il énumère des groupements actuels est aujourd'hui une entreprise ardue, — Ibn Khaldoun est beaucoup plus près de nous, et on se perd pourtant à vouloir retrouver les tribus contemporaines dans le damier qu'il nous présente. Imaginons plutôt les antiques civilisations du Maghreb comme des colliers : de temps en temps un fil casse, les perles roulent d'un rivage à l'autre, se mêlent entre elles. Puis le fil d'un nouvel État réunit le tout dans un ordre différent... Ce sont toujours les mêmes perles [2], mais ce n'est plus le même collier.

Le plus vieil ethnographe du Maghreb s'intéressait, par chance, aux structures de la parenté, c'est-à-dire à ce qui existe de plus essentiel, de plus fondamental dans une société, car les faits de civilisation s'empruntent aisément, — nous

1. Voir note 1, p. 94.

2. La même observation — portant cette fois sur les types anthropologiques et non sur les faits de civilisations — a été faite, dès 1886, par M. Collignon : « *Il n'est pour ainsi dire pas de localité où il ne soit possible de retrouver plusieurs, sinon la totalité des types répandus sur le territoire.* » (*Bulletin de géographie historique*, p. 282.) Ce qu'il dit de la Tunisie est pratiquement vrai dans tout le Maghreb; le *dosage* des types caractérise cependant chaque région.

pouvons le constater chaque jour — mais, lorsqu'une société change ses structures, c'est un événement si énorme qu'on ne peut l'expliquer que par une maturation interne.

Le Maghreb, où des choses changeantes (modes féminines, coupes de cheveux, « reportages ») furent apparemment immuables depuis la préhistoire jusqu'à nos jours, où les « faits de civilisation » les plus notoirement islamiques (donc importés à une date historique), se trouvent cependant déjà implantés mille ans avant la prédication du Coran, va maintenant nous montrer ses racines — combien différentes de celles que nous pouvons découvrir aujourd'hui ! Étrange végétal à feuillage persistant et racines caduques.

INCERTAINE JALOUSIE

Laissons maintenant la parole au témoin, en notant simplement sans omission tout ce qui, dans son récit, concerne directement notre sujet.

Il va nous nommer, situer, et brièvement décrire, une vingtaine de peuples, mais certains d'entre eux ont les mêmes coutumes que leurs voisins et c'est pourquoi il ne nous donne que cinq schémas sociaux.

Premier peuple (en venant d'Égypte)[1] : « *Leurs femmes portent à chaque jambe un anneau de cuivre : elles ont de longs cheveux... Ils présentent au roi les jeunes filles qui vont se marier; si quelqu'une plaît au roi, c'est lui qui la déflore.* »

Sixième peuple[2] : « *Leur coutume est d'avoir chacun plusieurs épouses, mais ils usent des femmes en commun à peu près comme les Massagètes : ils plantent un bâton en avant du lieu où ils vont s'unir à une femme, et s'unissent à elle. Quand un homme, chez les*

1. *Adyrmachides*, Livre IV, 168.
2. *Nasamons*, Livre IV, 172.

Nasamons, se marie pour la première fois, il est d'usage que l'épousée passe, la première nuit, par les mains de tous les invités et se livre à eux; et chacun, quand elle s'est livrée à lui, lui donne en présent ce qu'il a apporté de sa maison. »

Dixième peuple [1] : « *A la suite... viennent les Gindanes, dont les femmes portent aux chevilles nombre d'anneaux de cuir, chacune d'après cette règle, à ce qu'on dit : pour chaque homme avec qui elle a commerce, elle se met un anneau; celle qui en a le plus, celle-là est considérée comme la plus méritante puisqu'elle a été aimée par le plus d'hommes.* »

Douzième et treizième peuple [2] : Les Machlyes et les Auses ont des coutumes analogues que voici : « *Lors d'une fête annuelle d'Athéna, leurs jeunes filles, partagées en deux camps* [3], *combattent les unes contre les autres à coups de pierres et de bâtons, accomplissant ainsi, disent-elles, une cérémonie instituée par leurs pères en l'honneur de la divinité indigène que nous appelons Athéna; celles d'entre elles qui meurent de leurs blessures sont appelées de fausses vierges. Avant de les laisser combattre, voici ce qu'on fait : à frais communs, on orne une jeune fille, la plus belle chaque fois, d'un casque corinthien et d'une armure hellénique complète, on la fait monter sur un char, et on la promène autour du lac.* »

Sur leurs coutumes matrimoniales : « *Ils possèdent les femmes en commun, ne contractant pas de mariage.* » « *Lorsque l'enfant d'une femme a pris de la force, les hommes se rassemblent au même lieu, dans le troisième mois, et l'enfant est tenu pour le fils de celui à qui il ressemble.* »

Dix-neuvième peuple : « *Les Zauèces* [4], *dont les femmes conduisent les chars pour la guerre...* »

Hérodote ne nous donne pas d'autres informations sur les structures familiales des grands-pères nord-africains. Malgré leur brièveté, ces quelques notes nous permettent du moins

1. *Gindanes*, Livre IV, 176.
2. *Machlyes et Auses*, Livre IV, 180.
3. La description de ce jeu correspond exactement à la Kora, jeu rituel du Maghreb actuel.
4. *Zauèces*, Livre IV, 194.

de ne pas expliquer par l'hérédité la jalousie conjugale — indéniable — des habitants actuels du Maghreb. Sur tous les autres points, elles soulignent au contraire l'extrême conservatisme social des zones non urbaines de cette région.

Autant qu'on puisse le savoir, la jalousie est un sentiment naturel : on peut en effet la rencontrer, à des degrés et dans des circonstances qui varient, sur tous les continents. L'existence de la jalousie ne traduit donc pas, à elle seule, l'influence de la société; par contre, l'absence totale de jalousie, dans une situation où habituellement on l'observe, tout comme l'hypertrophie de ce sentiment, quand elle est généralisée, sont des faits sociaux. Or, le premier cas nous est décrit comme existant dans une certaine population, et le second cas — inverse — est justement celui que nous pouvons rencontrer, de nos jours, dans cette même population.

Pour expliquer cette curieuse substitution, il nous faut maintenant analyser la relation fraternelle, c'est-à-dire d'abord frère et frère, et ensuite frère et sœur.

V. « VOICI VENUE LA FÊTE DE NOS[1] NOCES, O MON FRÈRE... »

PARTAGES FRATERNELS

Que la filiation soit paternelle ou qu'elle soit maternelle[2], nous retrouvons dans les vieilles sociétés maghrébines un lien qui reste toujours fondamental : celui de fraternité.

Ce lien fraternel est assez universellement déterminant pour nous permettre sans grand risque de compléter le texte du plus ancien des ethnologues, et d'assurer que le groupe de maris qui se partageaient un groupe de femmes ne s'était pas recruté par cooptation, élection ou hasard, mais qu'il était uni par un lien préalable et indestructible : le lien fraternel. Les « co-maris » dont parle Hérodote étaient des hommes de la même *ferqa*[3], ou plutôt d'un groupe presque identique qui évidemment s'appelait autrement.

Quant aux femmes, cette histoire sous-entend pour elles — dans un lointain passé, il est vrai — une certaine confusion entre la relation d'épouse et celle de belle-sœur.

1. C'est une mariée qui chante, et le texte original dit : « tes noces » (sous-entendu « avec moi »). Pour rendre le sens véritable en français, il faut dire « nos noces ».

2. Les deux systèmes existent chez les Berbères, mais le second ne se rencontre plus que chez les Touaregs et pas chez tous, ou du moins pas actuellement.

3. Sur la *ferqa* (ou clan), voir p. 138.

Dans le présent et dans tout le passé qui ne nous est pas inconnu, nous retrouvons, partout dans le Maghreb, ce lien de fraternité assorti d'un maximum de privilèges et de charges. Deux hommes issus du même père au nord du Sahara, ou issus de la même mère au sud du Sahara, n'ont pas seulement le même nom, ils ont aussi le même honneur, la même « personnalité ». Dans les questions de vengeance, ils sont rigoureusement interchangeables et j'ai connu beaucoup de cas — contemporains — où des hommes s'attendaient à mourir pour le crime d'un de leurs frères [1].

Cette mise en commun de toutes les variétés de profits et de déboires, qui caractérise la relation fraternelle dans le Maghreb, n'implique nullement la familiarité. Le frère aîné est presque aussi respecté qu'un père, on doit baisser les yeux en sa présence, ne pas fumer devant lui, s'éloigner quand il assiste à une réunion d'hommes pour ne pas risquer d'entendre une plaisanterie qui, en présence de son cadet, le ferait rougir. Dans beaucoup de familles maghrébines, les petits frères appellent leur aîné « *sidi* » (monseigneur) et inversement le frère aîné, avant même d'être un adolescent, prend l'habitude de pontifier avec ses cadets et ses cadettes.

MONSEIGNEUR MON FRÈRE

Il est vrai que ce marmot est destiné à de grandes responsabilités car, si la famille reste dans l'indivision (cas dont j'ai connu beaucoup d'exemples notamment dans l'Aurès avant 1940), c'est lui qui aura l'honneur et la charge de gérer tout le patrimoine commun.

C'est là encore un point sur lequel les données de l'Histoire et celles de l'ethnographie ne semblent pas coïncider : car

1. Page 141 et suivantes.

l'historien [1] (tout en notant un privilège facultatif ou plus ou moins moral de l'aîné) signale dans le Moyen Orient, la Grèce, l'Inde et la Chine l'égalité qui règne entre les fils et qui se traduit par le partage du patrimoine; il attribue exclusivement cette règle d'héritage à l'État despotique, et il l'oppose ainsi à celle qui règne dans l'Europe du Moyen-Age, où l'une des manifestations de la liberté s'exprimerait par le privilège de l'aîné en matière d'héritage.

Or c'est justement dans les régions où le partage égalitaire de l'héritage entre les fils est attesté depuis une haute antiquité [2] (Grèce, Babylonie, Egypte) que nous trouvons le plus haut respect pour l'aîné, tandis que, dans des pays où le privilège de l'aîné en matière d'héritage est encore actuel (Angleterre), ou presque actuel (France), le protocole fraternel est sensiblement égalitaire.

En fait l'opposition, entre les données observables actuellement et celles dont nous pouvons trouver dans l'histoire les traces très lointaines, est moins grande qu'il ne semble, car dans l'Égypte pharaonique « *le fils aîné* [3], *à qui incombaient d'importantes tâches rituelles, recevait une part plus grande de l'héritage paternel, mais les autres enfants pouvaient réclamer la part que la loi leur garantissait. Le principe d'une division plus ou moins égale est clairement établi dans le code babylonien. Un don fait par le père durant sa vie au premier-né n'est pas inclus dans le partage final... La loi assyrienne est plus complexe. Là aussi le fils aîné jouit d'un avantage, mais tous les autres frères ont droit à leur part.* »

« *En Inde, la situation, à l'origine privilégiée, du fils aîné fut progressivement réduite...* »

1. Karl A. Wittfogel, *le Despotisme oriental*. Éditions de Minuit, 1964, p. 140.

2. Très longtemps avant l'Islam, en tous cas. On sait que ce dernier prescrit le partage égal entre les fils, et pour chaque fille une part équivalente à la moitié de la part d'un fils. Ce partage entre les fils n'était pas une innovation dans le Moyen Orient, mais la participation des filles, de la mère et de la veuve à l'héritage en était une.

3. K.-A. Wittfogel, *op. cit.*, p. 140-141.

« PLEURE PAS, CHAPELON, JE T'ACHÈTERAI UNE CARPE AUX OEUFS »...

En France, on sait que le droit d'aînesse a été officiellement abrogé par la Révolution française, mais dans de nombreuses familles il a pratiquement survécu jusqu'au début du XXe siècle (notamment dans la famille de ma mère, originaire du Massif Central). Pourtant actuellement les enfants sont presque partout traités de la même façon. Quelques exceptions cependant, toutes situées dans le Midi, et en majorité sur la rive gauche du Rhône entre le Ventoux et la mer [1]...

Là, dans les vieilles familles, des gens de plus de cinquante ans appellent encore les cadets par leur prénom, tandis que pour le fils aîné, et lui seul, ils utilisent le nom patronymique. Dans certaines de ces mêmes familles on a dit « vous » à l'aîné dès sa naissance, et l'on a tutoyé d'emblée tous les autres enfants.

Une petite scène croquée sur le vif, il y a une trentaine d'années, dans un tramway de Lyon : une commère, pour consoler son rejeton de trois ans qui braillait de tout son cœur, lui disait : « *Pleure pas, Chapelon, je t'achèterai une carpe aux œufs et tu lui feras péter la gonfle.* » Chapelon se calma, tandis que l'ethnographe notait que le petit despote était le fils aîné d'une famille française du Sud-Est.

Au sud de la Méditerranée, la situation est exactement inverse, car nous trouvons là, entre les frères, à la fois une très ancienne tradition d'égalité en matière d'héritage, et une inégalité effective encore actuelle dans les protocoles familiaux.

Un intelligent petit garçon du Moyen Atlas me disait : « *Je suis le fils aîné de mon père. Il paraît que c'est très important.* »

1. Des cas beaucoup plus isolés subsistent aux confins de la Lozère et la Haute-Loire.

Chez les Touaregs actuels, le rang des frères est encore si essentiel que pratiquement un Touareg n'emploie le mot qui littéralement signifie « frère » — fils de ma mère : *aitma* — que pour désigner d'une façon générale l'ensemble de ses parents [1]. Pour ses frères véritables, il dira « mon aîné », *amaqqar*, ou « mon cadet », *amadray*. Même pour un cousin ou une cousine parallèle, il emploiera ces mots, et un homme dira d'une jeune fille qui peut éventuellement être plus jeune que lui, c'est ma *tamaqqart* (littéralement « ma vieille »); cela signifie alors qu'elle est sa cousine germaine, fille du frère aîné de son père ou de la sœur aînée de sa mère.

Dans cette même région, l'héritage suit fidèlement la loi coranique : une part à la fille, deux parts aux fils, mais les droits ne se transmettent que par les filles (du moins dans le Hoggar), et les droits souverains d'abord au fils aîné de l'aînée des tantes maternelles ou de l'aînée des sœurs.

Le droit d'aînesse, comme beaucoup d'autres privilèges, peut aussi devenir une charge, et je connais de nombreux jeunes Algériens qui doivent d'avoir fait des études supérieures au dur travail en usine d'un frère aîné illettré qui fut leur véritable père; au Maroc, un frère aîné de bonne famille hésitera à se marier avant d'avoir établi ses sœurs; au Liban, une orpheline majeure n'osera pas le faire sans l'autorisation de son frère aîné; en Grèce (Argolide), le jeune Nikos avait près de trente ans en 1964, mais il songe d'abord à marier sa sœur, à faire instruire son petit frère, — et, après seulement, à fonder lui-même une famille.

A travers tout le Vieux Monde, au nord et au sud de la Méditerranée, l'observateur contemporain peut ainsi recueillir d'antiques coutumes originales qui se ressemblent, et l'on peut ainsi rencontrer un peu partout des hommes qui eurent dans leur famille une certaine position assez périlleuse au point de

1. Pour préciser la parenté, on dit maintenant : *aitma win ti*, littéralement « fils des mères, ceux de mon père » (parent par mon père); *aitma win anna*, « fils des mères, ceux de ma mère » (parent par ma mère).

vue psychique : celle d'aîné. Ce petit bonhomme que ses cadets traiteront comme un personnage, que son père, par pudeur, n'osera pas embrasser devant un membre âgé de la famille [1], qui sera adulé par sa mère, sa grand'mère, ses tantes, ses sœurs, s'il n'a pas une très bonne nature, deviendra facilement insupportable.

Un proverbe recueilli à Tlemcen dit : « *La maison des musulmans comporte le roi, la reine, le cochon et la bête de somme.* » Le roi, c'est le bébé — le dernier-né, le *m'azouz* (*m'azouz* signifie regain); « la reine » c'est la mère [2], et la bête de somme, le père de famille. Quant au cochon, c'est le frère aîné.

En conclusion, le respect pour l'aîné est un des traits communs à tout l'Ancien Monde : que nous soyons chez des sédentaires, des nomades, des citadins, dans une région à parenté masculine ou dans les zones résiduelles où domine encore la parenté féminine. La répartition égale de l'héritage entre les fils coexiste souvent avec un respect quasi-filial pour le frère aîné et un dévouement quasi-paternel de celui-ci.

Il est très possible, sinon probable, que la répartition égale de l'héritage soit plus ancienne que l'Islam qui la prescrit, du moins dans le Maghreb. Là, elle n'a sûrement pas pour cause l'intervention d'un État despote (comme ce serait, dit-on [3], le cas dans le Levant); actuellement on l'explique sans effort par le fait qu'elle « coïncide » avec la loi coranique, ce qui peut sembler une explication suffisante. L'explication, en réalité, ne suffit pas, car en matière d'héritage féminin le Maghreb paysan s'est allégrement dispensé d'obéir à l'Islam. S'il a parfaitement obéi en matière d'héritage masculin, c'est apparemment parce que celui-là ne le gênait pas, ou peut-être parce qu'il était déjà conforme à ses usages.

1. Notamment son beau-père (le père de sa femme) son propre père, son frère aîné, — ce dernier à un degré moindre.

2. A Tlemcen, l'épouse est une cousine, étroitement cloîtrée mais respectée et rarement répudiée.

3. Selon Karl Wittfogel, *op. cit.*, p. 140.

Il me semble en effet que, dans le vieux Maghreb comme dans la Grèce républicaine, la *taousit*, la *ferqa*, le clan, la tribu — quel que soit le nom qu'on donne au groupe —, avaient encore plus besoin d'hommes que de terres ou de moutons. Que vaut en effet un patrimoine qui n'est pas défendu?

Lorsque la propriété individuelle s'est généralisée, le partage égalitaire peut avoir eu dès lors pour mobile de retenir les cadets. Ce besoin d'hommes pouvait d'ailleurs se combiner avec une structure traditionnelle du commandement qui, elle, privilégie encore l'aîné. Or, en zone rurale, à une époque presque contemporaine, le patrimoine commun était encore plus géré que possédé, et cette gestion était assurée par l'Ancien : le plus vieux survivant de la plus vieille génération.

L'HONNEUR DES SŒURS

Dans toute la Méditerranée nord et sud, la virginité des filles est une affaire qui — fort étrangement — concerne d'abord leur frère, et plus que les autres frères leur frère aîné.

Un petit mâle de sept ans est ainsi déjà dressé à servir de chaperon à une ravissante adolescente dont il sait très exactement à quel genre de péril elle est exposée. Or, ce risque est présenté à l'enfant comme une cause de honte effroyable, qui doit précipiter dans l'abjection la totalité d'une famille pleine d'orgueil, éclaboussant même les glorieux ancêtres dans leurs tombeaux, et il est lui, moutard mal mouché, personnellement comptable vis-à-vis des siens du petit capital fort intime de la belle jeune fille qui est un peu sa servante, un peu sa mère, l'objet de son amour, de sa tyrannie, de sa jalousie... Bref : sa sœur.

Rien d'étonnant à ce qu'une pareille « mise en condition » du petit homme aboutisse *dans toute la Méditerranée* à un certain nombre de crimes stéréotypés. En voici un, pris au hasard dont la victime fut une jeune poétesse italienne, contemporaine de François Ier, — mais ce type de crime est encore actuel en Grèce, au Liban, en Irak [1] et dans tout le Maghreb.

Isabella Morra, fille du baron de Favale, naquit en 1521 et fut assassinée à 25 ans.

« *Dans le château* [2] *peu distant de Bolleta (aujourd'hui Nova Siri) vivait un gentilhomme espagnol, don Diego Sandoval de Castro, gouverneur de Cosenza, poète lui aussi. Fort probablement, entre Isabella et don Diego, il n'y a échange que de vers. Les deux jeunes gens ne se sont jamais vus sans doute...* Mais *un jour que don Diego lui avait envoyé par l'intermédiaire du précepteur des Morra une épître (ou des poèmes encore, le point est resté obscur), les frères d'Isabella interceptèrent la lettre, mirent à mort le messager, poignardèrent leur sœur et, non contents encore, tendirent au gentilhomme espagnol une embuscade mortelle.* »

A propos de ce vieux crime exemplaire, Dominique Fernandez mentionne « *la férocité masculine aux aguets de la vertu des sœurs* » et le « *crime d'honneur, c'est-à-dire la jalousie incestueuse déguisée en défense de la famille* »...

Pour ne pas alourdir cette étude, je limite les citations et les références, mais voici un auteur dans le domaine public — Stendhal [3] — et une histoire « chrétienne » qui se passe il y a quatre siècles (exactement en 1559) : « *Le 30, D. Léonard del Cardini, parent du duc et D. Ferrand, comte d'Alisse, frère de la duchesse, arrivèrent à Gallese et vinrent dans les appartements de la duchesse pour lui ôter la vie.* » Un des prêtres (présents pour administrer la duchesse) fait alors observer à son frère qu'il serait bon d'attendre pour la tuer qu'elle ait accouché. Le frère répond :

1. En 1964, la presse a signalé deux décrets du maréchal Aref, l'un graciant totalement 43 frères ayant assassiné leur sœur; l'autre réduisant à un an tous les verdicts dépassant cette peine et punissant un « crime d'honneur ».

2. Dominique Fernandez, (*op. cit.*, p. 61) après l'érudit italien Benedetto Croce, raconte son histoire; on connaît d'elle trois chansons et dix sonnets.

3. Stendhal, *Chroniques italiennes*. Bibliothèque de la Pléiade, Romans et Nouvelles, tome II, p. 728.

« *Vous savez que je dois aller à Rome, et je ne veux pas y paraître avec ce masque sur le visage*[1]... Plus loin, Stendhal commente : « *Quelques années plus tard, le prince Orsini épousa la sœur du grand-duc de Toscane; il la crut infidèle et la fit empoisonner en Toscane même, du consentement du grand-duc son frère*[2], *et jamais la chose ne lui a été imputée à crime. Plusieurs princesses de la maison de Médicis sont mortes ainsi.* »

Stendhal attribue ces coutumes à la « passion italienne ». Quelle passion? car il ne s'agit pas de la jalousie d'un époux. C'est le frère qui tue sa propre sœur.

Le petit despote, le jeune chef de famille, est aussi, normalement, un être qui a été frustré.

Dans le Maghreb, en effet, la mère appartient au dernier-né : il dispose d'elle en maître souverain, exclusif, incontesté, de jour comme de nuit. Le jour, le petit vit collé à elle, circulant sur son dos ou somnolant sur ses genoux; la nuit, il couche nu contre elle, peau contre peau. Il tète quand il le veut, dort, s'éveille ou fait ses besoins à son gré. Au-delà de la mère, dans une brume bienveillante, circulent des êtres familiers — sœurs, tantes, grand'mères, pères, oncles —, l'enfant les distingue mal. Tous le caressent en passant et ne le contrarient guère.

Lorsqu'une nouvelle naissance survient, en quelques heures il perd tout : la place au lit, le sein, la disposition totale et inoubliable d'un être. Le choc émotif est toujours intense, si intense que des maux sévères en résultent parfois, assez fréquents pour que des thérapeutiques existent afin de les éviter à l'enfant : en Oranie, par exemple, pour empêcher l'avant-dernier-né de haïr le nouveau venu (et d'être malade ou de mourir de cette

1. Stendhal, *op. cit.*, p. 730.

2. Dans les villages du Maroc et de Kabylie on raconte des histoires de ce type, mais pas dans l'Aurès où une femme est parfois tuée par son mari mais jamais par son père ou ses frères (on sait que le Coran interdit le meurtre de la femme adultère quand il n'existe que des preuves indirectes : il exige que l'adultère ait été *vu* par plusieurs témoins. L'Évangile l'interdit simplement). — Chrétiens et musulmans méditerranéens ont en commun de ne tenir nul compte de ces interdictions ou de ces restrictions.

haine) on lui prépare un œuf, gourmandise appréciée, après l'avoir mis entre les cuisses du bébé jusqu'à ce qu'il le salisse — opération à coup sûr de caractère magique. Le petit jaloux peut aussi jeter un sort au nouveau-né, — le « manger », — selon l'expression populaire.

La maladie semble connue dans toute l'Algérie, avec des symptômes analogues, mais elle n'est pas nommée partout; dans la région bônoise [1], elle a un nom [2] : *bou-ba'ran* qui se réfère à son principal symptôme : *ba'ran* signifie anus, et la jalousie fait sortir l'anus. Comme antidote, on trempe sept dattes dans le sang de l'accouchement, et on les fait manger à l'enfant frustré; en même temps, toute la famille redouble d'attentions tendres à son égard.

Dans toute l'Algérie, on dit usuellement à un homme qui en déteste un autre : *il n'est pourtant pas né après toi.*

La naissance d'un frère n'est pas l'unique crise de l'enfance : dès que le petit homme est en âge de comprendre, dans beaucoup de familles il ressent avec grande anxiété combien la situation de sa mère est précaire au foyer, — car un caprice paternel suffit pour la lui retirer. Et l'enfant le sait très tôt.

Au cours des années que j'ai passées avec les semi-nomades du sud de l'Aurès, j'ai reçu souvent des confidences d'adultes, où figurait le souvenir de cette angoisse enfantine, et j'ai vu pleurer un petit garçon de treize ans qui m'a déclaré : « Si ma mère est renvoyée, je me suiciderai. » (Ceci se passait en 1935, et il n'y avait jamais eu aucun suicide [3] dans l'Aurès à cette date, mais le gamin avait été en classe et connaissait le mot.)

J'ai parlé brièvement des relations de l'enfant avec son père

1. Claude et Mabrouka Breteau ont étudié les « maladies sociales » dans la région de Bône; une partie de leur documentation figure dans le mémoire inédit de Claude Breteau (École pratique des Hautes Études, VIe Section) déposé le 1er mars 1964 et intitulé : *Nord-Est constantinois, premier palier de la Personnalité.*

2. Ce nom est utilisé à Alger.

3. Le suicide était très rare en Algérie avant 1940; on en citait quelques cas dans les villes, notamment à Constantine. Actuellement il est fréquent.

et avec l'aîné de ses frères, relations distantes, respectueuses et gênées, qui se dessinent dès qu'il sort des jupes des nourrices; il faut mentionner également son amour possessif pour sa mère et le fait que le petit garçon devient très tôt le surveillant responsable de ses sœurs (nous avons vu que, au nord comme au sud de la Méditerranée, un gamin de moins de dix ans accompagnera très normalement les filles de sa famille comme porte-respect, comme chaperon, et ce type de relations fraternelles [1] peut évoluer vers une immense tendresse réciproque ou vers un despotisme odieux).

Mon propos n'est d'ailleurs pas d'étudier ici les traumatismes subis par l'enfant maghrébin au cours des premières années de sa vie, je veux seulement signaler que ce terrain enfantin est aussi propice qu'un autre aux tourments précoces qui forment et déforment les âmes.

C'est un fait en tout cas que, sur les deux rives de la Méditerranée, les crimes appelés « passionnels » sont proportionnellement plus nombreux que dans le reste du monde, et c'est un fait aussi que parmi les causes qui les favorisent, on ne peut pas exclure l'arrière-plan dramatique de l'enfance.

FABRICATION DE LA JALOUSIE

Pourtant, le facteur le plus déterminant n'est pas celui-là, et l'on approche probablement davantage de la vérité en inversant les explications routinières : ce n'est pas la jalousie qui le plus souvent inspire le crime, mais le crime (ou son image sociale) qui fabrique la jalousie.

Dans le sud de l'Europe et le nord de l'Afrique, il existe en effet un véritable scénario de l'infidélité féminine, et tous les

1. En Afrique du Nord, une sœur veuve ou divorcée vient normalement vivre chez son frère où elle a souvent plus d'autorité que l'épouse.

habitants de ces régions le connaissent par cœur dès l'âge le plus tendre. Lorsque des conditions favorables à la tragédie se produisent dans une famille, toute la mécanique sociale s'ébranle de proche en proche et coalise ses forces puissantes pour obliger dès lors chacun des acteurs à se conformer au rôle qui, de toute antiquité, lui fut assigné.

Dans les tribus de l'Aurès où j'ai séjourné, j'ai eu l'occasion d'assez bien connaître des gens et des familles ayant figuré dans ces sortes de crimes que même les magistrats appellent passionnels; c'est ainsi que j'ai pu me rendre compte que les meurtriers pouvaient être littéralement *contraints* au meurtre par leurs proches, — on peut dire presque à coups de pied. Pour l'un d'eux (il fut quelque temps mon cuisinier après son crime), ses oncles paternels avaient usé publiquement de menaces de mort afin de l'obliger à tuer l'amant supposé de sa femme; ils y parvinrent. Or le pauvre assassin sympathisait ouvertement avec son rival, et détestait sa femme dont il brûlait de se débarrasser.

Bien entendu, des sentiments violents et réels peuvent venir renforcer les effets du respect humain et du conformisme mais, comme on vient de le voir, ces sentiments ne sont pas indispensables... Et la faiblesse, la docilité, la plasticité, bien plus souvent qu'on ne croit, suffisent à fournir la ration de sang et de contes mémorables âprement exigée par l'opinion.

Ce serait donc l'opinion qui serait coupable. Qu'est-ce alors que l'opinion? D'où vient cette exigence cannibale de la société méditerranéenne? Comment cette société, la plus anciennement civilisée du monde, s'y est-elle prise pour façonner ce moule en creux qu'elle tend, de génération en génération, à la plasticité des hommes?

Assurément il existe, au Nord de l'Afrique comme ailleurs, des despotes mégalomanes; le jaloux anxieux s'y rencontre également, mais des causes sociales multiples favorisent ces deux traits de caractère : et tout d'abord la valorisation démesurée de la virilité, qui devient ainsi une cause d'extrême angoisse pour l'homme, obligé de se confronter en toutes circonstances avec le modèle « idéal » du parfait matamore. Ce n'est pas tout, car la petite enfance y connaît des frustrations tout aussi cruelles que celles auxquelles on soumet les jeunes bourgeois de la civilisation « hygiénique » européano-américaine.

Je conseille aux lecteurs de ce chapitre de voir, ou revoir, deux excellents films ethnographiques *Divorce à l'Italienne* et *Séduite et abandonnée*. Leur auteur, Pietro Germi, est assurément un moraliste et un remarquable sociologue.

Les intrigues de ces deux films, pleins d'humour mais sur un fond sinistre, sont typiquement italiennes; j'ai connu cependant des Algériennes qui ont pleuré en les voyant à Paris, tant l'atmosphère odieuse de certains passages leur rappelait les terreurs de leur enfance.

A travers une succession de scènes qui constituent une véritable anthologie parodique de la société méditerranéenne, nous voyons l'obsession sexuelle imposée aux hommes, non pas seulement par la séparation totale des sexes, mais aussi par une sorte de bienséance qui oblige n'importe quel garçon à courtiser n'importe quelle femme, lorsqu'il se trouve seul avec elle. Nous notons également l'espèce d'acceptation silencieuse mais universelle qui entoure la prostitution [1].

Le garçon — mais plus particulièrement le fils aîné — est un roi fainéant autour duquel convergent les attentions serviles de toutes les femmes de la famille, de six à quatre-vingts ans. Moyennant quoi il doit être en permanence une sorte de Cid Campeador, continuellement disposé à égorger tous les hommes et à violer toutes les femmes.

Parfois cette espèce d'aptitude latente qu'on exige de lui doit cesser d'être sous-entendue, et le pauvre Rodrigue est averti qu'il va falloir « se montrer ». En attendant la démonstration, la pression sociale monte régulièrement autour de lui, jusqu'à devenir insoutenable; elle est d'abord familiale, puis toute la ville s'en mêle. Aucun flottement d'ailleurs, car il n'existe qu'une

1. Il n'est pas limité à la Sicile et un médecin provençal, connaissant bien son village, me signalait qu'une majorité d'hommes mariés y fréquentent le b... à date fixe, au vu et su de leurs épouses (octobre 1965).

solution : celle de l'assassinat. Dans toute la Méditerranée, en face de n'importe quel événement, la société, antérieurement figée dans d'obscures querelles, se divise automatiquement en deux groupes : les partisans, les opposants. Jusqu'à la vengeance, vos partisans vont maintenant raser les murs, accablés de honte sous les ricanements de vos opposants. Puis ce petit geste qu'on attend de vous — un doigt appuyant sur une gâchette — inversera les positions des deux clans. Et vous aurez accompli la chose pour laquelle vous avez été mis au monde.

LES FEMMES, COMME LES CHAMPS, FONT PARTIE DU PATRIMOINE

Pour comprendre cette jalousie imposée, il nous faut maintenant suivre, tout autour de la Méditerranée, les formes que prend l'endogamie tribale ou ce qu'il en reste.

Presque tout le vieux Maghreb est résolument endogame, mais cela ne prouverait rien en ce qui concerne son très lointain passé, car on y rencontre aussi quelques rares traces d'une autre structure, et il s'y produit sous nos yeux des glissements dans ces domaines apparemment peu mobiles [1].

D'autres raisons plus valables militent en faveur d'une relative ancienneté de l'endogamie : c'est sa diffusion. En effet, elle n'est pas uniquement arabe ou uniquement berbère, mais elle appartient à la plus vieille « personnalité » berbère et à la plus vieille « personnalité » arabe, avec une très forte probabilité pour qu'il n'y ait pas eu emprunt de l'une à l'autre.

On peut en outre étendre son domaine, nous l'avons vu, au-delà de l'ensemble arabo-berbère, jusqu'au domaine sémitique tout entier et même plus loin encore : sur l'ensemble de l'Ancien Monde.

1. Par exemple, la société touarègue a amorcé il y a peu de temps (moins de trois siècles) une évolution : elle passe de la filiation matrilinéaire à la filiation patrilinéaire.

Commençons notre survol rapide par l'épicentre probable du phénomène : le Levant méditerranéen.

Jacques Berque [1], parlant de l'Iraq, écrit : « *Une autre coutume, qui ressortit à un fond commun d'institutions déjà repérables avant l'Islam, a débordé le monde bédouin, puisqu'elle constitue dans le monde citadin lui-même un trait d'aristocratie. Il s'agit du mariage « préférentiel » qui qualifie le fils de l'oncle paternel... pour l'obtention, si l'on peut dire, de sa cousine. Cet aspect agnatique est si prononcé dans les Ahwâr qu'un taux dégressif du mahr* [2] *avantage la proximité parentale du prétendant, que l'oncle a un droit de veto... quant au mariage de la nièce, et que, si l'on passe outre, il peut châtier.* »

En Syrie et au Liban, j'ai relevé des exemples nombreux de mariages entre cousins germains dans la lignée paternelle; cet usage est également resté très vivace en Iran chez les tribus musulmanes, notamment les Backtiars et les Kachgais, mais plus encore naturellement dans les groupes minoritaires. Des Druses me l'ont signalé dans leur propre famille; dans les sociétés d'origine zoroastrienne, la coutume est plus fortement marquée encore, car le mariage sacré zoroastrien avait lieu entre un oncle et sa nièce, une tante et son neveu, voire une mère et son fils ou un père et sa fille. Actuellement survit dans les milieux persans qui furent zoroastriens [3] une stricte endogamie : on ne se marie qu'entre cousins germains.

Chez les chrétiens d'Orient [4] (minoritaires en Asie Mineure, comme les juifs le furent partout), encore aujourd'hui le clergé favorise l'union de la nièce avec le frère de son père; ce mariage exige une dispense mais, dans les régions d'Orient où le christia-

1. Jacques Berque, *les Arabes d'hier à demain*. Le Seuil, nouvelle édition 1976, p. 187.

2. Douaire.

3. Je dois l'information à Mme Perrier, photographe d'art, qui vient de séjourner chez eux.

On voit que dans l'Ancien Monde, l'« inceste » légal n'est nullement limité à l'Égypte des pharaons.

4. En particulier au Liban, la dispense n'est jamais refusée. Dans la Grèce moderne, par contre, l'église orthodoxe a pris résolument position contre le mariage des cousins, et elle est pratiquement parvenue à le supprimer (p. 123).

nisme est très minoritaire, elle n'est jamais refusée. Cette faveur serait due, m'a-t-on dit, à la crainte que la population melkite, en s'habituant à épouser des non-parents, n'aille ensuite plus loin encore dans le mélange, et accepte alors des unions avec des musulmans, des juifs ou des orthodoxes. Étant donné son petit nombre, cela pourrait contribuer à l'amenuiser, car les mariages mixtes bénéficient finalement à la communauté la plus dense, et les petites minorités s'en gardent.

Certes, des motifs économiques viennent parfois renforcer la tradition : on aime pouvoir, par des mariages consanguins, ne pas trop émietter le patrimoine. Elles ne suffisent pas, néanmoins, à expliquer une telle fréquence et des survivances si opiniâtres. Bien souvent en effet le patrimoine est quasi nul et il n'y a rien à partager.

Ce n'est pas le cas qui nous est décrit dans un livre [1] consacré à la famille Rothschild :

« *Le 11 juillet 1824, le plus jeune fils de Mayer, James, exprima vigoureusement le dogme dynastique des Rothschild. Il s'avança sous la chipah — dais nuptial juif — avec Betty, sa propre nièce, fille de son frère Salomon.*

Dès cette époque [2] *il fut admis que, comme chez les Habsbourg, le plus brillant parti pour un membre de la famille en était un autre. Sur treize mariages consommés par les fils des cinq frères, neuf le furent avec des filles de leurs oncles. Sur cinquante-huit mariages contractés par les descendants du vieux Mayer, exactement la moitié se firent entre cousins germains.* »

Il est en réalité fort probable que la pure tradition, des préoccupations religieuses, et le particularisme propre aux minorités, ont joué un rôle bien plus important — même chez les Rothschild du XIXe siècle — que le culte du Veau d'Or.

1. Frédéric Morton, *la Réelle Histoire des Rothschild*. Paris, Gallimard, 1962.

2. Il s'agit, en réalité, d'une tradition des plus anciennes, largement attestée dans l'Ancien Testament (voir dans le chapitre III, « Patriarches d'Israël », p. 76 à 78).

Sur ce point, la différence actuelle est grande entre le nord-est et le sud-est de la Méditerranée.

Nous avons vu combien le clergé chrétien est tolérant au Liban en matière de mariages endogames, bénissant même le mariage d'un oncle avec sa propre nièce. En Grèce, au contraire, l'Église orthodoxe l'interdit absolument : « *C'est un mariage diabolique* », m'a dit une jeune femme grecque. L'Église refuse de bénir [1] non seulement le mariage entre cousins germains mais aussi entre cousins issus de germains et issus-issus de germains, autrement dit jusqu'au huitième degré.

La parenté par alliance y constitue également un obstacle au mariage, mais l'obstacle ne s'étend alors que jusqu'au quatrième degré. Ces interdictions signifient en tout cas que deux frères ne peuvent pas épouser deux sœurs, et qu'un frère et sa sœur ne peuvent pas se marier dans la même famille (mariage interdit par le Coran mais encore fréquent en Kabylie et dans d'autres régions musulmanes); elles signifient aussi que les liens de parenté ont tendance à s'étendre beaucoup plus loin que dans le reste de la Méditerranée [2].

NOT' FILS QU'ÉPOUSE UNE ÉTRANGÈRE

En France, le clergé catholique combat ouvertement, depuis des siècles, l'endogamie familiale, notamment en exigeant des dispenses pour les mariages entre parents proches; certaines superstitions, de vagues soucis d'eugénisme jouent dans le même sens un rôle de frein. Pourtant une endogamie familiale assez marquée a subsisté jusqu'à la seconde guerre mondiale, mais les oppositions en question expliquent peut-être qu'elle

1. Il n'existe pas de mariage civil en Grèce.
2. Elles signifient également qu'une enquête ethnographique sur l'histoire du mariage en Grèce serait bien intéressante (nul n'oublie, d'ailleurs, qu'elle est la patrie du « complexe d'Œdipe »).

soit restée très discrète, et ne s'illustre pas par des coutumes pittoresques. Il faut éviter en effet de confondre totalement l'endogamie familiale avec l'endogamie territoriale, beaucoup plus spectaculaire, et signalée dans toutes nos provinces par tous les folkloristes : « ... *L'importance* [1] *de cette tendance dans les mœurs françaises est encore manifestée symboliquement par plusieurs coutumes du mariage, notamment par celle de la barrière ou barricade... par laquelle les jeunes gens du village font semblant de s'opposer au mariage d'une fille du pays avec un* « *étranger* », *celui-ci n'habitant parfois qu'à quelques kilomètres, ou même dans une commune limitrophe.* »

Dans un passé très proche, l'opposition n'était pas seulement symbolique, et Arnold van Gennep souligne, en citant l'abbé Georges Rocal [2], que ce qu'il dit du Périgord est valable pour toutes les autres régions.

« *Autrefois on ne dansait qu'entre gens de même village. Les filles n'avaient pas le droit d'être courtisées par les garçons des communes voisines. Des rixes surgissaient aux assemblées quand cette règle avait fléchi. Les beuveries de la journée rendaient terribles les coups échangés. Quelques vengeances sont encore pratiquées en des contrées batailleuses contre les indésirables que l'on rosse dans la rue ou à qui l'on tend sur la route un traître fil d'acier.* »

Je me souviens à ce propos de l'étonnement d'un ménage parisien, séjournant dans un village de Bretagne méridionale, et arrivant impromptu dans une famille en larmes. Émus, gênés, ils s'enquièrent de la nature du malheur qui accable ces pauvres gens : « *Not' fils qu'épouse une étrangère* »... Certes, on compatit. Longuement. Puis vient le moment où l'on cherche quelques consolations à offrir aux affligés : « *Mais enfin, d'où est-elle, cette étrangère ?* » Recrudescence de sanglots : « *Elle est de Nantes...* »

Actuellement — mais depuis peu — le nombre des mariages consanguins régresse en France rapidement, ainsi que le montre

1. Arnold van Gennep, *Manuel de folklore français*. Paris, Picard, 1943, tome I, p. 234.

2. Abbé Georges Rocal, *Folklore : le Vieux Périgord*. Paris, Guitard, 1927, p. 13. Cité par A. van Gennep, tome I, p. 256 et 257.

une enquête récente qui porte sur trente-deux ans (1926 à 1958) : « *Lors de la période initiale, on note que le coefficient est le plus élevé dans l'île de Corse, les pays de montagne, et les départements ruraux ne disposant pas de centres urbains importants* [1]. »

En 1926, le coefficient moyen de consanguinité le plus bas se trouve dans la Gironde (16). Les plus élevés se rencontrent dans le Cantal (180), les Hautes-Alpes (181), l'Aveyron (182), le Morbihan (188) et enfin en Corse (274).

A propos de ce dernier département, et afin de montrer que l'ethnographie est une clé qui ouvre bien des portes (y compris l'entendement d'un chiffre que l'insularité corse ne suffit pas à expliquer), nous citerons seulement le recours en grâce [2] qu'en 1760 un jeune marié de Corte adresse, de sa prison, à l'autorité qui le détient (il était coupable d'avoir « embrassé » sa femme avant de l'épouser).

« *Très illustre et Excellent Seigneur, Angelo Franco Valio, fils de Giovanni Bariera, de Corte, expose humblement à Votre Excellence qu'étant tombé amoureux de Lucie, fille de feu Baptista Santucci de ce lieu, et son affection existant déjà depuis plus de six ans, il l'a fait demander en mariage à Stéfano Santucci son aïeul et aux parents les plus proches, qui furent d'avis d'accorder le consentement, à l'exception d'un cousin* [3]. *Les parents consentants promirent d'agir auprès de ce cousin pour faire donner satisfaction à l'exposant. Mais, comme après un assez long temps, ils ne purent rien obtenir, ils conseillèrent audit Angelo Franco d'embrasser* [4] *la jeune fille, pensant ainsi qu'on parviendrait au résultat cherché. C'est ce que fit l'exposant, avec le consentement de la fille susdite. Mais le cousin susdit a adressé une plainte au sujet du baiser ainsi donné. Aussitôt une enquête a été ordonnée, des*

1. Jean Sutter et Jean-Michel Goux : *Évolution de la consanguinité en France de 1926 à 1958, avec des données récentes détaillées*. Population, 1962, n° 4, p. 683 à 702.
2. Cité par J. Busquet, *le Droit de la Vendetta et les Paci Corses*. Paris, 1920, p. 118 et 119.
3. Voir à ce sujet le texte de Jacques Berque sur l'Iraq cité p. 121.
4. Le baiser en question est une des formes de l'*attacar*. *Attacar* signifie *attacher*. Sur l'*attacar* qu'on pourrait appeler « baiser stratégique », voir p. 202.

témoins entendus, et le procès a suivi son cours contre l'exposant. C'est pourquoi il supplie très humblement Votre Excellence de lui accorder sa grâce, puisque, dans des cas semblables, on a accoutumé d'user de compassion, le mariage ayant d'ailleurs suivi avec le consentement de tous, excepté dudit cousin. »

Entre 1926 et 1958, le taux de consanguinité passe en Corse de 274 à 94; dans le Cantal, de 180 à 37; dans les Hautes-Alpes, de 181 à 30; dans l'Aveyron, de 182 à 56; dans le Morbihan, de 188 à 44.

Il n'est pas possible, faute de place, de citer ici toutes les vieilles chansons françaises où l'amoureux est un cousin. En voici une, en tout cas, dont je me souviens :

Comment veux-tu que je m'y marie,
Mon père, il n'en est pas consent.
Si mon père, encore moins ma mère,
Hormis un seul de mes parents.
C'est mon cousin, le beau Jean-Pierre...

Lorsque Perdican rencontre pour la première fois cette cousine Camille que son oncle veut lui faire épouser, il la salue en lui disant « *bonjour ma sœur* ». Ensuite, il l'aime et ne l'épouse pas, — car les héros de Musset ne badinent pas avec l'amour.

Baudelaire se place ainsi dans le fil d'une vénérable tradition indo-européano-sémitique lorsqu'il écrit son Invitation au Voyage : « *Mon enfant, ma sœur...* ».

LES RÉVOLUTIONS PASSENT, MAIS LES BELLES-MÈRES RESTENT

Chez les musulmans d'Afrique, l'endogamie s'affirme bien plus encore, mais nous ne possédons pas, comme en France, d'enquête chiffrée sur l'évolution du taux de consanguinité, et nous devons nous référer aux seuls « on-dit » ethnographiques pour mesurer l'évolution dans ce domaine.

Avant 1940, j'ai connu quelques jeunes intellectuels algériens qui commençaient à protester contre l'obligation [1] où ils se trouvaient d'épouser une cousine que la famille avait choisie pour eux dès sa naissance; quelques-uns, assez rares, désobéissaient déjà au vœu familial. Après 1945, en nombre appréciable, ils avaient cessé d'obéir et se mariaient à leur gré, et ce fut au tour des familles de gémir [2]. Car, sur les jeunes filles les mieux élevées pesait toujours l'interdiction de se marier autrement que selon les formules du passé et, ne pouvant épouser leur « promis » (qui convolait avec une Parisienne), les délaissées n'avaient pas encore le moyen d'en épouser d'autres.

Vint ensuite le grand chambardement de la révolution de 1954-1962. A-t-il accentué la tendance des jeunes à se libérer de la tradition? Ce n'est pas encore très sensible, car les révolutions passent, tandis que les grand-mères et les vieilles tantes sont éternelles. Et les mœurs marchant moins vite que la politique, ce sont elles qui continuent à faire un nombre important de mariages.

La règle survit avec plus de rigueur dans les familles de grand prestige. Un fils aîné de très noble souche constantinoise m'a cité, non sans rougir, une parole de son vieux père qui, très désireux de marier ses filles, refusait néanmoins tous les partis, en disant à son fils qui insistait : « *On ne laisse pas couvrir une cavale de grande race par un baudet.* » Le jeune homme qui me racontait cela avait un immense respect pour son père, et cependant il m'avouait avoir été scandalisé par lui en l'occurrence, et doublement : par la forme d'abord, qu'il trouvait indécente et osait à peine répéter, mais aussi par le fond. Car il était peiné

1. Dans les villes les plus évoluées du Maghreb, on commence, par souci d'eugénisme, à formuler des mises en garde contre les mariages entre parents très proches — mais depuis quelques années à peine.

2. J'ai connu un authentique vieux seigneur algérien, mort très récemment, dont les dernières années ont été gravement affligées par le chagrin de n'avoir pu marier ses filles, faute d'hommes de son rang — c'est-à-dire de son sang — à leur présenter. Tous les malheurs de la révolution et de la guerre ne parvenaient pas à lui faire oublier celui-là.

et choqué que son père ne fasse nulle concession pour établir ses sœurs.

Tous les sentiments qu'on peut extraire de ce menu fait nous permettent de le situer à la charnière d'une révolution : pour ces jeunes filles, élevées sévèrement dans le gynécée, sachant diriger une maison et y tenir leur place avec une fière modestie, des fiancés avaient été prévus de tout temps; ceux-là, les « cousins de grande tente », après le lycée et l'université, avaient choisi ailleurs leur compagne : déjà trop tard pour obtenir l'obéissance des garçons, encore trop tôt pour la libération des filles... Il n'est pas jusqu'au vocabulaire du vieil homme, jusqu'aux réactions, cachées, de son fils qui, d'un doigt précis, ne marquent l'heure de cette anecdote.

« VOICI VENUE LA FÊTE DE NOS NOCES, Ô MON FRÈRE ! VOICI VENU LE JOUR QUE J'AI TANT DÉSIRÉ »

Le vocabulaire fournit toujours sur les mœurs dont l'origine est lointaine des indications précieuses : or, dans les pays de langue arabe comme dans les régions parlant berbère, le poète appelle celle qu'il aime d'amour *ma sœur*. Lorsque l'auteur du chant d'amour est une femme, elle appelle son amant *mon frère*.

J'avais recueilli dans l'Aurès un grand nombre de poèmes, improvisés par les pleureuses au cours des veillées funèbres [1] qui suivent un assassinat (on sait que ce vieil usage se pratique encore de temps en temps en Corse). A cause de leur étrangeté, j'avais noté à part quatre vers qui furent composés après un meurtre, par la « veuve-cousine » du mort.

Le meurtre avait eu lieu en 1921, et j'ai relevé ce texte en 1935,

1. Ils ont malheureusement disparu (avec la plus grande partie de mes notes) au cours de la dernière guerre mondiale.

quatorze ans plus tard, il était donc considéré comme digne d'être retenu. Fait également à noter : la veuve, nommée Cherifa, était cousine germaine de l'homme assassiné mais elle avait été répudiée par lui peu de temps auparavant, car le mort, nommé Hocine, courtisait une femme mariée appartenant à une autre *ferqa* [1] de sa tribu; il était fils unique, et son père était mort assassiné comme lui-même.

Hocine ne fut pas vengé et son *anza* [2], quinze années plus tard, se dressait encore sur le territoire du clan meurtrier — prouvant ainsi qu'il y avait bien eu offense. Car chaque *ferqa* avait son territoire où les étrangers ne pouvaient pas circuler sans être accompagnés par un homme de la *ferqa*, sinon on les soupçonnait (à juste titre d'ailleurs) de mauvaises intentions.

Voici le texte de ce chant :

Lbalto, djilith
Lbalto, djilith,
Ouma nidji-th,
dhi hqebelith.

Littéralement :

Paletot, gilet,
Paletot, gilet,
Mon frère, nous l'avons laissé
Tourné vers l'Est.

1. Voir p. 138.
2. Après un assassinat, il était d'usage dans l'Aurès d'élever un tas de pierres à l'endroit où il avait eu lieu, et c'était la famille de l'assassin qui se livrait à cet acte offensant. La famille du mort, après la vengeance, venait démolir le tas de pierres.

J'ai retrouvé cette coutume dans le Haut et dans le Moyen Atlas, mais les gens ne savaient plus si c'était la famille du mort ou celle de l'assassin qui élevait ce monument, et un vieillard bien informé m'a dit : « *ni l'une ni l'autre, mais ceux qui veulent la guerre* ».

Les mots « paletot, gilet », empruntés au français et berbérisés, sont là pour fournir une rime riche à Est (hqebelith) mais sans doute aussi parce que leur étrangeté fait rêver en évoquant l'exotisme, le luxe « *que Cipango mûrit dans ses mines lointaines* »... Nos symbolistes n'ont pas le monopole de la préciosité.

Vingt-cinq ans plus tard, en septembre 1962, j'ai recueilli cette chanson de mariée, dans le Rif arabophone. C'est la mariée qui chante en l'honneur de son futur époux :

Voici venues tes noces [1]*, ô mon frère !*
Voici venu le jour que j'ai tant désiré...
Les fils de tes oncles paternels t'ont fêté.
Et moi, quelle fête te ferai-je ?

On rencontre aussi, un peu partout dans le Maghreb, l'usage d'appeler un beau-père « mon oncle paternel » ; on dit que c'est par politesse, car le mot « oncle paternel » est extrêmement affectueux et respectueux tandis que le mot « beau-père » a quelque chose de distant et de froid. Dans le Maghreb, à vrai dire, on appelle *'ammi* un peu tout le monde; au Liban, par contre, l'appellation *'ammi* est de droit réservée au beau-père.

L'usage pour un homme d'appeler sa femme « ma cousine » et d'être appelé « mon cousin », alors qu'il n'existe entre les conjoints aucune parenté, est une coutume toujours actuelle et très répandue chez les chrétiens du Liban et on peut également la rencontrer isolément dans certaines familles musulmanes d'Afrique. Le motif donné alors est : « Pudeur des époux », mais c'est aussi une façon très délicate, affectueuse et courtoise de s'exprimer.

Sur l'autre rive de la Méditerranée, cet usage a été observé vers 1880 par mon grand-père, dans quelques rares familles du centre et du sud de la France, — non sans une certaine surprise, puisqu'il a songé à le raconter, cinquante ans plus tard, en signalant qu'il n'existait entre les époux aucune parenté.

1. Sous-entendu : « *avec moi* ».

LE « COUSIN-FRÈRE » EST UN COUSIN-MARI

Le vocabulaire est ici un fidèle reflet des mœurs et —, mis à part certains Touaregs, un peu l'Atlas marocain, un peu l'Ouarsenis — dans tout le reste du grand Maghreb, chez les cultivateurs sédentaires comme chez les transhumants, chez les nomades comme dans les vieilles bourgeoisies citadines, des gens très nombreux considèrent encore comme le mariage idéal l'union d'une jeune fille vierge avec le fils d'un de ses oncles paternels [1], c'est-à-dire avec un cousin germain qu'il est courant d'appeler « *mon frère* ». Plus la parenté est proche, plus le mariage est satisfaisant.

Partout le vœu a un caractère si formel que j'ai noté (en Oranie, dans l'Algérois, dans le Constantinois, dans les régions sahariennes) que l'on tenait comme une présomption de parenté *en ligne paternelle* le fait d'avoir échangé des femmes à une époque quelconque.

Dans les tribus de semi-nomades du Sud de l'Aurès dont j'ai partagé la vie entre 1934 et 1940, la pratique courante correspondait alors totalement à l'idéal de la société : on désirait se marier entre cousins et on se mariait effectivement entre cousins.

A vrai dire, cela ne correspondait pas à une règle absolue — comme par exemple l'interdiction du mariage avec une sœur de lait — et théoriquement un fils pouvait amener une bru étrangère; cela arrivait même quelquefois sans créer d'incident. Le cas était cependant assez rare pour que, dans un groupe de près de mille âmes, on ne puisse guère trouver plus d'une

1. On comprend mieux la relation de cousinage chez les Berbères du Nord, lorsqu'on a observé celle-ci chez les Berbères du Sud :

Les Touaregs appellent « frères » tous les orthocousins, — c'est-à-dire les enfants dont les deux pères sont frères ou dont les deux mères sont sœurs; ils nomment *(aboubah,* pl. *iboubeh),* uniquement les cousins *croisés :* enfants d'un oncle maternel ou d'une tante paternelle.

demi-douzaine de femmes d'une autre tribu; il est vrai que ce genre de mariage était réellement peu durable, car « l'étrangère » s'ennuyait et repartait. La réciproque, c'est-à-dire une femme de la tribu mariée au-dehors, existait également, et j'en ai connu quelques cas, mais cela constituait des faits mémorables et rarissimes. (A noter que ce second type de mariage est plus mal vu que le précédent, à moins qu'il ne serve à sanctionner une alliance avec une famille dont l'assistance est recherchée.)

Tous les autres mariages avaient lieu entre les cinq parentèles d'une même tribu, et de préférence à l'intérieur de chacune de ces parentèles [1]. J'avais établi leur généalogie, avec les événements des existences de chacun des individus qui les constituaient, aussi loin que remontait la tradition orale, c'est-à-dire jusqu'au milieu du XVIIIe siècle (cinq à six générations) et j'avais pu constater que cette volonté expresse de la société ne fléchissait à aucune période, tout en comportant à toutes les époques un petit nombre d'exceptions.

Cette volonté était en quelque sorte exaltée, consacrée, par la plus belle fête de l'année, le mariage qui, juste avant les labours, inaugurait la saison des épousailles [2].

La coutume voulait en effet que toutes les grandes noces — c'est-à-dire les mariages de filles vierges — aient lieu dans le courant de septembre, entre la courte saison des foires et des pèlerinages et les labours d'octobre, donc aussitôt après la période où, sous le couvert d'une trêve religieuse, s'échangeaient en juillet et août les marchandises et les ragots du Nord et du Sud.

Le moment était doublement favorable car il correspondait à la brève euphorie qui suit la récolte et les échanges, et il précédait de peu cette union de l'eau et de la terre qui, au début de l'automne, donne le signal des semailles et des labours.

Pour que, au long de l'année, « *tout se passe bien* » — mais

1. Entre 150 et 300 personnes.
2. On retrouve cette pratique dans l'Atlas marocain.

d'abord et essentiellement la prochaine récolte — il fallait que le premier mariage, le mariage inaugural, soit « *le meilleur mariage possible* ». Deux conditions étaient exigées pour cela : que les époux soient cousins très proches en ligne paternelle, et que la mariée soit vierge. La réputation des deux familles, leur puissance, leur fortune étaient également considérées, mais secondairement.

Au cours des années suivantes j'ai connu des centaines de Maghrébins appartenant à tous les coins du continent arabo-berbère ; ils m'ont tous donné des exemples de cette préférence. Je l'ai relevée personnellement dans l'Aurès, dans les deux Kabylies, dans la région de Bône, dans le Rif, en Mauritanie, dans une partie du Hoggar, ainsi que dans les bourgeoisies de Constantine, de Bougie, d'Alger, de Tlemcen, de Tunis. Seuls le Moyen et le Haut Atlas ainsi que l'Ouarsenis font — un peu — exception.

Pourquoi l'endogamie s'est-elle maintenue si solidement jusqu'à nos jours hors de son milieu électif, la tribu nomade? Plusieurs causes semblent avoir contribué à ce maintien, dont la première s'explique aisément par le désir de lutter contre l'éparpillement des patrimoines que le système d'héritage musulman impose à chaque génération; chez les populations minoritaires (chrétiens d'Orient, juifs, musulmans hétérodoxes) la volonté de sauvegarder un particularisme menacé a joué également un rôle non négligeable.

Il n'en reste pas moins que ces explications n'expliquent pas tout, et qu'il faut aussi tenir compte à la fois d'une tradition vivace et, jusque dans les milieux les plus anciennement citadins, d'une valorisation sentimentale de la société endogame, de la société bédouine [1]. Elle n'était pas tellement injustifiée,

1. Jacques Berque, *le Maghreb entre deux guerres*. Le Seuil, 1962, p. 202, 203.

L'auteur écrit à propos des grands bourgeois de Tunis : « *Comment une telle différenciation familiale peut-elle résister au temps ? C'est qu'on pratique une sorte d'endogamie. Non certes pour des considérations magico-religieuses, ni même à titre de principe coutumier. Mais simplement par « chic ». Car le bon ton*

ainsi que nous le verrons dans le cours du chapitre suivant.

arrive à gouverner une rie faite de nuances. Aussi dit-on qu'en ville comme chez les Bédouins, « le fils de l'oncle » a droit prioritaire sur sa cousine germaine. Comme le dit l'adage : « il peut ébranler la fiancée sur le siège de l'honneur ». Ce n'est pas le seul trait d'honneur tribal, donc d'affinités bédouines. A propos d'un village sahélien, l'observation nous avait déjà frappés. Elle s'étend peut-être à tout le monde islamo-méditerranéen. »

VI. NOBLESSE AVERROÈS ET NOBLESSE IBN KHALDOUN

La société tribale, encore assez bien conservée dans certains isolats montagnards ou sahariens du Maghreb, a subi partout ailleurs des évolutions ou des amorces d'évolution. Or ce sont ces évolutions, ou plutôt les réactions de défense qu'elles ont suscitées, qui me semblent directement responsables de la dégradation de la condition féminine dans la zone méditerranéenne, aussi bien en Europe du Sud qu'en Afrique Septentrionale et en Asie Occidentale. C'est pourquoi, afin de comprendre les mécanismes qui nous intéressent, il faut les analyser à chaque étape de leur évolution mais en commençant par leur point de départ, donc en partant des tribus nomades.

SÉDENTAIRES ET NOMADES

A ce stade, il serait normal d'aborder un classique de la sociologie : c'est-à-dire l'opposition entre les nomades et les sédentaires.

Dans le Levant méditerranéen les auteurs ont toujours décrit les deux sociétés comme fondamentalement différentes; il me semble que sur ce point l'analogie avec le Maghreb doit être plus nuancée.

Chez les arabo-berbères du Nord une hostilité existe souvent[1] entre nomades et sédentaires, avec autrefois une domination des sédentaires par les nomades. Pourtant dans le domaine des structures les différences sont peu marquées; tout au plus peut-on noter chez les nomades une plus grande importance donnée au chef de clan, mais elle n'est pas inconnue des sédentaires; chez les sédentaires l'importance des « sénats » est dominante, mais chez les nomades ces conseils existent également. Dans le domaine matrimonial et familial, on note toute la gamme des transitions d'un groupe à l'autre.

Il n'en est pas de même au sud du Sahara. Là nous trouvons réellement deux sociétés distinctes : une société nomade apparemment homogène (la société touarègue ou la société maure) et une société sédentaire, tributaire de la précédente et apparemment plus hétérogène. Ce serait là que nous trouverions le plus d'analogie avec la société bédouine du Levant méditerranéen.

Outre les sociétés nomades et les sociétés sédentaires, séparées par un cloisonnement qu'on peut appeler vertical — car, comme un mur, il découpe la population en secteurs géographiques — on rencontre dans l'ensemble du Maghreb, au nord comme au sud, des traces plus ou moins nettes d'un cloisonnement horizontal qui, comme un plancher, découpe la société en étages, et délimite en particulier une caste[2] intermédiaire entre celle de l'esclave et celle de l'homme libre : la caste des artisans, c'est-à-dire des forgerons, bouchers, potiers, musiciens.

Les traces de cette structure se retrouvent dans toutes les vieilles sociétés rurales du Maghreb, aussi bien chez les nomades touaregs ou maures que chez les semi-nomades de l'Atlas ou de l'Aurès et chez les sédentaires de Kabylie.

Notons également qu'on trouve dans le Maghreb des nomades

1. On trouve aussi des associations et des contrats entre les deux types de populations.

2. Elle aussi est endogame mais il est difficile de dire si c'est par volonté ou par nécessité. Cette caste mériterait une étude d'ensemble qui n'est pas faite.

parlant arabe (les Maures) et des nomades parlant berbère (les Touaregs) ; les premiers ont une filiation uniquement patrilinéaire, les seconds conservent dans certains secteurs la filiation matrilinéaire [1]. Contrairement à ce qu'on pourrait croire, ces différences apparemment fondamentales ont peu d'influence sur leurs mœurs qui se ressemblent étrangement, notamment en ce qui concerne le statut de la femme [2].

Il existe un point toutefois qui différencie *actuellement* [3] les nomades et les sédentaires du Maghreb : c'est le taux de la natalité. Cette différence a souvent été signalée par les géographes et les ethnologues [4].

A vrai dire les nomades actuels, du moins ceux de la zone désertique, représentent du point de vue économique une société dont le système de production est intermédiaire entre la chasse-cueillette et l'agriculture. Certes, leurs animaux pourraient se multiplier à un taux rapide, mais les pâturages qui les nourrissent ne se renouvellent que selon les rythmes très lents de la nature sauvage. Tout se passe en somme comme si les nomades sahariens, à cause de la limitation des pâturages, avaient été amenés à conserver les rythmes de croissance élaborés par les

1. Chez ces derniers, on trouve des traces d'exogamie.
2. Voir p. 158
3. Les nomades-éleveurs que nous décrit la Genèse se reproduisent au même rythme que les sédentaires.
4. Edmond Bernus, *Quelques aspects de l'évolution des Touaregs de l'Ouest*. IFAN, 1963, p. 28. L'auteur note dans le chapitre sur la démographie :
— chez les *Tahabanat* on trouve 26 célibataires (18 hommes et 8 femmes) et 16 ménages monogames qui ont 28 enfants.
— chez les *Ihayawan* : 25 célibataires (12 hommes et 13 femmes) et 8 ménages monogames qui ont 9 enfants.
— chez les *Iratafan* 15 célibataires (8 hommes et 7 femmes) et 6 ménages monogames ayant moins de deux enfants.

Dans le groupement Tengueleguedech de Bankilara, sur 40 nobles (imajeren), on trouve 9 enfants de moins de 15 ans, 10 adultes de plus de 40 ans. Parmi les 21 adultes âgés de 15 à 40 ans, on compte 15 hommes et 6 femmes. Sur les 15 hommes, 8 sont célibataires et 4 n'ont pas d'enfants.

Chez les Kel Dinnik la situation est analogue.

chasseurs paléolithiques, — malgré les inventions néolithiques qui assurent une grosse partie de leur subsistance [1].

« CLAN » CELTIQUE ET « FRACTION » BERBÈRE

Quel que soit le cloisonnement, nous retrouvons dans tout le Maghreb une unité fondamentale qui se présente à nous sous des noms divers [2] dont le plus répandu en Algérie — *ferqa* — est un mot arabe qui signifie littéralement *fraction.*

Effectivement la *ferqa* est bien une fraction de la tribu, mais il est surprenant de voir ce groupe se définir par rapport à la tribu, car la tribu, sauf en Kabylie, est une unité assez lâche, tandis que la *ferqa* est l'unité de base de toute la société maghrébine.

Même en Kabylie — où l'unité tribale est cependant plus forte que partout ailleurs dans le Maghreb — d'excellents observateurs [3] ont pu écrire « *singulière société, où le village est souvent dominé par la famille, et ne touche au droit exorbitant des particuliers que pour le faire respecter* ».

On peut, si l'on veut, traduire le mot *ferqa* par « clan », à la condition de bien spécifier qu'on n'emploie pas ce dernier mot dans le sens généralisé par la littérature ethnographique,

1. Marceau Gast a réuni une documentation très complète sur leur alimentation : elle fait encore aujourd'hui une large part à la cueillette et à la chasse et cette part, il y a cinquante ans, était majoritaire. (Marceau Gast, Alimentation des populations de l'Ahaggar, Arts et Métiers graphiques, 1968.)

2. Le mot *ferqa* est employé dans toute la campagne arabophone et dans de nombreuses régions berbères; dans l'Aurès, on rencontre une forme berbérisée : *harfiqth*, pl. *hirfiqin* que les Kabyles prononcent *tharfiqth.* Dans le même sens les Touaregs emploient le mot *taousit* (Hoggar) ou *taouchit* (Aïr), dans le sens de clan mais également dans celui de tribu. Ce mot signifie littéralement « paume de la main », « plante du pied ».

3. Hanoteaux et Letourneux, *la Kabylie et les coutumes kabyles.* Paris, 1893, tome III, p. 87.

mais bien dans son sens éthymologique, celui que le mot celtique *clanna* avait à l'époque de la conquête romaine.

Henri Hubert [1] définit ainsi le mot « *clanna* » : « ... *C'est un mot goidelique qui ne désigne pas un type d'unité d'une grandeur et d'une forme définissable. Il signifie descendant ou descendance. Par exemple au pluriel, en irlandais,* clanna Morna *signifie les descendants de Morna, mais les* clanna Morna *peuvent constituer indifféremment ce que les sociologues appelleraient tribu, famille ou peut-être clan... Le clan, au sens celtique du mot, est donc quelque chose de très différent du clan normal et en particulier totémique... Les clans celtiques sont des familles, ou des tribus conçues comme des familles...* »

Les clans maghrébins également.

HONNEUR INDIVIS

Le clan maghrébin s'offre à nos yeux comme une réalité encore immédiatement perceptible, car il a une frontière, un espace au soleil, un nom propre connu de tous, un honneur collectif et même un culte : la fête annuelle de l'ancêtre, du fondateur de la race.

Sédentaire ou nomade, il occupe toujours un certain territoire, immense ou réduit, à l'intérieur duquel nul étranger ne peut revendiquer un droit quelconque, sinon celui de l'hospitalité ou de la violence.

Là vivent des *parents*, dans un groupe de tentes ou de maisons ostensiblement rapprochées les unes des autres et tournant vers l'extérieur toutes leurs défenses.

Rien de plus révélateur, à cet égard, que l'aspect physique

1. Henri Hubert, *les Celtes depuis l'époque de la Tène et la Civilisation celtique*. Albin Michel, 1950, p. 241 et 242. Il définit la tribu (p. 239) : « *La première unité sociale se suffisant à elle-même.* » C'est une excellente définition de la tribu maghrébine.

du village, du douar, de la maison arabe citadine : celle du Maghreb, comme celle du Levant. Autour de la maison : des murs hauts, sans fenêtres, hérissés de tessons de bouteilles ; autour du village : toutes les défenses naturelles, les fossés, les figuiers de Barbarie; autour de la tente, une horde de chiens à demi sauvages, mais plus sauvages encore que les chiens, une « sacralisation » de l'espace qui la protège et dont l'inviolabilité se confond avec l'honneur : la *horma*.

Outre la cohabitation, les hommes du clan partagent un lien mystérieux, celui du sang. Il se traduit dans un même nom propre qui donne à celui qui l'a reçu à sa naissance un droit absolu au soutien inconditionnel de tous les autres.

« *Tu demandes si les Ouled Ahmed ben Yahya*[1] *sont cousins ? Naturellement ils sont cousins. Tous les gens de la même* ferqa *sont cousins... Tu dis : comment un Ouled Zyane comme moi peut être cousin avec les Bellouni, qui sont juifs*[2], *et avec les Ouled Aziz et tous les autres, qui sont quand même des Ouled Ahmed ?... Autrefois quand un type a une grande valeur, les vieux de la* ferqa *lui disent : sois avec nous comme notre frère. Pour fortifier la* ferqa... *Et aujourd'hui parce qu'il est de ma* ferqa *il est mon frère; il se jette pour moi et je me jette pour lui...* »

Pour venger l'un d'entre eux s'il est assassiné, ils seront tous solidaires; inversement, lorsqu'un homme de leur groupe devient assassin, ils se ruineront pour l'aider à payer une indemnité appelée *diya*, ou « prix du sang ».

La *diya* dans l'Aurès était normalement, avant 1940, de 800 douros (4 000 francs or) mais dans certains cas le tarif pouvait être beaucoup plus élevé ou beaucoup plus bas. En 1945, une

1. Ouled Ahmed est la forme arabe; mes interlocuteurs disaient en réalité tantôt : *Ah-ahmedh-ou-yahya*, tantôt : *ah-hand-ou-yahya*, — mais tous les Chaouias savent l'arabe et rares sont les Arabes qui connaissent le chaouïa, or mon objectif est de ne pas fatiguer mes lecteurs, c'est pourquoi j'ai adopté la graphie la plus simple, la plus vulgarisée.

2. Il faut comprendre « *Qui sont d'origine juive* » (selon la tradition orale). C'est le cas d'assez nombreuses fractions du Maroc et d'Algérie. En fait, il s'agit de musulmans.

diya a été payée 30 000 F, une autre 20 000 F; en 1935, pour quatre assassinats perpétrés dans le Sud de l'Aurès (deux de chaque côté), les familles rivales se versèrent chacune, l'une à l'autre, 100 000 F. Dans un pays où l'argent est très rare ces sommes sont importantes, et il est à noter que leur montant varie avec le cours de l'argent [1].

A vrai dire à l'intérieur de ce genre de famille, on est bien plus que solidaire on est interchangeable, car en cas de meurtre si la *diya* n'est pas acceptée par la famille du mort celle-ci se vengera en tuant *n'importe quel membre de la famille du coupable.*

Cela contribue, on le comprend, à accroître l'empressement des parents lorsqu'il s'agit d'aider un meurtrier à se libérer de sa dette.

« NUL NE SAIT CE QU'ILS ONT DANS LEUR CŒUR »

Entre autres histoires, je me souviens d'avoir reçu en 1935, dans mon campement sur le flanc saharien de l'Ahmar Khaddou, un visiteur de passage, vieil homme originaire de la tribu des Ouled-Abderrahmane qui m'accordait alors son amicale hospitaalité. Mon hôte occasionnel vivait depuis quinze ans en exil dans la tribu voisine des Ouled Oulèche, à trente kilomètres de ses champs héréditaires, de sa maison, — et sans oser remettre les pieds ni dans l'une ni dans les autres, — parce que son frère avait assassiné, en 1920, un homme de sa tribu appartenant à une autre *ferqa.* A la suite de ce meurtre, la famille entière du meurtrier (quatre ménages pour le moins, peut-être six)

1. Il n'en est pas de même pour le douaire qui, dans cette région, a gardé sa valeur nominale à travers tous les avatars de la monnaie. Ce qui revient à dire qu'il est actuellement une fiction (il est vrai qu'il s'agit d'une région très fortement endogame).

avait quitté le pays. Puis, au cours des quinze années suivantes, le meurtrier était mort à son tour sans laisser d'enfants.

Donc le frère de l'assassin, quinze ans après le crime, cinq ou six ans après la mort du coupable, venait encore une fois redemander le « pardon », c'est-à-dire l'autorisation de payer une très forte somme d'argent aux enfants de la victime de son frère.

L'histoire de ce meurtre mérite d'être analysée, car on y trouve en abrégé les principales exigences de l'honneur maghrébin.

Le frère de mon visiteur se nommait Si-Mohand Salah et il était originaire d'une parentèle adoptée par la puissante *ferqa* [1] des Ouled-Ali-ou-Moussa; il estima un jour que son honneur était outragé parce qu'un homme de la *ferqa* Ouled-Khallaf, Ahmed-ou-si-Abderrahmane, recherchait sa femme.

Pour donner à sa vengeance tout le lustre possible, il attendit un grand mariage : l'occasion était propice, car il est d'usage d'y venir armé. En outre, ce mariage avait lieu dans la *ferqa* des Ouled-Ali-ou-Moussa, chez ses cousins, ce qui assurait sa protection provisoire. Enfin, les cinq fractions de la tribu seraient présentes et verraient toutes qu'il n'était pas un homme qu'on outrage impunément.

Le grand mariage eut lieu. Si-Mohand-Salah tira sur son rival et le tua raide, mais la balle qui avait traversé Ahmed atteignit ensuite un des convives, Brahim, qui appartenait au clan où se donnait la fête ; il en mourut. Brahim ne laissait pas de fils, son père était mort, mais il avait trois frères. C'est à l'aîné, Lalmi, que le prix du sang fut offert. Il accepta un tarif réduit (mille francs), parce que la famille du meurtrier appartenait à sa *ferqa*, que le meurtre avait été accidentel et que le mort n'avait ni femme ni enfant. Tous ces éléments furent examinés et expliquent le « prix d'ami » que Lalmi imposa à Si-Messaoud, père du meurtrier. Si-Messaoud et ses deux frères (les oncles

1. Il s'agit de la parentèle des *Ab' Ammar-ou-Ahmedb*, adoptée et faisant partie plus ou moins intégrante de la *ferqa* des *Ait-si-Ali-ou-Moussa.*

paternels du coupable et de mon vieux visiteur) payèrent ensemble le prix du sang [1] car ils vivaient tous dans l'indivision.

L'autre mort, l'homme des Ouled Khallaf, Ahmed, laissait deux fils en bas âge ; l'aîné se nommait Mohand-Salah et le cadet, né après la mort du père, reçut le prénom du mort. Ils furent élevés, selon l'usage, par leur grand-père paternel, Si-Abderrahmane. C'est aussi à Si-Abderrahmane que fut offert le « prix du sang ». Il le refusa, et fit répondre : « *Mon fils courtisait la femme de celui qui l'a tué; il a donc été tué à bon droit. Je ne prends pas de diya. Mes petits-enfants feront ce qu'ils voudront, quand ils seront en âge...* »

En 1935, lorsque le frère du coupable revint, les deux petits-fils, âgés maintenant de 18 et 15 ans, étaient, pour la première fois, consultés. Ils dirent : « *Nous pensons comme notre grand-père.* »

Le frère de l'assassin entendit l'arrêt avec consternation, et je le vis repartir, tête basse, chez les Ouled-Oulèche, — car il avait un fils unique, et (comme me le dit pensivement, un peu plus tard, le « Grand Vieux [2] » du clan offensé, en me parlant du refus de ses cousins) : « *Nul ne sait ce qu'ils ont dans leur cœur.* »

Trois ans plus tard, en 1938, le frère de Mohand-Salah envoya encore une fois une grande jemaâ [3] de la tribu voisine, avec la même requête qui fut également repoussée (je visitais alors une autre vallée, et je ne l'ai pas rencontrée).

Le meurtrier, son père, ses deux frères et ses deux oncles — soit six ménages — vivaient hors de leur tribu entre 1934 et 1940, moment où j'y séjournais; les quatre premiers ménages avaient émigré uniquement à cause du meurtre commis par Si-Mohand-Salah. Il n'est pas aussi certain que les deux oncles

1. Ils étaient donc encore dans la tribu à ce moment-là.
2. L'aîné de la branche aînée.
3. Ce mot désigne le « sénat » des petites républiques maghrébines, c'est-à-dire l'assemblée des chefs de famille qui prend toutes les décisions intéressant l'ensemble de la tribu. On emploie aussi ce mot pour désigner n'importe quelle réunion de notables.

du meurtrier aient émigré en même temps [1], mais c'est fort probable, car ils participèrent au paiement de la première *diya* (prix du sang accepté par un homme de leur fraction).

Les deux grands devoirs de l'homme méditerranéen figurent dans cette histoire. Le premier devoir, qui se retrouve dans de nombreuses sociétés, consiste à venger le meurtre d'un proche : ici, la vengeance n'a pas été effective, mais sa menace (représentée par un vieillard et deux bébés) a suffi pourtant à faire fuir au moins quatre familles, et plus probablement six. L'autre devoir a été rempli, et de la façon la plus solennelle, en présence de toute la tribu : il imposait de laver dans le sang le moindre soupçon portant sur la vertu d'une femme de la famille.

La belle Hélène de cette guerre de Troie se nommait Barkaoult-Mohand. Par exception, elle n'était pas cousine de son mari tout en appartenant à la même tribu.

Après son veuvage, elle retourna chez son père, dans la fraction des Ouled-Daoud.

DEUX ORPHELINS VONT VOIR LEUR MÈRE

Les deux orphelins, le petit Mohand-Salah et son cadet, élevés par leur grand-père paternel, fréquentèrent davantage la famille de leur mère que d'autres enfants. Cela se comprend aisément et ne présentait aucune difficulté : les deux grands-pères habitaient à trois quarts d'heure de marche l'un de l'autre. Toutefois, sans cet enchaînement de circonstances, un petit Ouled-Khallaf n'aurait pas eu l'occasion, entre 1935 et 1940, de hanter assidûment le territoire d'une *ferqa* voisine mais étrangère. En effet, dans ces tribus et à cette époque, une femme mariée circulait librement sur le territoire de la fraction de son mari,

1. Je ne m'en souviens plus, et la meilleure partie de mes documents a disparu en 1942. On peut toutefois le déduire du fait qu'ils vivaient encore dans l'indivision avec le père du meurtrier au moment du double meurtre.

mais elle n'en sortait pas, même pour aller chez son père, sans être accompagnée par son époux, son beau-frère, son fils ou un de ses frères, — et c'était alors toute une histoire.

Deux petits garçons orphelins qui vont voir leur mère, — il est impossible de ne pas trouver cela normal en tous pays.

Le grand-père maternel, les oncles utérins, les cousins et cousines, s'habituèrent ainsi à recevoir les gamins et à les aimer... Et en octobre 1939 (j'étais encore dans le pays), l'aîné enleva la cousine germaine de sa mère, Fatma-oult-Abdallah. Il avait alors vingt-deux ans et elle était à peu près du même âge; en outre elle était libre, car elle venait de divorcer après avoir été donnée en mariage, selon la coutume, à un cousin en ligne paternelle, Ahmed-ou-Boumaraf.

Il fallait remonter au trisaïeul pour trouver l'ancêtre commun de Fatma et d'Ahmed-ou-Boumaraf, mais la parenté était masculine et tous deux par conséquent faisaient partie de la même fraction, celle des Ouled-Daoud. Fatma n'aimait pas Ahmed-ou Boumaraf, et Ahmed-ou-Boumaraf n'aimait pas Fatma; chacun savait, dans la tribu, que Ahmed ne voulait qu'une seule femme, nommée Zohra, appartenant à la *ferqa* des Ouled-Khallaf et divorcée. Nul ne pouvait cependant épouser Zohra, car le premier mari de Zohra, tout en sanctionnant la fuite de sa femme par une répudiation, avait menacé de mort quiconque la demanderait en mariage.

Aussitôt après ce mariage imposé avec sa cousine Fatma, l'inconsolable Ahmed-ou-Boumaraf s'engagea, laissant sa jeune femme-cousine chez lui.

La guerre de 1939 venait de commencer, et l'armée était alors le seul moyen d'échapper à la tyrannie familiale, — car dans ce temps-là, aucun homme de cette tribu ne travaillait encore en France, aucun même ne connaissait un seul mot de français. En 1939, s'engager, — pour un Ouled-Abderrahmane de vingt ans — cela équivalait psychologiquement au tube de gardénal qu'absorbe une Bovary parisienne qui n'espère plus rien de la vie.

Après le départ de son cousin-mari, Fatma la délaissée se sauva chez son oncle paternel, Mohand-ou-Belqacem, car son père et son grand-père paternel étaient morts tous deux.

Ce genre de fuite arrive souvent : quand une femme est contrariée ou négligée par son mari, elle retourne dans la maison de son père; s'il est mort, elle ira chez son frère aîné ou chez le frère aîné de son père, ou chez son grand-père paternel. Le mari attend en général deux ou trois jours, puis il envoie en délégation quelqu'un de la famille, avec des bonnes paroles et des petits cadeaux. Souvent la femme revient; quand elle ne revient pas, on la considère toujours comme divorcée. En l'occurrence, Ahmed-ou-Boumaraf étant à la guerre n'avait pas pu prononcer devant quelqu'un la vague formule qui libérait sa cousine, et il ne pouvait pas proclamer qu'il ne voulait pas de Fatma et n'en avait même jamais voulu.

Le rapt de Fatma mit tous les hommes de la fraction Ouled-Daoud en fureur, et afin de pousser la chose jusqu'au meurtre, ils affectèrent de considérer que Fatma n'était pas « vraiment » divorcée. Toutefois, il leur fallait attendre le retour d'Ahmed, le mari-soldat, pour avoir leur assassinat.

Pendant cette période de guerre froide entre les deux fractions, un jeune célibataire de la fraction Ouled-Daoud, Belqacem, fut victime d'une tentative d'assassinat, et tout le monde sut aussitôt que ses propres cousins avaient tiré sur lui : « *pour l'avertir* ». — Il n'avait rien à voir avec toute cette histoire, mais il était ami d'enfance de Mohand-Salah, le jeune Ouled-Khallaf qui venait d'enlever Fatma, et il n'avait pas rompu avec son ami. Tous les autres Ouled-Daoud considéraient cela comme un crime de haute trahison, *presque* punissable de mort — pas tout à fait on est quand même entre parents...

Notons ici que ces complications, qui pouvaient très normalement devenir dramatiques, ne seraient pas survenues si le père de Mohand-Salah (cet homme qui fut assassiné en 1920, moment où commence l'histoire) n'avait pas épousé une *étrangère* : c'est-à-dire une femme née à moins de trois kilomètres de sa maison, *mais dans une autre fraction.*

« LA NOBLESSE, L'HONNEUR NE PEUVENT RÉSULTER QUE DE L'ABSENCE DE MÉLANGE »

Au XIVe siècle, un des premiers sociologues modernes, le grand Maghrébin [1] Ibn Khaldoun, lorsqu'il parle des nomades les plus pauvres nous dit : « *Leur isolement est ... un sûr garant contre la corruption du sang qui résulte des alliances contractées avec des étrangers* [2]. » Parlant d'un autre groupe plus favorisé : « *Les Arabes établis sur les Hauts-Plateaux, régions qui offrent de riches pâturages aux troupeaux, et qui fournissent tout ce qui peut rendre la vie agréable, ont laissé corrompre la pureté de leur race par des mariages avec des familles étrangères.* »

Ailleurs l'auteur réfute [3] le brillant artisan d'une « Renaissance » qui précéda la nôtre de quatre siècles : Averroès. Enivré de la pensée antique qu'il avait aidée à ressusciter, tout imprégné de civisme athénien, et d'ailleurs citadin lui-même, il soutenait

1. Ibn Khaldoun naquit à Tunis en 1332, vécut à Grenade, Fès, Tlemcen, mourut au Caire en 1406, — c'est dire qu'il fut le type même du Maghrébin.
2. *Prolégomènes* I, p. 272.
3. Ibn Khaldoun, *Prolégomènes*, p. 283 (p. 245 du texte arabe).
Vincent Monteil, à partir de manuscrits plus authentiques que ceux dont disposait de Slane, a refait entièrement la traduction de l'œuvre d'Ibn Khaldoun. Dans ce nouveau texte, encore inédit, la pensée d'Ibn Khaldoun nous apparaît comme beaucoup plus riche et nuancée que dans la traduction que l'on possédait auparavant. Toutefois, sur le point précis qui nous intéresse, le jugement de valeur défendu par Ibn Khaldoun n'est pas remis en question.
Dans la traduction de Vincent Monteil je relève notamment « *les citadins détribalisés » ne peuvent être d'une « maison » qu'au figuré »*... « *seul l'esprit de clan peut donner une « maison » et une noblesse véritable* » (« maison » est pris ici dans son sens royal : « maison de France »; « maison d'Autriche »).
Traduction Vincent Monteil. Collection Unesco, imprimerie catholique de Beyrouth, tome I (sur la civilisation bédouine) chapitre 2, paragraphes 9 et 12.

que la noblesse dépend de l'ancienneté d'une famille et du nombre des gens illustres qu'elle compte.

— « *La noblesse, l'honneur, ne peuvent résulter que de l'absence de mélange* », répond Ibn Khaldoun, deux siècles plus tard. Et par-delà l'abîme des âges les plus vieilles aristocraties méditerranéennes lui font écho. Par « aristocraties », j'entends naturellement les nomades et les paysans propriétaires.

Voici donc deux noblesses : la première que nous pouvons dire moderne car elle n'est pas concevable avant l'existence des grandes villes et des États, a été définie par Averroès; on y examine, on y *compare*, l'ancienneté des lignées et leurs illustrations.

Dans la seconde, exprimée par Ibn Khaldoun, on n'examine pas, et surtout on ne compare pas, car c'est précisément cela qui nourrit son essence : *être seule*. Donc conserver intact ce qui est « soi », en le préservant des mélanges, des contacts, des confrontations, en lui épargnant ainsi ce ravalement sournois qu'implique toute comparaison, dénigrante ou flatteuse.

Aujourd'hui, au sud de la Méditerranée, les deux noblesses s'influencent presque partout : est noble qui descend avec certitude d'un certain ancêtre considéré comme glorieux, — mais la certitude n'existe que dans le groupe qui n'accepte pas d'étranger. Inversement, le fait de ne pas accepter d'étranger suffit en soi pour créer la noblesse, et n'importe quel ancêtre suffit alors pour nourrir une fierté. Or, on descend toujours de quelqu'un.

CULTE DE L'ANCÊTRE

Dans un grand nombre de cas, la pratique entretient une confusion entre le culte de ce quelqu'un — ancêtre vénéré en tant que tel — et celui qu'on réserve, avec plus ou moins d'orthodoxie, à un saint thaumaturge ou à un chérif.

Cette confusion tend évidemment à effacer le premier culte

au profit du second. Pourtant, on peut encore rencontrer (justement dans les tribus les plus isolées, les plus archaïques), des traditions relatives à tel ou tel ancêtre éponyme, qui n'était pas un saint ni même parfois un musulman, et dont l'histoire ressemble pourtant à une légende hagiographique.

Outre la légende qui auréole la fondation du clan, nous trouvons également son culte : cette réunion annuelle des descendants de l'ancêtre pour un grand repas annuel qui se nomme *zerda* dans de nombreuses régions d'Afrique du Nord.

Ces légendes imitent-elles l'histoire des saints, faiseurs de miracles, patrons de ville et de clans? L'inverse me semble bien plus probable, parce que l'absence d'orthodoxie [1] de ces cultes, leur enracinement exceptionnellement tenace,ainsi que leur mode de dispersion,prouvent, à mon avis, une très grande ancienneté, — en faveur de laquelle le témoignage d'Hérodote n'est qu'un argument supplémentaire [2].

Malgré leur archaïsme, ces vieux cultes voués à un Ancêtre, saint ou laïc, semblent à première vue moins antiques que celui de la souche. Par rapport à ce dernier, ils évoquent une adaptation, une modernisation, une vulgarisation : il est plus facile en effet, et par conséquent plus « commun », de descendre d'un grand illustrissime, que de maintenir sans mélange — même dans le désert — une orgueilleuse et farouche lignée de brigands. Hors du désert c'est simplement impossible car, comme le fait justement observer Ibn Khaldoun, les difficultés de l'entreprise s'accroissent considérablement avec la puissance et la richesse.

A la manière des mollusques fossiles, ce type de noblesse « impossible » et partout disparue a laissé, çà et là, des empreintes encore bien sculptées. Comment faut-il interpréter les traits qui en survivent, et notamment cette volonté d'endogamie que nous avons déjà relevée? Faut-il penser qu'on est

1. Le maraboutisme est, depuis longtemps, la bête noire de l'Islam orthodoxe.

2. Chapitre IV.

d'autant plus noble que le sang de l'ancêtre a été « renforcé » à chaque génération par des mariages consanguins? Ou bien parce qu'aucun sang étranger (identifié) n'est venu rompre, donc corrompre, un courant issu d'une source pas nécessairement glorieuse ou sacrée, mais authentique et pure. — Dans le premier cas, la présence de quelques gouttes d'un certain sang fonde l'orgueil, dans le second cas l'orgueil se nourrirait d'une absence [1] : celle de l'adultération que constitue n'importe quelle cohabitation.

Actuellement, chez les nomades et les transhumants maghrébins comme chez les Kabyles, on vénère assurément le sang du prophète Mohammed, mais l'union avec une de ses descendantes n'est recherchée que dans certaines familles régnantes. Chez les nomades et dans quelques très vieilles paysanneries sédentaires le respect pour la race de l'Envoyé de Dieu se situe hors d'un contexte matrimonial pratique; à l'intérieur de ce contexte, chacun pense que son sang est meilleur que celui des autres.

Essentiellement la plus antique noblesse consiste à ne pas « se mélanger », par conséquent à ne fréquenter personne sinon des parents. Accessoirement il est noble de recevoir fastueusement les hôtes de passage — trois jours —, d'avoir un honneur chatouilleux, d'accorder une protection efficace... Sur cette pente, il faut toutefois savoir s'arrêter; en effet, lorsque tout pénétré de cette pensée qu'aucun sang n'est aussi bon que le vôtre vous essayez de répandre cette opinion, vous entreprenez alors une tâche dangereuse car elle vous obligera évidemment à entretenir quelques relations avec les gens que vous vouiez persuader. Elle marque exactement le début de la déchéance,

1. Albert de Boucheman, *Note sur la rivalité de deux tribus moutonnières de Syrie*. Revue des Études islamiques, 1934 I. L'auteur signale cette attitude chez les Arabes du Levant, p. 18 : « *Il est peu honorable de ne pas appartenir à une grande famille (et la grandeur se mesure plus encore au nombre des cousins vivants qu'à celui des ancêtres connus).* » P. 27 : « *On connaît, en effet, la tendance qu'ont ces derniers* (les grands nomades) *à dédaigner les tribus formées de pièces et de morceaux...* »

la transition entre la caste antique et les hiérarchies modernes, où l'on joue des coudes avec, forcément, plus ou moins de distinction.

« LES CRÉTINVILLE FONT PARTIE DE LA FAMILLE, C'EST POURQUOI NOUS LES RECEVONS »

Au nord de la Méditerranée il semble bien qu'une caste analogue ait existé à une époque très lointaine, mais les traces en sont presque effacées. Nous savons toutefois que dans notre pays la noblesse gauloise et la noblesse germanique avaient déjà atteint le « niveau Averroès » bien avant de se trouver en contact avec les premiers ethnologues, — en l'espèce Tacite, Pline et César, — mais des indices permettent de penser qu'un « niveau Ibn Khaldoun » avait précédé [1] celui qu'ils nous décrivent. Par la suite, les différentes noblesses de la période dite française subirent les brassages que l'on connaît, puis furent soumises pendant des siècles aux rudes catalyses d'une monarchie tentaculaire et à la dictature de l'argent. Cependant, sous le « niveau Averroès », représenté actuellement par les descendants de feu notre noblesse de cour, un matériau différent se laisse

1. Marc Bloch, *Sur le passé de la noblesse française, quelques jalons de recherches*. Annales d'Histoire économique et sociale, 1936, VIII, p. 367 : « *Il n'est pas impossible qu'avec l'opposition fondamentale entre les maîtres des seigneuries et le peuple innombrable des tenanciers, nous ne touchions à une des plus antiques lignes de clivage de nos civilisations.* »

Fustel de Coulanges, *Histoire des Institutions politiques de l'Ancienne France*. Hachette, 1924, p. 270 : « *La noblesse était une institution de la vieille Germanie, institution que les guerres intestines avaient affaiblie et que les migrations avaient détruite. Dans la société romaine aussi, il y avait une noblesse. Les deux noblesses, romaine et germanique, ont duré à peu près jusqu'au temps des invasions, et les invasions les ont fait toutes les deux disparaître (...) cette noblesse germaine ne ressemblait pas à celle que nous avons observée dans l'Empire romain. Elle se rapprochait plutôt de l'aristocratie primitive de l'ancienne Grèce et de l'Ancienne Rome.* »

deviner, véritable substrat géologique du précédent, qui se perpétue dans les isolats d'une noblesse militaire, pauvre et provinciale, où l'on compte ses « quartiers » et où l'on ignore ses voisins.

Au moment où j'écris ce chapitre, je tombe par hasard sur un petit livre destiné à des lecteurs qui ne connaissent que 1 300 mots. L'auteur [1] nous décrit un vieux château où un garçon de dix ans demande à sa mère pourquoi elle reçoit des vieux cousins assommants : « *Les Crétinville font partie de la famille; c'est pourquoi nous les recevons ... D'autre part c'est vrai, nous ne recevons pas beaucoup d'autres personnes chez nous ... Ici c'est la famille et la famille doit être défendue contre tout danger. L'inconnu est un danger.* »

Cette survie est évidemment plus psychologique que réelle [2], entendons que ce sont des idées, des préjugés, un folklore, qui échappent à la destruction, et non des lignées. Mais lorsqu'un ensemble cohérent de préjugés a mûri dans l'immense nuit des préhistoires, il s'intitule « sentiment » et peut sans aucun doute survivre assez longtemps au naufrage des institutions.

AGE D'OR

Dans une famille de ce genre — il s'agit de nomades ou de semi-nomades maghrébins et non plus de la noblesse provinciale française —, chaque petite campagnarde que j'ai connue était élevée avec des cousines paternelles qu'elle ne distinguait pas de ses sœurs, tandis que les sœurs et les cousines de son père (qui se confondaient dans la majorité des cas avec celles

1. Pierre de Beaumont, *Du temps de la Mère-Dame*. Didier, p. 62. Livre paru dans la collection du français de base.

2. Léopold Génicot, *La Noblesse au Moyen Age dans l'ancienne « Francie »*. Annales, Économies, Sociétés, Civilisations, janvier-février 1962, p. 5 : « *Mais, à défaut de la continuité biologique... n'y aurait-il pas continuité des concepts ?* »

de sa mère) la traitaient comme leur propre enfant. Parmi ces dernières se trouvait très souvent [1] la mère de son futur mari.

Lorsque la jeune femme arrivait dans son nouveau foyer, éloigné de quelques mètres de celui où peu d'années plus tôt elle avait vu le jour, elle poursuivait auprès de sa belle-mère et de ses belles-sœurs des relations de familiarité confiante qui remontaient à sa naissance; en cas de mésentente avec son mari, c'était lui qui devait bien souvent plier devant la coalition invincible du bloc féminin, et j'ai connu des garçons qui, mariés sans avoir été consultés, s'étaient sauvés en France pour échapper à leur femme qu'ils n'osaient pas répudier [2]. Du coup, la polygamie était exceptionnelle, la répudiation elle-même se faisait moins fréquente et moins arbitraire, et *jamais* on ne voyait un enfant abandonné par son père.

Avant son mariage, il va de soi que sans avoir à mettre une cagoule la jeune fille avait vu ses cousins. Et naturellement elle leur avait parlé, souvent de très près. Il va de soi également qu'ils la respectaient en principe : son honneur leur était cher puisqu'il était leur propre honneur. Toutefois dans certaines régions du Maghreb (les plus archaïques justement), la tolérance est grande entre parents, et dans les régions les plus rigoristes la nature, l'herbe tendre, le hasard... Bref, dans n'importe quelle société tout arrive un jour ou l'autre.

1. Dans les sociétés endogames que j'ai le plus longtemps fréquentées (Aurès) le groupe à l'intérieur duquel on se mariait de préférence pouvait compter de 100 à 300 personnes *(ferqa)* et le groupe hors duquel on ne se mariait pratiquement jamais *(tribu)* dépassait rarement 1 000 personnes.

2. L'un d'eux fut le premier homme de la tribu des Beni-Melkem à venir travailler en France (en 1937); il était le fils aîné d'une veuve et tellement furieux de se voir imposer ce mariage qu'il n'avait pas assisté à la fête; le mariage n'en était pas moins valable. N'osant pas répudier sa femme par respect pour sa mère, il était parti : « *pour qu'elle s'ennuie et s'en aille* ». Au bout d'un an de solitude, l'épouse délaissée finit effectivement par s'en aller et fou de joie le mari envoya le papier confirmant la répudiation. Entre-temps il avait gagné beaucoup d'argent; il revint alors et épousa une femme de son choix.

Toutefois, lorsque l'incident se produit à l'intérieur d'un clan endogame, *on n'en parle pas* : les jeunes filles trop tendres sont mariées avec le cousin qui leur plaît, les veuves et les divorcées mènent une vie peu sévère sans soulever de réprobation et seules les femmes mariées sont tenues à une certaine réserve, elle-même moins absolue qu'il ne semble au premier abord : chez certains montagnards de l'Atlas notamment, quand un mari s'absente pendant des semaines entières, cela ne choque personne qu'il laisse sa femme seule avec le berger. Le berger à vrai dire est très souvent un cousin. La croyance au Bou-Mergoud (littéralement : enfant endormi) n'est qu'un complément de cette ancienne tolérance, — on sait qu'elle oblige un homme absent pendant plusieurs années à reconnaître pour sien l'enfant que sa femme a pu avoir durant cette période ; on sait aussi que cette commodité offerte aux épouses délaissées a reçu l'appui de la loi musulmane.

Donc la femme mariée doit être fidèle, mais dans un douar endogame si par malheur elle ne l'est pas l'époux-cousin a le choix entre deux solutions : la répudier sans drame, ou tuer le cousin-rival. S'il se venge ce sera sans s'exposer à la contre-vengeance des parents de sa victime, car ils sont ses propres parents et ils jugeront généralement que c'est assez d'un mort dans la famille. Tout au plus, dans les tribus où la propriété privée est très anciennement établie, il paiera le « prix du sang ».

Outre cette liberté dans les relations à l'intérieur d'un milieu chaleureux, dans de nombreuses tribus d'Arabes nomades [1] (chez lesquelles, on s'en souvient, la filiation est exclusivement paternelle) les femmes bénéficient cependant de beaucoup d'égards.

Ainsi les Ouled Saoula, tribu saharienne du Zab Chergui que j'ai connue il y a une vingtaine d'années, spécifiaient encore dans leurs contrats de mariage qu'aucune femme de leur sang ne pouvait monter à pied une certaine colline et que pour leur

1. Certains nomades parlant berbère — les Touaregs — ont une parenté en ligne maternelle. Ici « arabe » est pris dans le sens de « parlant arabe ».

éviter toute fatigue une chamelle blanche et une esclave devaient être inscrites dans leur douaire [1]... Les Ouled Saoula étaient à cette époque bien trop pauvres pour avoir des chamelles et des servantes, mais ils continuaient à inscrire ces clauses dans des actes. Hommes fiers et ombrageux, ils épousaient les femmes de leur sang et ils se pardonnaient entre « cousins-frères » des omissions de protocole — offrant peut-être, quand ils le pouvaient, une ânesse à la « sœur-épouse » pour franchir les monticules trop escarpés.

« RECOMMANDE AU MANNEQUIN DE NE PAS BOIRE TOUT LE LAIT »

Chez les nomades de Mauritanie, qu'un climat moins rude et les hasards de la politique ont favorisés, les égards vis-à-vis des femmes demeurent encore usuels : la jeune mariée appartenant à une famille aisée reçoit effectivement à la fois un douaire de son mari et une dot de son père. Cette dernière comprend toujours une tente, parfois un ou plusieurs esclaves [2], ainsi

1. Le douaire (somme attribuée par les maris à leur femme au moment du mariage) est une obligation coranique. Souvent il n'est payé qu'en partie ou même pas payé du tout, comme c'est le cas ici. Voir note 1 p. 157.

2. L'esclavage est officiellement interdit en Afrique : depuis 1909 dans les anciennes colonies françaises — mais à la suite d'un décret de 1848, c'est-à-dire plus de 50 ans après la décision gouvernementale; au Nigéria, en 1916; en Sierra Leone, en 1928. Voir à ce sujet Vincent Monteil, *L'Islam noir* Le Seuil, 1964, p. 251. Pratiquement l'esclavage survit encore dans les régions sahariennes, mais à cause des interdictions officielles les esclaves ne peuvent pas être achetés ni vendus, sinon exceptionnellement et en fraude. Par contre leurs maîtres disposent d'eux, ne leur versent aucun salaire et peuvent les donner.

La survivance de l'esclavage est un des problèmes dramatiques du Sahara mais c'est un problème économique et non pas juridique ni politique : juridiquement les esclaves sont libres, mais ils ne seront libres *effectivement* que lorsqu'on pourra leur procurer un emploi payé et lorsque la société dans laquelle ils vivent admettra leur liberté.

que du bétail dont elle dispose comme elle veut. Elle exige souvent de son mari qu'il s'oblige par contrat à la répudier, avec un douaire exorbitant, s'il prend une seconde épouse; il ne le paiera d'ailleurs complètement qu'en cas de divorce, c'est-à-dire s'il décide un jour de contracter une autre union. Cette clause constitue une garantie très efficace contre la polygamie et une garantie relative contre la répudiation.

Pendant les premiers mois du mariage la jeune femme continue à résider près du campement de son père, dans la tente blanche qui lui a été offerte par ses parents; c'est là que le nouvel époux vient la visiter en amoureux transi, jusqu'à ce qu'elle veuille bien venir vivre avec lui, — généralement après la naissance du premier enfant.

Dans la vie courante, non seulement un homme de bonne famille ne se permet pas d'adresser des reproches à sa femme, mais la civilité lui interdit d'en faire aux captifs que celle-ci possède en propre. Par plaisanterie, les Maures racontent l'histoire suivante :

Un homme attend des invités et veut naturellement les recevoir avec faste, mais il ne lui reste jamais de lait car le serviteur de sa femme le vole chaque jour.

— « *J'attends demain des hôtes*, dit l'époux courtois à l'esclave, *recommande aujourd'hui au mannequin de ne pas boire tout le lait.* »

Dans beaucoup de pays nomades, et notamment en Mauritanie, pour favoriser la lactation, l'usage est d'approcher des chamelles que l'on veut traire un mannequin bourré de paille qui figure leur chamelon. Dans le Hoggar[1], on m'a expliqué que

1. Dans un livre récent qui apporte une contribution de grande valeur à l'étude des Touaregs (Johannes Nicolaisen, *Structures politiques et sociales des Touaregs de l'Aïr et de l'Ahaggar.* Traduit de l'anglais par D. Bernus, IFAN, Niger, 1962) l'auteur écrit p. 90 à propos des techniques d'élevage du chameau et des bovins : « *Tous les Touaregs et peut-être tous les Arabes éleveurs de chameaux utilisent la peau cousue d'un chamelon mort pour traire la mère de l'animal, durant la période de lactation, car les chamelles comme les vaches ne donneront généralement pas de lait si leurs petits ne sont pas là. Cette coutume est largement répandue parmi les éleveurs de l'Ancien Monde.* » L'anecdote

cette pratique n'était en usage que lorsque le chamelon était mort; on enlève alors sa peau, on la bourre de paille, on la recoud et on l'installe à proximité de la chamelle pour qu'elle croie que son petit est vivant et se laisse traire. Au bout de cinq mois, on jette le mannequin, — dont la peau n'est d'ailleurs pas tannée et qui ne sert que pour la durée d'une lactation. Les chamelles en effet sont supposées connaître leur petit et ne se laisseraient pas duper par la peau de n'importe quel chamelon. Au Mali — m'a-t-on dit — les Touaregs Aoulimidden procéderaient de même avec les vaches ayant perdu leur veau. Il semble qu'on ne fasse pas cela pour les brebis ni pour les chèvres. Ce mannequin se nomme dans le Hoggar : *abayoudj*, pl. *ibéoudien*.

LE CLAN NOMADE

Pour compléter ce tableau du clan nomade, il faut signaler qu'on y peut à la rigueur observer la loi religieuse, c'est-à-dire donner effectivement un douaire [1] aux épouses, et un héritage

que je cite ci-dessus m'a été racontée en Mauritanie, il y a sept ans, par un Maure des Beni Hassan, donc arabophone.

1. Dans l'Ouest algérien, dans une partie du Maroc, les familles musulmanes aisées et de nombreuses familles pauvres donnent volontairement à la fille en la mariant un mobilier qu'il faut appeler alors la *dot*. Ce don n'est pas obligatoire et il sera un jour déduit de l'héritage; l'héritage, par contre, est une obligation religieuse.

D'autre part le mari *doit* donner à sa femme une somme d'argent ou son équivalent en bijoux : le *douaire*. Cette obligation du douaire est à l'origine de la légende d'un achat des femmes musulmanes par leur mari, colportée dans certains milieux peu informés ou malveillants.

Naturellement une institution peut toujours dégénérer, le douaire peut être pris par le père, démesurément enflé, payé par des vieillards riches (cas assez fréquent en ville), ou au contraire se réduire à une somme symbolique (Aurès et Kabylie).

aux filles, sans pour cela détruire toute l'architecture de la société. Les patrimoines se composent en effet presque uniquement de bétail et quand ils comportent des terres elles ne sont pas cultivées directement mais par l'intermédiaire de serfs ; il est donc possible, s'il y a lieu, d'opérer des prélèvements sur l'héritage sans contraindre la famille à accepter des voisinages, donc des compromissions. Chez le paysan sédentaire au contraire, où le patrimoine est constitué par des champs, l'acceptation de la loi religieuse a pour inévitable résultat, à plus ou moins brève échéance, la destruction de l'unité du terroir donc de la structure tribale.

Chez les nomades touaregs — où subsistent presque partout des traces de filiation matrilinéaire —, on s'attendrait à trouver des égards accordés aux femmes plus marqués encore qu'en Mauritanie.

Il n'en est rien, et la ressemblance est au contraire très grande entre les deux sociétés nomades, la touarègue et l'arabe. Sur ce point et sur d'autres, les différences entre la structure matrilinéaire et la structure patrilinéaire sont minces : en particulier la législation coranique protégeant la femme est strictement respectée dans l'une et l'autre région.

Le Coran exige en effet que la fille reçoive une part de l'héritage de ses parents [1] et que le mari donne à sa femme, au moment du mariage, une somme d'argent qu'elle offre souvent à son père, convertit en cadeaux traditionnels, ou gère elle-même à son gré. Or, sur ces deux points, *en région rurale*, dans tout l'ensemble du monde arabo-berbère d'Afrique, *la loi religieuse est violée partout*, sauf chez les Touaregs et chez les Maures. Il est d'autant plus intéressant de le signaler que tous les autres musulmans d'Afrique affichent une grande dévotion, et méprisent ouvertement le manque d'orthodoxie des Touaregs.

A vrai dire les deux sociétés — la société nomade saharienne et la société sédentaire — n'offraient pas, sur ce point précis, la même résistance à l'érosion religieuse.

1. Voir dans le chapitre suivant, « La Révolution coranique », p. 168.

Maintenant, le moment est venu pour nous de chercher à apprécier cette résistance — car les orages et le vent attaquent le granit comme le limon mais ne les travaillent pas de la même façon.

VII. CONFLIT AVEC DIEU

UNE DÉVOTION SÉLECTIVE

Dans le Maghreb, les influences qui jusqu'à présent ont fait évoluer la société tribale furent : le contact avec la ville, la religion, la grande richesse, l'extrême misère, la surpopulation... On y adjoindra sans doute prochainement l'école, la télévision, la politique, mais ces dernières causes de mutation n'ont agi que dans les villes; dans les campagnes il faudra encore attendre quelques années pour en sentir les effets. Quant aux comités de gestion, et aux partis politiques, ils n'ont pas encore d'influence sur les structures familiales.

Le processus évolutif a débuté dans le crépuscule de l'histoire — bien avant Moïse, bien avant Jésus, bien avant Mohammed — mais telle une rouille, telle une oxydation, il n'a opéré d'abord qu'en surface, autrement dit là où il y avait contact entre la société des campagnes et des steppes et celle des villes. Avec la religion, il va enfin tenter en profondeur une pénétration dans les tribus.

C'est un bon exercice pour l'esprit et un moyen de gagner l'intimité d'une civilisation que de comparer les mœurs réelles d'une société avec les prescriptions de sa morale et de sa religion, — puis de mesurer la fissure entre les deux. Or de même que les vieilles sociétés d'Europe sélectionnèrent dans le christianisme ce qui pouvait consolider leurs positions (en omettant ou travestissant ce qui aurait eu pour effet de corriger leurs vices essentiels), les sociétés d'Afrique et d'Asie Mineure firent subir à l'Islam un traitement du même ordre.

Ceci nous permettra de distinguer dans les prescriptions du Coran deux catégories : d'abord des conseils généralement observés et même outrés (par exemple ceux qui concernent le voile), ensuite, toute une série d'ordres péremptoires, éludés opiniâtrement de siècle en siècle, — et dans cette dernière catégorie se trouvent essentiellement les préceptes *religieux* ayant pour objectif de donner à la femme les droits d'une personne.

La doctrine musulmane, — dernière-née des trois grandes prédications monothéistes, mais issue du même cratère sémitique — a presque recouvert, dans la zone de leur origine, les laves laissées par les deux éruptions précédentes. Or, il se trouve que dans le nord de la Péninsule levantine où elles virent toutes trois le jour, les religions du Dieu unique rencontraient nécessairement un milieu depuis longtemps commotionné par « l'effondrement des vieilles structures » dont nous allons analyser les symptômes dans le chapitre suivant[1].

La première-née des trois, la religion d'Israël, essaima loin de son lieu d'origine, sur des continents étrangers où partout minoritaire elle aurait dû normalement se dissoudre. Elle survécut cependant, probablement à cause des persécutions dont ses adeptes furent victimes (s'il existe encore des « juifs », c'est peut-être à cause des « antisémites »).

De son côté, le christianisme fut en partie submergé par l'Islam là où il était né, mais il devait trouver son terrain d'élection (et une position majoritaire) dans des pays influencés par le droit germanique[2], qui, dès la plus haute antiquité, reconnaît à la femme le statut juridique d'une personne. Bref l'Islam a, presque seul, « épongé » un phénomène social dont le rapport avec lui ressort essentiellement de la géographie et non de la théologie.

1. « Sept mille ans de destructions des vieilles structures », p. 182.
2. C'est moins vrai pour les catholiques que pour les protestants.

Il y a encore peu de temps — très exactement avant le récent développement touristique de ces dix dernières années, — une femme qui, en Espagne, au Portugal, dans le Sud de la France, en Corse, en Italie méridionale, en Grèce, au Liban, entrait dans une église sans avoir les cheveux couverts, ne serait-ce que d'un mouchoir, faisait scandale. Bien sûr une épître de Saint-Paul le recommande [1], mais saint Paul ordonne aussi aux esclaves d'obéir à leur maître « *comme au Christ* [2] », et les esclaves chrétiens n'en ont pas moins délaissé l'esclavage. Il conseille également de renoncer à la vengeance [3] : *Bénissez ceux qui vous persécutent, bénissez, ne maudissez pas... sans rendre à personne le mal pour le mal... sans vous faire justice à vous-mêmes, mes bien-aimés,* — et le nord de la Méditerranée, jusqu'à la génération

1. *Saint Paul, épître X, aux Corinthiens :* Sans être spécialiste de l'écriture de saint Paul, on distingue aisément dans ses épîtres deux veines, deux inspirations ; la plus importante nous apporte les reflets d'une méditation originale, profonde, hors du temps; elle est juxtaposée à la conversation quotidienne d'un homme du Ier siècle de notre ère, d'un homme actif et pressé. C'est l'homme pressé qui nous parle du voile, car voici ce qu'il dit : « *L'homme, lui, ne doit pas se couvrir la tête, parce qu'il est l'image et le reflet de Dieu; quand à la femme elle est le reflet de l'homme* »... « *et ce n'est pas l'homme bien sûr, qui a été créé pour la femme* »... « *Voilà pourquoi la femme doit avoir sur la tête un signe de sujétion, à cause des anges...* »

2. *Saint Paul, épître VI, aux Éphésiens.* Malgré le conseil de saint Paul, l'esclavage a progressivement disparu en Europe occidentale vers le XIe siècle, — pour des causes sociales et économiques, non religieuses.

Au Sud de la Méditerranée la situation est exactement inverse : là, il est conseillé explicitement par le Coran de libérer les esclaves musulmans; pourtant l'esclavage s'est maintenu sporadiquement jusqu'à ce jour : ouvertement en Arabie Séoudite, clandestinement dans la région saharienne du Maghreb. — Dans l'un et l'autre cas ce sont des causes exclusivement économiques qui ont agi. Voir note 2 p. 155.

3. *Saint Paul, épître XII, aux Romains.*

de nos grands-parents, est resté presque universellement fidèle à la vendetta c'est-à-dire au *devoir moral* de se venger et de venger tous les membres de sa famille. Si dans les pays chrétiens, çà et là, la vendetta tombe maintenant en désuétude, ce n'est pas pour obéir à saint Paul, car on constate alors que la pratique religieuse subit bien souvent un dommage parallèle.

Pendant ce temps les femmes sans fichu ne scandalisaient[1] personne dans les églises parisiennes et champenoises, où cependant saint Paul n'est pas moins vénéré que dans les chapelles de Bastia et de Tarente... Recueillant la même parole, le « tamis mental » des chrétiens du Nord de la Loire n'a visiblement pas retenu les mêmes mots que le tamis méditerranéen.

JEANNE D'ARC ET ROBERT LE PIEUX

Marcel Mauss insistait souvent, dans son cours du Collège de France, sur cette différence entre le droit romain et le droit germanique : en droit romain la mère avait un lien de parenté avec son fils *parce que, par fiction, elle était considérée comme une sœur aînée;* en droit germanique, au contraire, le fils était, comme dans la plupart des droits européens actuels, parent de son père et de sa mère. Marcel Mauss faisait observer à ce propos que si Robert le Pieux avait épousé une descendante de Charlemagne pour légitimer ses droits, c'est qu'il considérait que la terre de France n'était pas salique; par conséquent, dans le conflit qui fut à l'origine de la guerre de Cent Ans, le droit, la tradition juridique des rois de France étaient en faveur de la thèse anglaise. En faveur de la thèse française, il y eut Jeanne d'Arc, et ce que l'on nomme aujourd'hui une « personnalité nationale ».

1. J'ai vu récemment dans une église de Bretagne une affiche recommandant aux femmes de ne pas venir en short.

En France, même méridionale, l'influence « nordique » se fait sentir, et depuis assez longtemps les femmes ne sont plus mariées de force, ni enfermées, ni voilées. La puissance industrielle des États septentrionaux a d'ailleurs contribué à la diffusion de leurs modes dans tous les pays méditerranéens. C'est ainsi que la France, l'Italie, la Yougoslavie, la Grèce ont finalement accordé aux femmes des droits politiques [1]. Au Portugal ces droits ont accompagné en 1974 la révolution, et en Espagne lorsque les hommes voteront, les femmes suivront.

NOTRE SAINTE MÈRE L'ÉGLISE EST UNE MÈRE MASCULINE

L'influence inverse s'exerce également. En France, même septentrionale, par l'intermédiaire du droit romain, de l'Église catholique et du code Napoléon, la Méditerranée oriente les mœurs, et il y a quelques années la femme mariée, encore légalement tenue pour une mineure, se trouvait vis-à-vis de son mari dans la situation d'un enfant vis-à-vis de son père et ne pouvait revendiquer un passeport ni un compte en banque [2] sans autorisation maritale.

1. En Suisse, sur le plan fédéral, les femmes ont accédé très récemment au droit de vote mais sur le plan cantonal ; deux cantons de Suisse alémanique leur refusent encore ce droit (1976). La principauté de Lichtenstein et la république de San Marino figurent aussi dans les derniers bastions des « phallocrates politiquement conscients ».

2. Dès 1918 le gouvernement canadien avait octroyé ces droits au niveau fédéral... « *Il est en effet, remarquable que la province de Québec n'ait jamais élu une seule femme ni au gouvernement provincial ni au gouvernement fédéral alors que la chose s'est produite dans presque toutes les autres provinces canadiennes* ». P.-H. Chombart de Lauwe, *Images de la femme dans la société*. Éditions ouvrières, 1964, p. 200. (Article de Guy Rocher.)

Depuis la réforme de 1974, pendant le mariage, les pères et mères exercent en commun leur autorité. Après divorce, la puissance paternelle est transférée à celui qui a la garde de l'enfant. S'il s'agit d'un départ à l'étranger, le père ou la mère peut s'y opposer après décision de justice.

Depuis la Révolution française les filles héritent de leurs parents dans les mêmes conditions que des fils, mais on pourrait remplir des livres simplement en notant la façon dont les lois françaises sont journellement violées au détriment des femmes dans la plus grande partie de la France. Il est tacitement admis, dans de nombreuses provinces, que les terres et la maison de famille doivent aller au fils aîné [1]; pour cette raison, et afin de pouvoir lui être attribuées plus facilement, elles sont normalement estimées dans le partage au quart de leur valeur. Comme les magistrats, les notaires, les percepteurs considèrent tous cette clause tacite comme hautement morale, ils l'appliquent d'un commun accord et c'est grâce à eux que les « domaines » français se sont partiellement maintenus. Même observation pour les industries où, à la mort du fondateur, on répartit entre tous ses héritiers des « parts » qui ne rapportent aucun revenu et qu'il est interdit de vendre; ceci permet aux fils, toujours pourvus de fonctions plus ou moins réelles dans l'affaire familiale, de s'attribuer sous forme de traitements la totalité des bénéfices, au détriment de leurs sœurs, — parfois chéries — auxquelles on remet pour complaire à la loi quelques bouts de papier symboliques et inutilisables, représentant leur héritage.

Ces phénomènes ne font que refléter une hiérarchie familiale encore bien conservée en France, surtout au sud de la Loire. A son sujet on pourrait citer indéfiniment des anecdotes : par exemple cet excellent père de famille, intellectuel, grand bourgeois du Midi, qui en 1964 trouve normal de prendre une couchette de première classe pour son fils (adolescent

1. Voir le chapitre sur le droit d'aînesse.

robuste) et de faire voyager ses filles dans le même train en seconde classe...

En Europe, le statut de la femme apparaît ainsi comme marqué par une tradition archaïque nordique et libérale, contrariée au cours des siècles par trois influences méditerranéennes : celle du droit romain, celle du code Napoléon (il ne faut pas oublier que son inspirateur était corse) et celle du catholicisme traditionnel.

Notre Sainte Mère l'Église est restée, en effet, jusqu'à nos jours une « mère masculine » si l'on peut dire. Par exemple en 1962, au grand parlement universel appelé Vatican II, nulle abbesse n'a été admise à délibérer avec les 2 200 Pères conciliaires. « *Les femmes ne peuvent être prêtres* » répondent les catholiques; mais au temps où les papes élevaient des laïcs ou des enfants en bas âge à la dignité de cardinal aucun d'eux n'a jamais songé à donner la pourpre à une femme, et l'idée même fait sourire. Les positions solennelles, prises en matière de contrôle des naissances par tous ces hommes célibataires, sont venues encore confirmer l'archaïsme très italien de l'appareil catholique.

Il se trouve, pour des raisons à la fois géographiques et historiques, que ce statut a presque partout rencontré dans la société musulmane une situation exactement inverse — c'est-à-dire des mœurs plus rétrogrades que la religion.

Au VIIe siècle de notre ère, l'Islam engagea une lutte *pratique* [1] contre les turpitudes qui s'étalaient dans la société arabe en voie d'urbanisation, et pas seulement contre ces turpitudes mais aussi contre leurs causes profondes.

Parmi les turpitudes en question, il faut classer l'avilissement de la condition féminine et parmi les causes de cet avilissement figurait assurément, dès ce temps-là, « l'effondrement des vieilles structures » et la réaction de défense que cet effondrement avait fait naître, — véritable urticaire sociale dont nous avons parlé dès le premier chapitre de cette étude. Il faut l'attribuer au maintien artificiel, dans les cités et les bourgs, des exigences élaborées dans les clans nomades de l'Asie occidentale et de l'Afrique du Nord.

Voici, en matière d'héritage, ce que prescrivit la loi de l'Islam : à chaque orpheline, donner une part des biens de son père

1. Le musulman doit obéir à un certain nombre de préceptes difficiles mais non impossibles à observer. Cette obéissance peut conduire ceux qui s'y soumettent de tout leur cœur à devenir des « musulmans parfaits », des hommes qui connaissent la paix. Au centre de leur méditation rayonne l'unité de Dieu, qui n'est pas source d'angoisse, car Dieu est incomparable.

Le message du Christ, au contraire, est intemporel; selon ses propres paroles, son royaume n'est pas de ce monde — alors peu importe qu'il y eût des esclaves (pensèrent les premiers chrétiens) puisque ce qui compte c'est le salut. Le message chrétien est si peu « pratique », qu'en aucun temps, en aucun lieu, il n'a existé un État appliquant totalement les préceptes des Évangiles.

En outre, pour le vrai chrétien, le Christ est un modèle réel, concevable, constamment présent au cœur, mais en même temps inaccessible car il représente une exigence de perfection qu'aucun homme ne peut atteindre et qui pourtant ne se laisse pas éluder. C'est pourquoi il peut exister de *bons* chrétiens mais non pas des chrétiens *parfaits*, sinon un seul : Jésus.

égale à la moitié de celle d'un enfant mâle, et la moitié de l'héritage s'il n'y a pas de fils (le reste étant réparti entre la veuve, les ascendants et les frères). A la veuve, le quart de l'héritage de son époux si ce dernier est sans descendance, un huitième dans le cas contraire. Aux ascendants, lorsque le défunt en possède encore, la loi attribue des parts égales, soit un tiers au père et un tiers à la mère si le mort n'a pas de fils, sinon un sixième à chacun [1].

Pour mesurer à quel point cette répartition était raisonnable dans le contexte social où elle a été promulguée, il faut se souvenir que le Coran impose au mari la charge d'entretenir *complètement* sa femme et ses enfants, quelle que soit sa pauvreté et la fortune de sa femme; en outre, il attribue à la femme mariée la gestion *indépendante* de ses biens personnels (dot, douaire et héritage) [2].

Dans cette perspective, le législateur devait par conséquent prévoir pour chaque fils non seulement son entretien mais aussi, le jour venu, celui de sa femme et de ses enfants, alors que chaque fille, par contre, pouvait compter sur les subsistances que son mari (et plus tard, son fils) étaient tenus par la loi de lui fournir. En aucun cas [3], elle ne devait avoir la charge

1. Coran, Sourate IV, dite « des Femmes », verset 18.

2. L'Église catholique, de son côté, a tenté de protéger la femme par l'interdiction formelle du divorce et de la polygamie; elle réprouve naturellement l'adultère et l'assassinat (mais ne s'interdit pas de les pardonner) et il arrive par suite que ces procédés peu recommandables soient utilisés en pays chrétiens pour « tempérer » la monogamie.

Le Coran déconseille le divorce et autorise la polygamie, mais à des conditions qui pratiquement ne sont jamais remplies (en particulier toutes les femmes doivent être traitées avec une égalité absolue); il réserve par contre toute sa sévérité pour l'adultère.

En fait, il y a dans les pays maghrébins traditionnels peu de polygamie, très peu d'adultères, beaucoup de divorces, pas d'enfants bâtards (il en naît peu, et ceux qui naissent ne vivent pas. Traduisons : infanticides). On voit que chaque pays a ses délits et ses crimes, épinglés au verso de ses vertus.

3. Il en était ainsi jusqu'à ces dernières années dans toute la campagne

de subvenir à d'autres besoins que les siens; encore fallait-il, pour qu'elle y soit réduite, qu'une série de désastres la poursuive, autrement dit qu'elle ait le malheur de se trouver à la fois veuve, orpheline, et sans fils ni frère en état de l'accueillir... Si tel était le cas, elle devait avoir la moitié de l'héritage de son père, le quart de celui de son mari et le douaire qui lui avait été versé au moment de son mariage.

Ces prescriptions représentaient, au moment où le Coran fut révélé, la législation la plus « féministe » du monde civilisé, mais elle constituait (et constitue encore) dans une tribu homogène une véritable bombe explosive.

Chez les bourgeois des villes, quand le patrimoine se compose de pièces d'étoffe ou de sacs de monnaie, il ne sera pas impossible de donner à chaque fils et chaque fille la portion du bien paternel, filial ou marital, que la loi religieuse lui accorde expressément, *néanmoins, à cause de cette loi, les grandes fortunes citadines de l'Islam se maintiennent plus rarement et plus difficilement que les grandes fortunes chrétiennes.*

Chez les nomades, on peut également partager, selon les mêmes barêmes, les chamelles, les brebis, les chèvres, mais il n'est pas inutile de se représenter pratiquement l'opération. Imaginons un Bédouin qui meurt avant sa mère, en laissant à ses deux fils, à ses trois filles et à sa veuve, un héritage composé de quarante-huit moutons. Selon la loi religieuse six doivent aller à la veuve, huit à la mère, cinq à chacune des trois filles et dix aux deux garçons, ce qui — pour les gens qui savent compter — représente quarante-neuf moutons.

En effet chacune des trois filles n'a droit qu'à 4 moutons 95, et chacun des deux fils à 9 moutons 90... Dans la pratique, on s'arrange en donnant par exemple un gros agneau ou une brebis borgne à la place de la fraction de bête qui revient à tel ou telle, — mais en fait on s'arrange d'autant plus facilement

maghrébine. Dans les villes et les bourgs, les femmes abandonnées, avec tous leurs enfants, par le père sont maintenant *très nombreuses* et *chaque jour plus nombreuses.*

que *cela ne se fait pas* de discuter, c'est de mauvais ton. Toutefois, si par malheur il y avait contestation, la Loi aurait alors pour interprète le cadi ou un antique sénat [1] (la jemaâ), composé par les chefs de famille qui dirigent la tribu ou le village, et c'est probablement ainsi qu'ils régleraient la succession.

En pratique, sauf en cas de conflit (très rare), on ne séparera pas le troupeau. La grand-mère vivrait d'ailleurs fort mal, toute seule avec ses huit moutons, la veuve (bien souvent elle est la mère des enfants ou d'une partie d'entre eux) serait plus mal partagée encore avec les six qui lui reviennent. En outre, mère, grand'mère et sœurs craignent de vivre seules et ressentent le besoin d'une protection; or, elles ont droit à celle de l'homme qui est leur frère, leur fils ou leur petit-fils. S'il n'y a nul héritage, elles attendront de lui, avec confiance, qu'il partage avec elles le maigre salaire de son travail — et jadis il n'aurait jamais osé se soustraire à cette attente. On verra donc le fils *aîné* [2] tout régler, exactement comme le faisait son père, sans qu'aucun changement intervienne en apparence dans la répartition des biens. Néanmoins chacun sait ce qui appartient à celui-ci ou celle-là...

Chez les cultivateurs sédentaires, tout change, car on ne partage plus des bêtes ni des pièces de monnaie ou des coudées de tissu, mais des *champs*... Le paysan qui laisse en mourant un domaine de quarante-huit hectares à répartir entre les sept héritiers que j'ai énumérés, doit retrancher de sa terre une enclave d'une vingtaine d'hectares revenant à ses filles ou à sa femme. Or ses filles peuvent épouser des hommes d'une autre lignée, d'une autre *ferqa*, d'un autre village; leurs enfants seront alors des étrangers et ces étrangers prendront un jour possession des hectares de leur grand-père maternel, qui cesseront ainsi d'appartenir aux gens du même nom.

Dans le cas du paysan maghrébin, la pratique religieuse fait

1. Je l'ai vu fonctionner au Pakistan, identique à ceux que j'ai connus dans l'Aurès, en Kabylie, dans l'Ouarsenis, dans l'Atlas marocain.
2. Voir dans le chapitre v, « Monseigneur mon frère », p. 108.

chavirer une société qui est entièrement construite sur l'homogénéité du terroir et sur l'impossibilité, pour un homme qui porte un autre nom que celui du groupe, de s'y établir sans être au préalable adopté « comme frère »[1]. Le tombeau de l'ancêtre éponyme est d'ailleurs presque toujours là, dans l'endroit le plus haut ou le plus central, pour symboliser l'appropriation du sol par sa lignée.

« DANS UN FEU OÙ IL RESTERA, IMMORTEL »

Le partage imposé par le Coran pose alors des problèmes qui dépassent le simple bilan des possessions : au sens littéral il ne s'agit plus *d'avoir* mais d'*être*.

Or, pour celui qui violerait la loi en matière d'héritage, le Livre sacré, qui se réfère si souvent à la miséricorde divine, ne tempère en rien cette fois une sévérité impitoyable : aucune ouverture à l'interprétation, aucune échappatoire ni équivoque possibles...

Ouvrons simplement le Coran (Sourate IV, verset 18) nous y lisons, après l'énoncé des prescriptions, cette phrase textuelle : « *Quiconque désobéit... (Allah) le fera entrer dans un feu où il restera, immortel.* »

N'oublions pas que dans ces vieilles paysanneries maghrébines nous sommes dans une forteresse de l'Islam, au milieu de populations pleines de foi, pour lesquelles les vérités révélées par le Prophète ne sont pas des symboles ; c'est bien du Feu qu'il s'agit, c'est bien d'une *Éternité dans le Feu*...

Considérons ensuite la situation cadastrale[2] du Maghreb : nous constaterons alors que, depuis treize siècles, à raison de

1. Voir dans le chapitre VI, « Honneur indivis » p. 139 et ce que dit Hérodote à propos des pactes de fraternité, p. 97 et 98.

2. Je l'ai fait dans l'Aurès, en Grande et en Petite Kabylie, dans le Maroc montagnard.

trois générations par siècle, les paysans maghrébins — tous musulmans dévots cela va sans dire, — ont opté pour les grandes flammes de l'enfer plutôt que de sacrifier l'appropriation de leur terre par leur lignée. Et quant aux tribus qui, au cours des âges, préférèrent sauver leur vie éternelle, elles lui ont immolé ce à quoi elles tenaient le plus : leur survie en ce monde.

A titre simplement comparatif, il n'est pas inutile de mentionner ici les sanctions extrêmement bénignes que le saint Livre de l'Islam a prévu pour ceux qui violeraient le jeûne du Ramadan.

Sourate II, verset 180/184[1] : « ... *A ceux qui peuvent jeûner* [mais ne le font point] *incombe un rachat, la nourriture d'un pauvre...* »

Verset 181/185 : « ... *celui qui parmi vous sera malade ou en voyage* [jeûnera] *un nombre* [égal] *d'autres jours : Allah veut pour vous de l'aise et ne veut point de gêne.* »

Tout récemment, un médecin musulman me racontait qu'il avait trouvé au bord d'une route un homme sérieusement blessé. Après l'avoir soigné il avait appris, non sans indignation, que son malade, coupable d'avoir violé le jeûne du Ramadan, avait été roué de coups et abandonné sans secours par son propre village. Il s'agissait d'un village du Constantinois où, depuis près de mille ans, on affronte de père en fils, avec la plus parfaite désinvolture « l'Éternité dans le Feu », promise sans nulle échappatoire aux hommes qui priveront les femmes de leur héritage.

LA FILIATION EN LIGNE MATERNELLE ET L'ORTHODOXIE

Il existe encore dans le Maghreb, à l'extrême sud du Sahara, un rameau berbère — le plus archaïque subsistant à ce jour — où la parenté en ligne maternelle s'est maintenue. Non pas

1. Le Coran, traduit de l'arabe par Régis Blachère, Maisonneuve, 1957.

partout — chez les Touaregs du Sud-Est (Aïr) notamment, la succession des chefs s'effectue maintenant de père en fils, — mais même dans cette région, une enquête approfondie [1] montre que l'extension de la parenté maternelle fut, à une date relativement récente, bien plus grande qu'aujourd'hui. Trois enquêtes rapides [2] que j'ai faites à neuf ans de distance l'une de l'autre m'ont également permis de noter un recul effectif de ce système de filiation dans le Hoggar, notamment à Djanet.

La filiation maternelle n'est pas limitée chez les Berbères aux Touaregs; elle a été signalée aussi [3] dans un autre rameau berbère, le rameau gouanche qui s'est éteint à l'époque historique.

Aujourd'hui, seuls les privilèges suivent encore la ligne féminine là où elle subsiste. Parmi ces privilèges on compte naturellement le pouvoir royal, mais aussi le nom de clan, la condition sociale, les droits de chasse. Actuellement la condition du père influence de plus en plus celle de l'enfant, mais il semble que ce soit là un fait récent. Par contre depuis fort longtemps — aussi longtemps que va la tradition orale — l'enfant porte comme second nom celui de son père, et la femme vient vivre chez son mari.

Or actuellement, dans toutes les régions touarègues, les biens meubles et immeubles qui font partie d'une succession sont partagés selon la loi musulmane la plus orthodoxe : deux parts aux fils, une part aux filles. L'anomalie ici, par rapport aux autres religions berbères, consiste justement à ne pas tricher avec la loi religieuse.

Tous les auteurs qui ont décrit les Touaregs se sont toujours plu à relever ce qui, dans leurs usages, n'est pas musulman :

1. Enquêtes menées entre 1951 et 1959 par le Danois Johannes Nicolaïsen. Voir note 1 p. 156.
2. Trois courts séjours, en 1956, 1961 et 1965.
3. George Marcy, *Les Vestiges de la parenté maternelle en droit coutumier berbère et le régime des successions touarègues*. Revue africaine LXXXV (3e et 4e trimestre 1941), p. 186 à 211.

« *ils ont des superstitions innombrables* », « *ils ne font pas la prière* », « *ils ne font pas carême* », etc. — Rien de tout cela n'est faux, mais c'est toutefois moins vrai qu'il y a cinq ans, et de moins en moins vrai chaque jour.

Admettons cependant ce point de vue, qui fut celui de tous les observateurs des Touaregs sans exception. Voilà donc sur un point (cette question de l'héritage, à laquelle le Coran attache une si grande importance), nos païens de Touaregs qui appliquent strictement la loi, unanimement, sans broncher, tandis que tout le reste du dévot Maghreb s'emploie à la violer depuis mille ans.

Pour comprendre cette orthodoxie inattendue, il faut se reporter au chapitre sur l'honneur et sur la noblesse [1]. En effet, en pays de filiation maternelle comme en pays de filiation paternelle, il est essentiel de ne pas disloquer la société en *cassant* le clan. Or on casse le clan en laissant des terres aller à des étrangers, c'est-à-dire aux enfants des fils quand le nom et la race se transmettent par les femmes, aux enfants des filles quand la transmission se fait du père au fils.

En pays touareg, le problème ne se posait pas comme dans le Maghreb du Nord, parce que la terre chez eux n'est pas propriété privée : elle appartient au souverain (Hoggar) ou à la *Taousit* (c'est-à-dire à la tribu) dans certains centres de culture tels que celui de Djanet. Pour cette raison, l'héritage dans les deux lignes ne risquait pas de « casser » l'unité tribale. En outre, la loi religieuse répondait ici à un vœu profond, car les sentiments naturels sont plus fortement contrariés par la filiation en ligne féminine que par la filiation en ligne masculine.

Cela ne signifie pas que tel Kabyle qui eut la malchance de n'avoir que des filles accepte de bonne grâce la perspective de voir tout son bien aller chez son neveu tandis que ses filles n'auront rien. Mais le neveu héritier est, le plus souvent, son gendre, et cela arrange les choses; en outre, il a toujours été

1. Chapitre VI, « Noblesse Averroès et noblesse Ibn Khaldoun », p. 135.

élevé près de son oncle paternel et celui-ci s'est habitué à le considérer comme un fils. Dans tous les cas le fils n'est jamais frustré car s'il existe c'est toujours lui qui succède.

Dans un système où le clan est patrilocal, comme c'est actuellement le cas chez les Touaregs, mais où l'héritage se transmet en ligne utérine, c'est-à-dire d'oncle maternel à neveu utérin (comme cela semble bien avoir été leur usage jadis [1]) les choses vont tout autrement : le père élève ses enfants et les garde près de lui, tout en sachant qu'après sa mort ils devront quitter son campement et aller vivre dans la famille de leur mère. Pendant ce temps ses vrais parents, c'est-à-dire les enfants de ses sœurs, sont élevés chez des beaux-frères qui peuvent évidemment être ses cousins sans que ce soit nécessairement le cas. En pratique, cet homme risque d'avoir comme héritier un garçon qui non seulement n'est pas son fils, mais qui a été élevé loin de lui.

Un vieux proverbe touareg que j'ai relevé dans le Hoggar en 1965 [2], dit à peu près du neveu utérin qu'il « mange » le bien de son oncle maternel mais qu'il défend son honneur. En effet, le seul point commun entre ces deux hommes c'est cela : l'honneur, le nom...

RISTOURNE À DIEU, PAR ACTE NOTARIÉ

A Djanet (où la terre appartient au village) un Arabe, marié à une Touarègue, peut planter des palmiers dont la moitié lui appartient, et choisir les héritiers de sa part selon le Coran. Si les arbres sont vendus ils auront la moitié du prix; quand on les coupera ils auront la moitié du bois, — mais la terre revien-

1. J. Nicolaisen (*op. cit.* p. 174).
2. *Ag-alet-ma-K netta ainagan ibendja-ennaK, imaKchi nabagh-ennaK* : le fils de la fille de ta mère il tue ton ennemi, il mange ton bien.

dra de toutes façons un jour ou l'autre à son propriétaire, en l'occurrence le village. Si le planteur d'arbres est un homme du pays, il les donnera aussitôt à sa femme [1] et celle-ci, il y a dix ans, faisait faire immédiatement un *habous* [2] pour déshériter ses fils, — tout comme un Berbère du Nord qui, lui, tenait à déshériter ses filles. Quel que soit le sexe déshérité, le motif reste d'ailleurs le même : maintenir l'unité du terroir.

Afin de « violer légalement la loi », dès qu'il achetait un terrain, ce père de famille de Petite Kabylie ou de l'Aurès s'empressait de faire établir un acte par le qadi, stipulant qu'il avait choisi Dieu comme héritier final; toutefois, en attendant que le « Grand Héritier » prenne possession de son bien, la jouissance en devait être exclusivement réservée à sa descendance masculine.

Je précise que, en dehors d'un champ acheté de nos jours par un homme n'ayant que des filles, on ne pouvait pas trouver une seule terre, — dans la région de l'Aurès où j'enquêtais entre 1934 et 1940 — qui ne soit pas couverte pas un *habous* de cette sorte.

Pratiquement, nous pouvons distinguer dans le grand Maghreb trois types d'évolution en matière d'héritage féminin.

Premier degré : on applique le Coran. Nous sommes alors chez des gens très dévots, chez des nomades, ou dans une filiation matrilinéaire (Hoggar).

Second degré : on viole le Coran, mais en se donnant la peine de chercher à tromper Dieu en l'instituant héritier. On reconnaît à cela l'Aurès ou la Petite Kabylie.

Troisième degré : pas de habous, pas de Coran, rien aux

1. Un homme de Djanet ne plante des palmiers que pour payer le douaire d'une femme.

2. Le *habous* est un acte de donation à Dieu, et il existe dans le Maghreb beaucoup de fondations pieuses qui n'ont pas été détournées de leur vocation. On appelle « habous privé » un acte de donation à Dieu dans lequel Dieu n'est désigné que comme « héritier final ». Avant lui doivent entrer en jouissance du bien tous les héritiers désignés par le testateur.

filles, rien à Dieu : nous sommes maintenant chez les hommes de Grande Kabylie.

Dans l'Islam comme en chrétienté la femme méditerranéenne à été régulièrement spoliée. Là, malgré la Révolution française ; ici, malgré le Coran... En France, cette spoliation ne survit actuellement que dans des zones résiduelles, mais la cause de cette évolution doit être cherchée dans un progrès économique général qui entraîne tout (détruisant notamment, de plus en plus, le « bien de famille », et amenant un nombre de femmes sans cesse croissant à exercer une profession). La religion et la morale, dans tout cela, n'ont joué *aucun* rôle.

L'Islam, au contraire du christianisme, s'est attaqué de front au problème, et avec une inefficacité digne d'être soulignée : les musulmans, ou du moins un grand nombre d'entre eux, ont violé carrément les préceptes divins. Certains ont essayé, avec une ruse bien paysanne, de rendre Dieu lui-même complice de leur désobéissance en lui « ristournant » leur héritage par un acte notarié. Mais à toucher seulement à la fin du monde.

LA RÉPARTITION GÉOGRAPHIQUE DU VOILE CORRESPOND A L'HÉRITAGE FÉMININ

En présence des dégâts causés par la désintégration tribale, ou plus exactement par les réactions qu'elle provoquait, deux positions avaient été possibles, la traditionaliste consistait à lutter contre cette désintégration, la révolutionnaire devait s'efforcer de la mener à terme rapidement. En rendant obligatoire l'héritage des femmes, le livre sacré prit parti avec une extrême vigueur pour la seconde solution. Il portait ainsi un coup terrible à la tribu, — coup que les sociétés tribales tout en se convertissant à l'Islam avec plus ou moins de bonne grâce, se sont appliquées dès lors à esquiver. Non sans résultat, nous l'avons vu, puisqu'elles survivent encore.

Nous pouvons constater aujourd'hui que la répartition géographique du voile et de la claustration des femmes correspond à peu près à l'observance coranique en matière d'héritage féminin. Sous les apparences de la soumission dévote, elle semble bien être une protection, un barrage ultime, dressé contre les dégâts opérés dans le patrimoine des familles endogames par l'obéissance religieuse; toutefois elle ne correspond pas au maximum d'aliénation. Le maximum d'aliénation pour les femmes se rencontre dans les populations mutantes, — c'est-à-dire détribalisées par une sédentarisation ou une urbanisation récentes.

VIII. SNOBISME[1] BOURGEOIS

La société que l'on peut étudier dans le Maghreb est marquée encore aujourd'hui par trois exigences : la plus antique, dont nous avons parlé dans le chapitre VI, « Noblesse Averroès et Noblesse Ibn Khaldoun », remonte à la préhistoire et vise à éviter toute promiscuité à une lignée, à une race, — appelons-la *exigence noble* ou *exigence bédouine*. Dans son orgueilleuse solitude, elle s'étale, mais elle est quand même condamnée sans appel par l'évolution générale du monde.

Vient ensuite l'exigence paysanne — la plus âpre — qui entend maintenir sur un certain nombre de champs un certain groupe de parents; celle-là ne craint pas de s'opposer, dans le cœur des propriétaires terriens, à Dieu lui-même; nous avons suivi et raconté dans le chapitre précédent les détails et l'issue du conflit.

Vient enfin l'exigence bourgeoise... Mais dans les villes musulmanes Dieu gagne, et pourtant là aussi les idéaux de la vieille société endogame se maintiennent.

1. Le mot *snob*, actuellement international, est à l'origine un terme d'argot anglais, probablement fabriqué à partir d'un calembour : en effet *sine nobilitate, s. nob*, s'opposait dans les grands collèges anglais du XIXe siècle à *nob, filius nobilis*, fils de lords; en même temps *snob* signifiait *savetier*. Repris et rendu célèbre en 1848 par Thackeray *(Le Livre des snobs)* le mot a fait fortune. Quant à la situation qu'il exprime, elle est de tous les temps et tous les pays, parce qu'il y a toujours eu des éléments de la société qui muaient. De notre temps, au grand facteur de snobisme que constitue l'instabilité sociale, s'ajoutent les incitations à « se distinguer » qui viennent de la publicité, de la presse et de la télévision.

Voir p. 191 ce qui concerne « *le petit notable cha-t-diya* » ; voir aussi Pierre Daninos, *Snobissimo*. Hachette, 1964.

N'oublions pas que l'évolution urbaine est plus ancienne dans le Levant méditerranéen que partout ailleurs; tout s'y passe pourtant comme si elle y était continuellement arrêtée à mi-course par une sorte de thermostat. Selon notre hypothèse, il fonctionnerait sans se détraquer depuis le néolithique.

SEPT MILLE ANS DE DESTRUCTIONS DES VIEILLES STRUCTURES

Le noyau de la zone qui nous occupe correspond assez exactement à la région où s'imbriquaient, à l'aube de l'histoire, les langues sémitiques [1], les langues chamitiques et les langues indo-européennes (et naturellement d'autres encore qui n'ont pu être classées faute d'avoir survécu); il correspond aussi à la région où sont apparues les premières villes, où pour la première fois les hommes ont semé des céréales [2], mené paître un troupeau, façonné et cuit un plat d'argile, tissé un vêtement, poli une hache de pierre...

Que la première ville ait été d'abord une « tribu fortifiée », il n'est pas interdit de le penser, mais à coup sûr un jour vint assez vite où elle cessa d'être tribu pour devenir cité, c'est-à-dire ce creuset où pendant plus de sept mille ans vont se détruire infatigablement des « vieilles structures » et s'affronter deux sociétés : la « Société des citoyens » et la « Société des cousins ».

Cette destruction ininterrompue, cette bataille entre adversaires jamais exterminés, nous pouvons les reconstituer, car le phénomène se poursuit encore sous nos yeux; il est notre contemporain.

Si l'on aime les constructions schématiques (mais il ne faut

1. Les Assyriens parlaient une langue sémitique, l'égyptien ancien est apparenté au chamitique, la langue hittite contient un important vocabulaire indo-européen et l'ancienne civilisation persane était indo-européenne.

2. Voir à ce sujet les chapitres II et IV.

pas trop les aimer) on sera tenté de considérer comme premier stade de l'évolution tribale l'identification à un terroir, caractéristique des plus vieilles paysanneries du Sud méditerranéen. En effet, qui dit « paysans » pense « labours »; or, pas de labours sans appropriation de la terre, pas de cultures permanentes sans village, pas de village sans voisins, pas de voisin sans mariage avec des étrangers.

Aux stades suivants de ce schéma nous verrons le sédentaire devenir villageois puis citadin, étapes du même ordre, car le passage de la vie nomade à la vie sédentaire a représenté déjà, en moins brutales, des séries de destructions et de réadaptations analogues à celles qui caractérisent le passage de la campagne à la ville.

Aujourd'hui, dernier stade, les manuels de géographie contemporains signalent tous le glissement accéléré et massif des populations campagnardes vers les bourgs et les villes, et ils ont répandu dans le public le mot « urbanisation » pour étiqueter ce phénomène. De leur côté, les sociologues et les ethnologues aiment, à ce même propos, parler de la « destruction des vieilles structures tribales ». Ils sont également intarissables sur ce thème.

Les « vieilles structures » s'effondrent encore en effet, et cela sur toutes leurs frontières, je veux dire : partout où elles sont en contact avec autre chose qu'elles-mêmes. Mais elles s'effondrent ainsi depuis qu'elles ont des frontières, c'est-à-dire depuis qu'elles ne sont plus seules à encadrer les hommes.

En pratique, l'opposition entre les « vieilles structures » et les structures moins vieilles (elles ne sont pas jeunes pour autant), correspond assez souvent à une opposition ville-campagne. Il faut donc remonter à la période où naquit la vie urbaine pour trouver la racine du divorce et de l'affrontement des deux systèmes. Nous avons vu qu'elle a commencé très longtemps avant l'histoire; grâce à des fouilles récentes, grâce aux procédés de datation que fournit en particulier le carbone 14, on peut même désormais évoquer le lieu et l'époque où elle naquit : pour l'instant la doyenne des villes semble être celle qui vit le jour sur l'emplacement de l'antique Jéricho, près de la mer Morte.

Certes, de nouvelles fouilles révéleront encore d'autres ruines, mais la multiplicité et la cohérence des découvertes déjà faites permettent pourtant, dès maintenant, de situer approximativement dans l'espace, et approximativement dans le temps, une des plus grandes mutations humaines. Dans le temps, sept à neuf mille millénaires avant l'ère atomique ; dans l'espace, une vaste région limitée par trois mers : la rive la plus orientale de la Méditerranée, la Caspienne, la mer Rouge...

Les « vieilles structures » ne sont pas encore toutes détruites puisqu'elles continuent à s'effondrer sous nos yeux, mais elles ont commencé leur déclin il y a plus de sept mille ans. Du moins dans la partie du monde où elles survivent.

DIVERGENCES ENTRE L'HISTOIRE ET L'ETHNOGRAPHIE

Dans cette partie du monde, entre la période des haches de pierre polie et l'époque actuelle, des civilisations nombreuses se sont succédées : la plus longue série de l'histoire. Civilisations despotiques et conquérantes, grandes créatrices d'œuvres d'art et grandes broyeuses de peuples, — caractérisées, nous dira l'historien, par une valorisation démesurée de quelques familles et la subordination de toutes les autres.

Cependant, l'ethnographe qui parcourt aujourd'hui ces mêmes régions y rencontre des sociétés qui ne *paraissent pas* avoir été bousculées, émiettées, rabotées par des millénaires de despotisme actif, — dont des documents certains nous attestent pourtant la réalité. Les familles les plus humbles sont en effet fières, susceptibles, agressives, fermement accrochées à des structures autonomes qui semblent s'être maintenues intactes depuis la plus haute antiquité et qui diffèrent assez peu des structures « nobles ».

Faut-il attacher plus d'importance à ce que nous *savons*

c'est-à-dire à l'histoire, qu'à ce que nous *voyons* c'est-à-dire à l'ethnographie ? A mon avis, il est souhaitable d'utiliser complètement toutes les données, et en l'occurrence ce que nous dit la démographie méditerranéenne permet de le faire.

En effet il est logique de penser que les « despotismes orientaux » pesèrent surtout sur les secteurs « civilisés », — c'est-à-dire denses, c'est-à-dire irrigués, c'est-à-dire urbains, donc stérilisés à coup sûr par une mortalité infantile quasi égale à la natalité, en outre dévastée par des épidémies que l'aseptie et les antibiotiques ne jugulaient pas encore. Il est non moins logique d'imaginer que d'autres populations venues de la plaine sauvage ou des montagnes insoumises renouvelaient alors le sang des citadins et, du même coup, rendaient leur jeunesse aux vieux idéaux qu'on commençait peut-être à délaisser.

LA VILLE MANGEUSE D'ENFANTS

Ce mécanisme nous permet de comprendre le phénomène qui est à la base même des originalités méditerranéennes, c'est-à-dire le maintien absurde des idéaux campagnards à l'intérieur des murailles urbaines.

Dans notre propre expérience de Parisiens du xxe siècle, il nous suffit de consulter les généalogies de nos concitoyens, ou même les souvenirs des plus âgés d'entre eux, pour constater que, jusqu'à la fin du Second Empire, tous les citadins de vieille souche avaient au plus parmi leurs huit bisaïeux un ou deux ascendants nés dans la capitale. Le fait s'explique aisément, nous l'avons vu, par une mortalité encore plus considérable dans les villes que dans les campagnes, et notamment une mortalité infantile qui, sans une immigration permanente, aurait vidé toutes les cités.

Jusqu'au xxe siècle en effet, et cela dans toutes les parties du monde, les enfants du paysan, du nomade ont bénéficié d'une « chance de vie » qui dépassait celle de l'enfant citadin. Mais dans les grandes métropoles d'Afrique et d'Asie où le climat et la promiscuité couvent en permanence les maladies les plus meurtrières, l'extermination des enfants fut plus radicale que partout ailleurs.

Cette énorme mortalité des vieilles villes les ont contraintes dès leur fondation, pour ne pas disparaître faute d'habitants, pour demeurer peuplées, donc fortes, donc prospères, à attirer continuellement dans leurs murs des adultes nombreux. Dans les vieux pays d'Europe, d'Afrique et d'Asie, ces adultes étaient nécessairement originaires des tribus campagnardes avoisinantes [1]. Ce renouvellement obligatoire s'est maintenu sans changement jusqu'aux grandes découvertes de la médecine moderne qui, depuis Pasteur, viennent de remettre en question tous les éléments d'un équilibre millénaire.

Entendons-nous bien sur cet équilibre : il reposait essentiellement sur les plus cruelles lois de la nature, et il n'y a pas lieu de le regretter. Quant au déséquilibre biologique qui s'instaure partout dans le monde il représente pour l'humanité la plus justifiée des causes d'angoisse, mais en même temps que la plus impérieuse des exigences de progrès.

Outre son rôle féroce de régulateur des naissances, cette extermination des enfants, et l'immigration qui la compensait, eurent pour résultat de maintenir, jusqu'au xixe siècle, des relations de famille entre les habitants des campagnes et ceux des grandes villes, et par suite toutes sortes d'allées et venues entre les rues et les champs, notamment des mariages. De ces allées et venues, tous les historiens de notre Moyen Age comme ceux du Moyen Age arabe se sont fait l'écho.

1. Dans les pays neufs (Amérique, Australie) ce sont en grande partie des citadins ou des paysans passés par la ville qui allèrent occuper les champs et créer l'agriculture; le Canada français fait exception car il a reçu le noyau de son peuplement actuel au xviie siècle, et il se composait de paysans authentiques.

ARRIVÉE D'ADULTES, LOURDEMENT CHARGÉS DE CONVICTIONS

Le rôle civilisateur de la ville est tellement un lieu commun de la sociologie que les mots s'opposant à « sauvage » ont tous comme sens étymologique celui de « habitant d'une cité » [1]. En regard de ce rôle si connu, une autre de ses fonctions, la fonction destructrice et dévoratrice de vies humaines, méritait d'être examinée, car jusqu'au XIXe siècle, elle a maintenu dans toutes les grandes agglomérations du monde ce qu'on pourrait nommer une « couleur locale campagnarde ».

En somme jusqu'à Pasteur on peut se représenter les relations ville-campagne sous la forme d'un double courant : le plus important en nombre s'écoule intarissablement mais à petit bruit de la campagne vers la ville. Pas de masses humaines organisées et voyantes ou du moins rarement, mais des individus isolés arrivant sans cesse, — des individus adultes, c'est-à-dire lourdement chargés de convictions. Et ces convictions se réaniment ainsi à chaque génération par de nouveaux apports, grâce aux immigrants.

L'autre courant coule en sens inverse, c'est-à-dire de la ville vers les champs et les savanes. Il véhicule des objets voyants, des livres, des modes, des idées; il s'inscrit dans des annuaires et des catalogues — et laisse par conséquent des traces historiques dont les compilateurs feront grand festin — mais il est sans force, sans profondeur, parce que très peu d'hommes l'accompagnent. En outre ce sont des hommes qui passent : des fonctionnaires, des commerçants, des voyageurs, des soldats. Seuls

1. Le mot « civilisation » est récent (XVIIIe siècle); il dérive du verbe « civiliser », qui dérive du mot « civil » qui vient de « citoyen » qui vient de *civitas* (cité).

les porteurs de la foi religieuse font exception [1] et s'établissent.

Pendant des millénaires un équilibre approximatif a maintenu la survie des deux courants : la « cité » prospérant grâce au trop plein d'hommes dont les steppes et les hameaux se déchargeaient souterrainement à son profit. De temps en temps la vague était plus grosse, dégorgeait au ras du sol donc au niveau de l'histoire, et ravageait la ville. On appelait cette vague : la fin d'une civilisation.

Ce profil de croissance, de plénitude, puis de décadence et de mort, ne se superposait que trop bien au système fondamental de mesures et de comparaisons que nous avons tous dans l'esprit : la vie humaine du berceau à la tombe. Autour d'un thème si bien fait pour elles les belles phrases s'enroulent seules. Bref le « déclin de l'Occident » n'est pas chose impossible, mais si nos sociétés périssent nous ne pensons plus que ce sera à la suite d'un vieillissement de nos structures ou d'un appauvrissement collectif de notre vitalité, et l'analogie avec les civilisations antiques, succombant militairement sous la ruée des « sauvages » comme le vieillard devant un jeune guerrier, doit désormais être considérée comme périmée. De grands dangers attendent les hommes de demain, mais ils sont sans analogie avec les dangers dont nous avons l'expérience historique. Or, ce sont les

1. On peut identifier (notamment par la méthode généalogique) les traces laissées dans les tribus maghrébines par ces campagnes de prédications. Mentionnons d'abord la prédication presque contemporaine des Oulema. Un siècle auparavant (début XIXe) avait eu lieu une réimplantation de confréries maraboutiques (en particulier Rahmanya) qui était encore toute neuve dans les campagnes algériennes au moment de la conquête française en 1830, (ce qui explique que les marabouts aient pris alors la direction de la résistance). Trois à quatre siècles plus tôt (XV et XVIe siècles) autre série d'implantations, notamment en Grande et en Petite Kabylie. Dans un passé plus lointain, les traces deviennent imprécises dans la tradition orale, néanmoins on peut se demander si certains clans du Sud de l'Ahmar Khaddou qui s'intitulent *maçmoûdi* (pl. *mçâmda*) ne sont pas des moraines abandonnées par l'extension de la « glaciation » almohade (XIIIe siècle).

profils historiques méditerranéens qui ont fait dessiner par Spengler son schéma de perdition, et qui ont fait écrire à Paul Valéry : « *Nous autres, civilisations*[1], *nous savons que nous sommes mortelles. Nous avions entendu parler de mondes disparus tout entiers, d'empires coulés à pic...* ».

Dans l'équilibre ville-campagne des temps jadis la campagne subissait l'influence de la ville, car devant l'organisation, l'accumulation des connaissances, des valeurs, des moyens, que toute ville représente, la campagne ne peut que se soumettre et subir : subir non seulement des modes de penser, mais souvent aussi un ordre civil et tout ce qu'il implique. La substance vivante, par contre, c'était la campagne qui la donnait à la ville — l'influençant ainsi dans la profondeur et le secret. Et sans cette substance la ville aurait disparu.

A MI-CHEMIN D'UNE ÉVOLUTION

J'ai eu l'occasion de connaître personnellement beaucoup de gens ayant vécu le passage de la tribu à la ville, les uns seuls, d'autres en groupes; les réactions, dans ces deux cas, sont différentes. J'ai connu aussi des villages sédentaires dans lesquels survivaient les traditions du douar nomade, ainsi que des sociétés semi-nomades qui les conservaient mieux encore. Enfin j'ai approché quelques familles au nord du Sahara (Zab Chergui), au sud (Hoggar, Aïr), à l'ouest (Mauritanie), qui pratiquaient avec orgueil le nomadisme.

Le nouveau transplanté ne devient pas du jour au lendemain un citadin libéral, cultivé, capable d'assumer un individualisme, et la ville va dès lors lui faire subir une série d'offenses. Réelles ou imaginaires, elles le blesseront dans ce que sa personnalité a de plus essentiel, de plus intime, de plus profond.

1. *La Crise de l'esprit*, 1919. Article repris dans *Variété* III.

Le « bédouin embourgeoisé », privé de la protection des grands déserts vides et de l'appui inconditionnel des cousins-frères, se rabat dès lors sur tous les ersatz de protection que ses moyens et son imagination lui offrent : barreaux de fenêtres, serrures compliquées, chiens méchants, eunuques... et voile.

Car les tribus campagnardes ne déshéritent pas les femmes pour pallier l'absence du voile, la vérité est à coup sûr inverse. Le voile et le *harem* des villes, loin d'être des modèles dont l'homme rustique s'inspire ambitieusement, semblent tout au contraire des succédanés édulcorés, des pastiches barbouillés de snobisme [1], grâce auxquels le bourgeois citadin cherche à reconstituer une noble solitude, monde imaginaire où l'on vit entre parents.

Cet homme est ainsi dans son âme, la lice, le champs clos, l'arène tachée de sang d'un combat : en lui un type de personnalité qu'on peut appeler bédouine et même sauvage, mais tout aussi bien noble, se débat pour survivre aux mortelles promiscuités qu'entraîne l'établissement citadin.

Pour esquiver l'inéluctable conflit il a tendu un véritable « rideau de fer » entre la société des hommes et les femmes, — c'est-à-dire pratiquement entre la cité et la famille. Il ne parviendra pas néanmoins à rassasier les exigences du vieux clan sauvage, mais il parviendra à les faire survivre, — à les faire survivre affamées.

Dans cette perspective s'éclaire une phrase attribuée au Prophète, et que les orientalistes de la vieille école aimaient beaucoup citer : « *Cela* (la charrue) *n'entrera pas dans la demeure d'une famille sans que Dieu y fasse entrer* (aussi) *l'avilissement* [2]. »

1. Le snobisme est probablement une réponse à l'angoisse créée chez la majorité des citadins par la nécessité d'exister en qualité d'individu : les hommes les moins « snobs », les moins angoissés, les plus sûrs d'eux, les plus à l'aise dans leur peau, sont les derniers vrais nomades guerriers.

2. El Bokhari, *l'Authentique Tradition musulmane, choix de h'adiths*. Traduction G.-H. Bousquet, Fasquelle, 1964. — « *L'idée est que le cultivateur,*

Que l'on explique cette phrase par l'humiliation d'avoir à se soumettre au pouvoir central (explication classique), ou comme je tente de le faire par celle d'accepter la vie sédentaire donc des voisins, on se réfère dans les deux cas à la susceptibilité douloureuse de la plus antique société méditerranéenne.

Cette phrase si conforme à la tradition arabe est par contre en contradiction avec tout ce qu'on sait de la doctrine du prophète Mohammed, nous avons vu en effet [1] qu'il a, avec la plus grande rudesse et la plus grande constance, tenté de bousculer « les vieilles structures » qui s'expriment ici.

LE PETIT NOTABLE « CHA-T-DIYA » : PAS LE PLUS MAUVAIS MOUTON, NI LE MEILLEUR...

Pour faire mentir les sociologues, il existe toutefois dans le Maghreb des sociétés où la charrue n'a pas détruit les lignées. On y voit des paysans sédentaires ou semi-sédentaires, enracinés au sol de toute antiquité, qui semblent d'autant moins « mélangés » qu'ils sont plus anciennement fixés.

Chez ces vieux terriens le cadastre ressemble à une généalogie, et le plan du cimetière est une micro-reproduction du cadastre. Là, grâce à des mesures [2] qui consistent essentiellement à déshériter toutes les femmes, on vit encore entre parents — malgré la charrue destructrice de l'honneur.

Notons que cette conservation des lignées va de pair chez les sédentaires avec une dégradation de la condition féminine qui atteint là un de ses fonds.

attaché à la glèbe, est obligé de subir les exigences du pouvoir central et, en particulier donc, de payer l'impôt auquel le nomade peut se soustraire en se transportant ailleurs » (note du traducteur).

1. Chapitre VII, « Conflit avec Dieu », p. 161.
2. Au Maroc, elles n'ont fléchi que depuis l'Indépendance; j'ignore ce qu'il en est dans la Kabylie actuelle.

Nous en connaissons un autre : le faubourg urbain. Lui aussi, zone de transition.

Entre les deux sociétés opposées, solidaires malgré leurs différences, s'étendaient et s'étendent encore les zones de contact. Là s'imposent ensemble les nécessités de l'une (la vie urbaine) et les exigences de l'autre (la tribu). Ce sera dans ces zones intermédiaires que se produiront les plus grands dégâts : pas dans la société endogame traditionnelle, celle où l'on se marie *réellement* entre cousins, pas dans la société citadine intellectuelle où la notion de « personne humaine » a pris de la consistance, mais sur tous les échelons [1] entre ces deux paliers.

Les Maures surnomment spirituellement le petit notable : *cha-t-diya*, — expression que l'on peut tenter de traduire par « mouton de l'impôt », car le mouton de *diya* est celui qu'on égorge lorsqu'on paie une dette de sang, et pour ce type d'offrande, faite à contre-cœur, on se garde de choisir la meilleure bête du troupeau mais on n'ose pas non plus prendre la plus mauvaise.

Le notable *cha-t-diya* est assez bon mouton pour espérer de la considération, pas assez pour l'obtenir à coup sûr, — d'où l'acharnement qu'il déploie quand il s'agit de son prestige ; plus que les autres il fera grand étalage de dévotion et bouclera hermétiquement ses filles et ses femmes.

Nous avons connu en France des cas analogues d'ascension pénible, assortie de prétentions.

Au XVIIe siècle, le bourgeois gentilhomme fait rire la cour ; au début du XXe, ce sont les bourgeois intellectuels de la IIIe République qui emploient le mot de « primaire » pour dési-

1. De nos jours, la sédentarisation des nomades produit en effet le même résultat que l'urbanisation c'est-à-dire une désintégration sociale, mais de nos jours les bonnes terres sont rares et éparpillées. Lorsqu'on étudie les très anciennes sociétés sédentaires (par exemple en Kabylie), on y trouve des « vieilles structures » qui ont résisté à la sédentarisation, peut-être à cause d'une installation très ancienne.

Il est possible aussi, que les « vieilles structures » détruites aient tendance à se reconstituer quand on leur en laisse le temps et le moyen.

gner un homme plein de lui-même et peu cultivé qui, grâce à des lectures superficielles et mal digérées, aura réponse à tout. Cet homme exista réellement à l'époque où l'école primaire obligatoire portait un coup fatal à notre vieille civilisation paysanne, et dans cette période un illettré intelligent, possédant la culture traditionnelle de nos campagnes, était plus intéressant, plus sage, plus « distingué » que son fils, auquel sept années d'instruction élémentaire avaient désappris une civilisation sans lui donner plein accès dans une autre. La revanche appartient maintenant au petit-fils, et aujourd'hui on ne rencontre plus la catégorie sociale en question. Certes la vulgarité, la suffisance, l'absence de « rodage » social s'étalent encore, mais ces travers sont limités chez nous à des individus, ils ont cessé d'être un phénomène de caste, — tandis que le *cha-t-diya* continue à sévir dans les villages et les faubourgs d'Afrique.

LE NOMBRE DE FEMMES VOILÉES PROGRESSE DANS LES BOURGS ET RÉGRESSE DANS LES VILLES

Le phénomène d'invisible et continuel effritement vital qui a miné de tout temps les noyaux citadins est à l'heure actuelle arrêté dans les villes par les progrès médicaux de ce siècle. Grâce à cet arrêt, l'individualisme se généralise dans un certain milieu, on peut même espérer que le civisme — il apparaît déjà chez quelques citoyens — aura lui aussi une chance de s'y affirmer.

Pourtant l'avantage du nombre continue à appartenir aux hommes du passé, car pendant ce temps l'exode rural s'est encore accru, et les paysans envahissent par milliers les faubourgs et les bidonvilles.

Les deux phénomènes ont des résultats inverses : d'un côté les citadins deviennent des citoyens — pour le plus grand profit de leur patrie. De l'autre nous voyons les orgueilleux nomades, les fiers propriétaires terriens, devenir des « clochards » [1].

1. Sauf en Mauritanie où vivent les derniers nomades heureux du Maghreb.

En même temps que ces deux grands phénomènes, nous pouvons observer un petit signal : le port du voile qui se déplace.

Le public européen, qui voyage de plus en plus dans les villes d'Orient mais qui connaît moins bien la campagne, pense que l'usage du voile régresse actuellement dans tout le monde musulman ; en fait, il régresse dans certains milieux et progresse dans d'autres.

Il régresse en effet dans les villes où, au début de ce siècle, il était encore universel, — et cela chaque voyageur peut le voir. Par contre, dans les campagnes où il était inconnu il y a vingt ans, il progresse. Dans les petits bourgs du Maroc, d'Algérie, de Tunisie, de Libye (pour ne parler que des régions où j'ai circulé très récemment), j'ai constaté personnellement *qu'il est maintenant journellement adopté par des femmes dont les mères ne se voilaient pas.*

Dans son excellente enquête sur les regroupements de Kabylie [1], Pierre Bourdieu note de son côté : « *Autre signe de la transformation du style des relations sociales, l'apparition du voile féminin. Dans la société rurale d'autrefois, les femmes, qui n'avaient pas à se dissimuler aux membres de leur clan, étaient tenues de suivre, pour se rendre à la fontaine (et secondairement aux champs), des itinéraires écartés, à des heures traditionnellement fixées : ainsi protégées des regards étrangers, elles ne portaient pas le voile et ignoraient ... l'existence cloîtrée dans la maison. Dans le regroupement comme en ville, il n'est plus d'espace séparé pour chaque unité sociale; l'espace masculin et l'espace féminin interfèrent; et enfin l'abandon partiel ou total des travaux agricoles condamne les hommes à rester tout le jour dans les rues du village ou à la maison. Aussi est-il exclu que la femme puisse continuer à sortir librement sans attirer mépris et déshonneur sur les hommes de la famille. Ne pouvant, sans se renier comme paysanne, adopter le voile de la citadine, la paysanne transplantée en ville devait se garder d'apparaître seulement sur le seuil de sa porte. En créant un champ social de type urbain, le regroupement détermine l'appa-*

1. Pierre Bourdieu, *Le Déracinement, la Crise de l'Agriculture traditionnelle en Algérie.* Les Éditions de Minuit, 1964, p. 132.

rition du voile qui permet les déplacements parmi les étrangers. »

Peut-on arguer que le voile, entre autres signes, représente aussi une accession à la bourgeoisie, donc, selon les gens d'Europe, une montée dans l'échelle sociale? — Mais précisément cette conception n'est pas celle du Maghreb, où l'*homme chic*, pendant des siècles, a été le nomade, le bédouin... En outre, à l'échelon social immédiatement supérieur, on peut constater que de nos jours la petite bourgeoise qui devient grande dame marque souvent cette étape en se dévoilant. Si l'on veut « faire de l'esprit », on peut aussi rapprocher cette évolution féminine de celle, masculine et apparemment parallèle, d'un Aurésien que j'ai connu : d'abord cuisinier (et buvant alors l'anisette), puis grand commerçant à Alger et ne consommant ostensiblement que de l'eau gazeuse, puis en passe de devenir un personnage international, et acceptant dès lors le whisky correspondant à son « indice » ...

UNE URTICAIRE SOCIALE

L'héritage féminin, tout comme l'urbanisation, « pulvérise » en effet, nous l'avons vu, la société tribale. Elle se défend alors comme elle peut, c'est-à-dire en séquestrant étroitement ses filles afin de les marier quand même à des cousins.

Il est important de retenir ces trois étapes du conflit interne de la société méditerranéenne : d'abord une *exigence* dont l'origine est néolithique : vivre entre parents; ensuite une *contrariété de cette exigence* qui remonte aussi fort loin, car elle est tout juste un petit peu plus ancienne que le plus ancien document historique : supporter des voisins étrangers; enfin un *mécanisme démographique* qui a permis à cet antique conflit de se maintenir vivace depuis la préhistoire jusqu'à nos jours.

Normalement en effet une mécanique contrariée se détraque à la longue, soit dans un sens, soit dans un autre. Autrement dit :

si l'on fait marcher longtemps un moteur en même temps que le frein, le moteur casse le frein ou le frein casse le moteur. Il est donc curieux de constater que dans le sud de la Méditerranée des structures devenues inadaptées ont cependant survécu presque indéfiniment.

Il est vrai que le phénomène se produit au contact de deux sociétés, la société urbaine et la société tribale, il est vrai aussi que ces deux sociétés coexistent côte à côte sur tout le pourtour méditerranéen, opposées mais solidaires, et il est vrai encore que jusqu'à ces dix dernières années c'est la société tribale, « la société des cousins », qui a pénétré la société urbaine, la société nationale, la société des citoyens. *Et pas l'inverse.*

Cela ne veut pas dire, nous l'avons vu, que l'endogamie corresponde par nature à un avilissement de la condition féminine, et il est même probable que le mariage des cousins a représenté, dans ce domaine, un progrès. En effet, dans une tribu réellement endogame, la femme qui épouse le quasi-frère auquel elle est destinée depuis sa naissance bénéficie de beaucoup d'égards et de tendresse, et cela est si vrai que l'appellation « ma cousine », employée par un mari parlant à sa femme, est toujours sentie comme l'expression du respect et de l'amour. L'exogamie peut de son côté provoquer des dégâts, en séparant cruellement la jeune fille de l'unique milieu qu'elle connaisse, en faisant d'elle une « chose à échanger ».

La dégradation de la femme n'accompagne donc pas l'endogamie, mais une évolution *inachevée* de la société endogame, — inachevée à cause de cette réanimation continuelle des idées et des préventions des tribus au cœur des grandes civilisations citadines de l'Orient.

En cette seconde moitié du XXe siècle le fait nouveau ce n'est donc pas le conflit mais son évolution.

Depuis cinquante ans en effet la situation se modifie, en ce sens que les chances de vivre [1] sont maintenant plus grandes

1. Une cause évidente de ce renversement tient à la présence du médecin dans les villes d'Afrique et d'Asie, et à son absence tragique dans les

dans les villes d'Orient que dans les campagnes; j'ai dit les « chances de vivre » et non pas les « chances de naître » : ces dernières au contraire diminuent un peu, du moins dans le noyau *urbain* [1] des grandes cités.

Le résultat, dans les villes, est de maintenir sans changement notable l'antique équilibre décrit dans ce chapitre : comme par le passé le poids du nombre continue en effet à appartenir à la masse des campagnes — « néolithique », nataliste, incivique, — à la République des cousins... Comme par le passé cette masse humaine continue à écraser, à submerger, une élite intellectuelle lucide, mais trop peu nombreuse encore pour s'imposer. Toutefois il y a l'école : elle pourra un jour inverser le courant.

Seul vrai changement : cette élite urbaine est moins décimée [2] que par le passé, elle est de plus en plus consciente, de plus en plus informée, de plus en plus exaspérée par le conflit qui l'oppose aux masses campagnardes.

Chez celles-ci les chances de naître sont d'autant plus grandes que la vie offerte est plus tragiquement démunie. Profondément perturbée par la misère et les exodes qu'elle provoque, par un « saupoudrage » scolaire insuffisant, elle se « détribalise » sans pouvoir accéder à la notion et au respect de l'être, de l'individu. La grande victime de cette situation, c'est naturellement la femme :

campagnes de ces deux continents, mais il en est une autre, moins évidente : la répartition de la misère moderne.

Dans les villes d'Orient les plus pauvres trouvent parfois de l'embauche, une aide de l'État, les restes des riches, — tandis que dans les campagnes surpeuplées, la disette devient de nos jours sans alternative et sans issue.

1. Pour affirmer cela, je me réfère surtout à « l'ethnographie de papa » (c'est-à-dire à des enquêtes non chiffrées); beaucoup de statistiques en effet confondent « la chance de vivre » avec la « chance de naître » et ne distinguent pas, dans la ville, le citadin ancien et le citadin récent; chez le citadin ancien le souci de bien élever les enfants a réduit un peu la natalité.

2. Du moins par la maladie; elle est par contre décimée par l'émigration : l'élite des pays sous-développés se réfugie dans les pays industriels.

elle cesse d'être une « cousine », elle n'est pas encore une « personne ».

C'est dire qu'il est tout à fait chimérique d'espérer que dans ce domaine essentiel, si l'on ne fait rien de plus que de laisser aller, « les choses s'arrangeront ». Seule une intervention continuelle, très vigoureuse (et peu populaire) des gouvernements musulmans pourrait compenser l'alourdissement numérique qui, dans leurs pays, favorise actuellement l'archaïsme.

Or tout se tient dans une société : tout avance ou tout stagne. Et dans un monde qui marche aussi vite que le nôtre, stagner est mortel.

IX. LES FEMMES ET LE VOILE[1]

LA DERNIÈRE « COLONIE »

Ce n'est pas un hasard si, lorsque les premiers frissons de l'ébullition moderne commencèrent à faire frémir en surface la profonde mer humaine dite « afro-asiatique », le voile féminin devint un symbole : celui de l'asservissement d'une moitié de l'humanité.

A notre époque de décolonisation généralisée, l'immense monde féminin reste en effet à bien des égards une colonie. Très généralement spoliée malgré les lois, vendue [2] quelquefois, battue souvent, astreinte au travail forcé, assassinée presque impunément [3], la femme méditerranéenne est un des serfs du temps actuel.

1. Une partie de ce chapitre a été publiée dans les Mélanges offerts à Charles-André Julien. Presses Universitaires, Paris, 1964.

2. Il ne s'agit pas du douaire que le futur mari, selon la loi musulmane, verse à sa femme pour pouvoir l'épouser — le douaire au contraire est une garantie assurée à la femme car en cas de veuvage ou de divorce il doit lui rester, — il s'agit de vente réelle, malheureusement de plus en plus fréquente dans les faubourgs pauvres. Elle est exceptionnelle dans un milieu religieux et toujours considérée comme honteuse.

3. Lorsqu'une femme est soupçonnée d'adultère, le mari, le père ou le frère meurtrier sont acquittés à coup sûr par l'opinion publique dans tous les pays méditerranéens ou influencés par la Méditerranée, c'est pourquoi le législateur italien a dû fixer un minimum de trois ans de prison pour punir ce genre de crime. Autant que je sache, dans les pays méditerranéens

Or, les inconvénients de cette aliénation sont connus de tous les sociologues (l'UNESCO s'en inquiète actuellement) et de la plupart des magistrats, car les uns et les autres savent qu'elle diminue le potentiel actif de la nation et par conséquent affaiblit l'État, qu'elle paralyse toutes les évolutions collectives et individuelles autant masculines que féminines, et par conséquent ralentit ou enraye le progrès, qu'elle cause à l'enfant donc à l'avenir des préjudices multiples et irréparables... Quant à l'homme, auteur supposé et bénéficiaire apparent de cette oppression, il en est à tous les âges de sa vie — comme enfant, comme époux, comme père, — directement victime, et le poids d'amertume qui lui échoit de ce fait est parfois voisin de celui qui écrase sa compagne.

« QUI ENLÈVERA LA COIFFURE OU LE MOUCHOIR (QUE LES FEMMES PORTENT SUR LES CHEVEUX)... ENCOURRA LA PEINE DE ... »

Le voyageur qui parcourt la frange méditerranéenne de la chrétienté — Espagne, midi de la France, Corse, Italie, Sicile, Sardaigne, Grèce, Chypre, Liban chrétien — ne rencontre pas pour solliciter son regard un détail de costume aussi impressionnant que le voile des femmes musulmanes, mais il peut remarquer tout de même quelques traits de mœurs qui méritent l'attention.

Sur les rives chrétiennes de la Méditerranée on peut suivre le tracé en zig-zag d'une invisible frontière : au-delà, les ménages se promènent ensemble le dimanche, fréquentent les mêmes

(ou influencés par la Méditerranée comme le Texas et l'Amérique latine), quand ce minimum n'est pas imposé par la loi l'acquittement est de rigueur. En Angleterre par contre et en Amérique du Nord le mari meurtrier est exposé à subir effectivement la peine maximum.

magasins, dans son propre village une femme ose boire, en compagnie d'un membre de sa famille, une boisson innocente dans un café, une paysanne de plus de trente-cinq ans peut se montrer en public sans porter un châle noir sur la tête ; sur le flanc intérieur de cette frontière les hommes marchent seuls [1] dans la rue, vont seuls au bistrot, — et la présence d'une femme dans un café, même accompagnée par un proche parent, semble encore aujourd'hui aussi insolite qu'à Bagdad.

C'est ainsi que dans le massif du Gargano, éperon de la botte italienne, certains bourgs vont jusqu'à évoquer la disposition du village kabyle dans son adaptation architecturale à la séparation des sexes. Aux heures d'affluence grouillante correspondant en été à la fin de la sieste, sur les places et les grand-rues, le passant ne traverse que des foules masculines, infatigablement déversées par les petites portes rébarbatives des vieilles maisons, et les magasins, les cafés, les squares sont pleins d'hommes, uniquement d'hommes... Par contre si, à la même heure, le hasard ou la curiosité entraîne quelqu'un dans des ruelles moins faciles d'accès, il y pourra coudoyer alors des masses humaines tout aussi compactes mais cette fois exclusivement féminines, où les seuls éléments virils sont des petits mâles de moins de huit ans accrochés aux tabliers de leurs mères.

En Sicile, à Raguse, sur trente maîtresses de maison interrogées trois seulement ont déclaré sortir faire leurs provisions, et uniquement parce qu'elles y étaient obligées, le mari étant mort ou malade [2].

1. Dominique Fernandez, dans *Mère Méditerranée*. Grasset, 1965, p. 24 et 25, signale le même phénomène sur la côte occidentale : « *Nous l'avons remarqué, pendant le voyage de la frontière jusqu'à Naples : on rencontre très rarement, dans ce pays, un couple. Un homme et une femme seuls, s'il nous arrivait d'en apercevoir dans un restaurant, restaient muets l'un devant l'autre, comme s'ils n'avaient rien eu à se dire. Le plus souvent nous voyions des bandes d'hommes et de femmes, des tablées de dix ou douze, protection contre le redouté tête-à-tête; ou la nuit, dans les bars, des hommes exclusivement.* »

2. Cité par R. Rochefort, *le Travail en Sicile*. Presses Universitaires, 1916, p. 86.

En Italie du Sud (province de Potenza, l'antique Lucanie), Dominique Fernandez [1] note, à propos de la défloration nuptiale : « *Les époux, cependant, aux prises avec l'ennemi intérieur, l'antique inhibition, essayent de triompher de la nuit et de la peur et d'être prêts pour la visite d'inspection que la belle-mère de la mariée a promise pour le lendemain matin.* »

En Grèce également, notamment en Thessalie, les belles-mères restent fidèles à la coutume qui veut que le lendemain des noces on expose sur une fenêtre le linge qui prétend prouver aux autres commères la virginité des nouvelles brus.

Dans la France méridionale (Corse comprise), l'instruction obligatoire, l'influence des grandes villes, le mélange avec une civilisation du Nord, ont fait partiellement disparaître ces coutumes et il faut actuellement remonter le cours d'un ou deux siècles pour les trouver vivantes, mais en voici toutefois un exemple :

« *Qui enlèvera la coiffure ou le mouchoir (que les femmes portent sur les cheveux); ou pour prendre l'expression vulgaire qui « attachera », ou soit par des menaces publiques ou secrètes soit par toute autre violence empêchera une jeune fille ou une veuve de se marier, encourra la peine ...* ».

Cette disposition se trouve dans une sorte de code qui fut promulgué sous le gouvernement de Paoli, au mois de mai 1766. A cette date on empêchait en Corse une jeune fille de se marier [2] en découvrant ses cheveux en public, car après cet affront seul l'auteur de l'attentat pouvait épouser sans honte la femme qui en était victime. — Toutefois avant le mariage il avait grandes chances d'être assassiné par sa future belle-famille...

Les analogies entre les coutumes chrétiennes et celles que l'on attribue généralement à la seule société musulmane ne se bornent pas à d'aussi anodines ressemblances, et de nos jours dans les campagnes grecques, l'épouse *soupçonnée* d'adultère est obliga-

1. Dominique Fernandez, *op. cit.*, p. 91.
2. Voir aussi la page 125.

toirement renvoyée par son mari dans sa famille, où au nom de l'honneur le propre père ou le frère aîné de cette femme *doit* la tuer, — généralement d'un coup de couteau. Lorsqu'elle n'a ni père ni frère le village attend de l'oncle ou même du cousin germain qu'il procède au rite sanglant. Tout cela se passe encore ainsi : je tiens l'information d'un homme d'État grec, elle remonte à 1964.

Le meurtre d'une fille par son frère a été usuel en Italie [1] et s'y rencontre encore quelquefois; il reste fréquent au Liban.

Dans les pays musulmans j'en connais des exemples au Maroc, en Kabylie, pas dans l'Aurès, pas en Mauritanie, pas en pays touareg. En Irak [2] il est admis par l'opinion et jugé véniel par la loi.

Pour nous, qui déchiffrons ces histoires avec l'aide du contexte méditerranéen, nous expliquerons par la règle de la *vendetta* l'obligation de faire punir l'adultère d'une femme par son plus proche parent — car dans le cas contraire la famille de cette femme serait en droit d'exercer une vengeance sur le mari meurtrier.

C'est aussi la vendetta qui explique la mise à mort de la femme adultère par lapidation — usage encore largement pratiqué dans le bassin méditerranéen [3]. Tout se passe comme si l'adultère d'une femme était un crime contre la société à laquelle elle appartient, et non pas seulement un manquement à un engagement privé. La société se venge alors, mais elle se venge de telle sorte que la responsabilité du crime soit partagée entre tous les individus qui la composent, afin qu'aucun d'entre eux n'ait à en répondre personnellement.

Un bon observateur de l'Italie [4] écrit à propos de l'éducation

1. Voir p. 114.
2. Voir note 1, p. 114
3. Un ami algérien a assisté à La Mecque, il y a quelques années, à la lapidation d'un jeune homme et d'une jeune femme qui avaient avoué leurs relations amoureuses; dans un village au Sud de Sétif une fille non mariée a eu un enfant en 1959, sa famille n'a pas réagi et c'est le village qui l'a lapidée. L'enfant a vécu contrairement à l'usage.
4. Dominique Fernandez, *op. cit.*, p. 57 et 58.

des filles et des garçons : « *Ne revenons pas sur les filles, élevées dans l'idée que la seule affaire importante est la virginité : rien d'étonnant qu'elles ne se donnent aucun mal pour développer leur esprit ou affermir leur caractère. Elles savent que ce qu'elles ont de plus précieux ne leur appartient pas vraiment, que le mari le prendra en une fois et qu'ensuite elles ne vaudront plus rien. Toute leur vie aura été jouée en quelques minutes et pour toujours et bien souvent avant même qu'elles ne soient sorties de l'enfance. La moitié de la population se trouve ainsi empêchée d'exercer la moindre influence dans l'évolution intellectuelle et morale du Midi.*

Pour les garçons, les choses ne vont guère mieux. Traités en dieux dès leur berceau, entourés d'un essaim de femmes attentives à satisfaire leurs caprices, jamais seuls dans une chambre, jamais contrecarrés en rien, jamais soumis à un horaire, jamais punis ni récompensés selon aucun système mais abandonnés au fil de leurs humeurs... ils arrivent à l'âge d'homme démunis comme des nouveau-nés. A vingt, vingt-cinq ans, la rencontre avec le réel... se traduit pour eux en catastrophe épouvantable. »

Le même observateur constate [1] : « *Au bout de quatre-vingt-dix ans d'Unité, en 1950, le revenu par tête dans le Nord était deux fois plus élevé que dans le Sud; aujourd'hui, après plus de dix ans « de miracle » économique, le revenu par tête à Milan dépasse quatre fois celui du Calabrais ou du Sicilien.* »

Tout cela s'enchaîne avec la dernière rigueur : car si les hommes maintiennent les femmes dans cette situation avilie, ce sont les femmes qui ont élevé les petits garçons et qui leur ont retransmis les vieux virus préhistoriques. Les femmes écrasées fabriquent des homuncules vaniteux et irresponsables et ensemble ils constituent les supports d'une société dont les unités augmentent régulièrement en nombre et diminuent en qualité... Et pourtant le courage, l'intelligence, toutes les grandes et rares vertus humaines, leur sont dispensées exactement selon les mêmes taux qu'aux peuples du Nord mais *quelque chose* survient qui les étouffe...

1. Dominique Fernandez, *op. cit.*, p. 49.

Ce « quelque chose » c'est en particulier l'exigence sociale qui impose à un père, à un frère — quelquefois sur un simple soupçon — les conduites barbares dont on vient de voir des exemples. Quant à la nature et aux origines de cette exigence, ce fut précisément un des sujets de ce livre.

SUR LA RIVE MUSULMANE DE LA MER

Au sud de la Méditerranée, le voile ne cache plus seulement les cheveux mais tout le visage [1]; il ne constitue pas uniquement un détail de costume pittoresque, vaguement anachronique, mais une véritable frontière... D'un côté de cette frontière vit et progresse une société nationale, qui de ce fait se trouve être une demi-société; de l'autre côté stagnent — ignorantes, ignorées, — les femmes...

Au début de ce siècle, dans tout le Nord de l'Afrique, dans tout l'Ouest de l'immense Asie, la règle ne souffrait pas d'exception : toutes les femmes des villes — mises à part quelques vieilles servantes — dissimulaient leur visage sous une véritable cagoule lorsque des obligations les contraignaient à sortir du *harem*. Les femmes des villes et non celles des campagnes, — car jadis ces dernières circulaient toujours le visage découvert.

De nos jours dans les rues des villes de Turquie ou d'Iran, le touriste croise encore quelquefois une passante dont le visage se dissimule derrière un épais tissu sombre. A vrai dire rarement, car dans ces deux pays, bien avant la seconde guerre

1. « *La femme grecque qui se montre à la fenêtre extérieure de la maison commet une infraction à la fidélité conjugale qui, aux yeux de son mari, mérite le divorce.* » (Aristophane, *Les Thesmophories*, vers 797 et 801.) « *C'est également une infraction à la fidélité conjugale pour la femme romaine du VI*e *siècle de Rome fondée* (IIe siècle av. J.-C.) *de sortir de la maison à l'insu du mari* (Plaute, *Mercator*, acte IV, scène 5) *de se montrer en public le visage découvert...* »

Pierre Noailles, *Les Tabous du mariage dans le droit primitif des Romains.* Annales sociologiques C, fascicule 2, p. 25.

mondiale, deux énergiques militaires devenus chefs d'État [1] ont interdit cet usage et assorti leur interdiction de sanctions rudes.

En Irak, en 1961, on voyait très peu de femmes dans les rues mais toutes n'étaient pas voilées. Au Liban, à la même date, dans les grandes artères des cités importantes, j'ai remarqué certaines élégantes qui souvent vêtues du plus moderne des tailleurs portaient également une minuscule voilette noire; dans les gros bourgs du Sud le voile était encore très répandu. En Égypte, en Syrie, en Jordanie, dans le Pakistan occidental, — pays que j'ai visités également en 1961 — j'ai constaté la présence de quelques femmes voilées dans les quartiers luxueux mais le voile restait fréquent dans les banlieues pauvres ; quatre ans plus tard, en 1965, mes amies syriennes et égyptiennes me disent qu'il est devenu presque exceptionnel.

Bref l'Arabie Séoudite, le Yemen, l'Afghanistan, sont les seuls états musulmans de quelque importance dans le Levant arabe, où les citadines d'aujourd'hui continuent à être aussi enfermées, masquées, surveillées que leurs grand-mères.

Au Maroc par contre, malgré des efforts du roi Mohammed V, le voile reste très répandu encore; toutefois les jeunes filles qui poursuivent des études secondaires ou supérieures,et quelques jeunes femmes,ont là aussi cessé de le porter et ne rencontrent plus guère d'hostilité. En Lybie (à Tripoli, à Benghazi) on peut observer la même tendance. En Tunisie il est en cours de disparition, et cette disparition correspond à une évolution en profondeur dont il faut attribuer le mérite, pour une très grande part, au président Bourguiba [2].

1. Moustapha Kemal Pacha, premier président de la République turque (élu en 1923, mort en 1938) et Reza Chah Pahlevi (élu roi d'Iran en 1925, mort en 1944). Ces deux chefs d'État, tous deux anciens militaires, usèrent de sanctions pour faire disparaître le voile et y parvinrent à peu près, provisoirement.

Quarante ans plus tard, lorsqu'on demande aux Iraniens s'ils préfèrent l'empereur actuel à son père, ils répondent : « Oui, parce qu'il a permis qu'on remette le voile... »

2. Habib Bourguiba, *La Femme, élément de progrès dans la société*. Monastir, 13 août 1965. Secrétariat d'État à l'Information et à l'Orientation, p. 7 :

L'Algérie — où le voile a joué, pendant la Guerre de Sept ans, divers rôles stratégiques — est encore en train de s'ausculter; on savait que sa révolution était l'œuvre d'éléments modernistes et non d'éléments rétrogrades, mais ses cadres, en sortant de la clandestinité, ont perdu lourdement leur puissance et ils sentent peser sur leurs épaules les foules qui les ont suivis. En tout cas le fait est là : les villes d'Algérie, à la surprise générale, comptent encore parmi les cités musulmanes où l'on rencontre en grand nombre des femmes voilées, tandis que dans ses bourgs le voile féminin — et tout ce qu'il symbolise — gagne du terrain.

Il ne faut pas se hâter de parler de régression, car l'Algérie est un pays jeune et le poids du nombre appartient actuellement à des garçons de moins de vingt ans dont la plupart, à cause de la guerre, ont été élevés par leur mère. Or les mères algériennes se font un devoir de battre leurs filles, pour les habituer à la soumission, mais elles ne contrarient *jamais* leurs fils. Ce type d'éducation ne donne pas nécessairement des « blousons noirs », du moins dans les campagnes, mais par contre, dans les grandes cités et les faubourgs populeux, combiné avec les exemples de la rue et l'absence du père, il a produit les résultats qu'on en

« *Tout jeune enfant encore,... je me disais que si un jour j'en avais le pouvoir, je m'empresserais de réparer le tort fait à la femme...* ».

P. 6 : « *J'ai eu, dans ma famille et au contact de ma mère et de ma grand-mère, la révélation du sort injuste et lamentable qui était fait à la femme... Malgré tous ses efforts et tous ses mérites, la femme demeurait un être inférieur et l'on employait, pour la qualifier, des termes blessants. Je souffrais au fond de moi-même de cette injustice...* »

« ... *A son égard, l'homme devait prendre des distances et se comporter en maître.* »

P. 23 : « *D'autres coutumes m'ont été révélées ces derniers jours qui m'ont surpris et profondément ému. A Djerba, une jeune monitrice de vingt et un ans devait se marier avec un fonctionnaire. Selon la coutume, la future mariée a été enfermée dans un réduit souterrain, enduite d'argile pour éclaircir son teint et gavée de pâtes pour la faire engraisser.* »

P. 24 : « *Un autre cas aussi grave est parvenu à ma connaissance... Il s'agit d'un vieux crieur au marché de la Berka, à qui le père devait deux cent cinquante dinars et qui... entendait se faire payer sur une jeune fille instruite.* » (Celle-ci était allée demander du travail à sa directrice pour payer, disait-elle, un créancier de son père.)

pouvait attendre : c'est pour éviter les grossièretés des gamins que dans beaucoup de villes algériennes les femmes ont repris le voile.

Il est à noter aussi que si l'on rencontre dans les rues d'Alger des femmes voilées en grand nombre, c'est parce qu'elles sortent plus de leurs maisons que les autres Méditerranéennes — achats, visites, métiers — et cette participation économique et technique qu'elles commencent à prendre à la vie du pays est un indice de progrès pour elles-mêmes et pour leur patrie. Autres signes d'évolution sociale : dans les villes algériennes, on rencontre de plus en plus souvent des jeunes ménages « modernes », c'est-à-dire vivant à part et se consacrant à l'éducation de leurs enfants, entre le frigidaire et la télévision qui consacrent l'intimité ; parallèlement l'usage du voyage de noces se généralise chez les fonctionnaires et dans les professions libérales.

Pendant les fêtes, somptueuses, qu'il est encore d'usage de donner à l'occasion d'un mariage, on peut voir maintenant les jeunes gens et les jeunes filles danser ensemble le twist, le madison, le cha-cha-cha, sous des lumières extrêmement tamisées. L'étranger s'étonne et évoque mentalement le « modernisme » ; cette fois-ci, il a tort : cha-cha-cha mis à part, nous sommes au contraire en pleine tradition, car celui qui songerait à s'informer s'apercevrait vite que les seuls mâles admis à ces ébats sont les éternels cousins de la grande vallée méditerranéenne, — or, pour eux, le gynécée maghrébin a toujours été entrouvert. Les degrés dans la tolérance différencient en réalité deux familles et non deux époques.

L'ANCIEN MONDE, AU-DELA DU MAGHREB

Cette étude n'est pas consacrée à un phénomène musulman, mais à l'explication d'un phénomène beaucoup plus vaste, puisqu'il caractérise la zone géographique où s'est répandue après les découvertes néolithiques une structure familiale à la fois optimiste et féroce qui est encore la nôtre, avec quelques nuances. Elle laisse malheureusement de côté les pays d'Extrême Islam, en grande partie faute d'informations directes. Ils ont en commun une grande dévotion, et par l'intermédiaire de leur foi ils subirent des influences méditerranéennes, mais notre objet est de retrouver des coutumes bien plus vieilles que la foi musulmane et d'en déterminer les limites ; elles dépassent largement en Afrique, celles du Maghreb et de la race blanche [1].

Vincent Monteil, qui a exploré avec une minutie clairvoyante tous les confluents de l' « Afrique Profonde » et de l'Islam, écrit en 1964 [2] : « *La claustration des femmes est un fait exceptionnel en Afrique Noire, en dehors des familles de marabouts. On cite cependant des exceptions à la règle, chez les Peuls sédentaires... Cependant les maris haoussa du Nigéria ne laissent pas sortir leurs femmes, et, dans les villes, ils les maintiennent enfermées purement et simplement : la réclusion complète ... est jugée préférable au « mariage de l'ignorant* ». Là aussi l'évolution est à double pente et à Ibadan, au Nigeria occidental, chez les Yoruba, une secte musulmane toute récente dite de Gandele voile et claustre ses femmes, — fait nouveau, observé sur place par Vincent Monteil en avril 1965.

L'INFLUENCE DES FEMMES INVISIBLES

Dans les noyaux urbains (j'entends par là l'ensemble des familles établies dans chaque ville depuis plusieurs générations) beaucoup de gens évoluent actuellement vers le respect de la

1. Le néolithique du Sénégal a environ 6 000 ans; il est un peu postérieur à celui d'Afrique du Nord.

2. Vincent Monteil, *l'Islam noir*. Le Seuil, p. 172 (nouvelle édition à paraître).

personne humaine, — même lorsque cette « personne » est une femme.

Malheureusement, la loi du nombre appartient toujours aux masses rurales qui plus que jamais envahissent les villes. Elles y apportent, outre leurs misères si difficiles à guérir, un poids quasi écrasant de préjugés préhistoriques.

Dans le milieu bâtard — mi-campagnard, mi-urbain — qui actuellement tend à submerger tous les autres, l'influence de la femme, précisément à cause de son « occultation », reste grande et même trop grande. En tous pays les enfants subissent fortement l'influence de leur mère, mais les enfants des femmes voilées la subissent plus que les autres car elles les élèvent [1] exclusivement pendant les premières années de la vie, les plus importantes; en outre, la mère appartient si totalement à l'enfant que le lien ne se dénoue plus et l'enfant se trouve dangereusement asservi par cette possession. On conçoit, dès lors, qu'une mécanique dont le double résultat est à la fois d'exagérer l'influence des mères sur les enfants, tout en privant l'ensemble des femmes de relations normales avec la vie, la société, la nation, le progrès, puisse engendrer, au cours de périodes où l'évolution est rapide, les plus pernicieuses conséquences.

La jeune femme, elle, doit s'habituer dès l'enfance à l'anéantissement de sa personnalité et pour cela supporter des brimades incessantes mais inefficaces — les femmes méditerranéennes ont autant de personnalité que les autres et les brimades ne leur assouplissent nullement le caractère, elles l'aigrissent.

Ce n'est pas tout : par suite de la dislocation territoriale du

1. Dans certains milieux maghrébins contemporains, où le père a subi l'influence moderne tandis que la mère restait murée dans l'archaïsme, les relations des enfants avec leurs parents peuvent s'inverser, et le résultat n'est pas meilleur : j'ai connu des familles où le père, homme instruit, par sollicitude et par tendresse s'était substitué à la mère dans l'éducation des très jeunes enfants; les conséquences de cette véritable « inversion » peuvent être psychiquement dramatiques, allant de la simple dépression nerveuse jusqu'à une tentative de suicide du fils aîné, obsédé par sa propre responsabilité.

clan, les paysannes sont amenées à épouser de plus en plus souvent un étranger, donc un inconnu. Elles doivent par conséquent non seulement se séparer pour toujours de la bande joyeuse et fraternelle avec laquelle elles ont été élevées, mais se faire accepter par un groupe de femmes *a priori* hostiles. C'est là que les attend la pire condition féminine.

Elles subissent d'abord un dépaysement affreux au cours duquel elles peuvent parfois, il est vrai, avoir le bonheur d'être soutenues par l'amour de leur mari, mais cet amour a pour résultat quasi inévitable d'accroître l'hostilité jalouse du milieu féminin à leur égard — hostilité d'autant plus grande que la nouvelle épouse occupe souvent une place qui ne lui était pas réservée, et évince ainsi une nièce, une cousine chérie.

Si la jeune épouse devient mère, l'amour maternel la rend plus ingénieuse à plaire et lui donne le courage de supporter les vexations dont l'abreuvent les femmes du clan marital, car un divorce la séparerait impitoyablement de ses enfants. Sa belle-famille, de son côté, lui sait gré au bout d'un certain temps « d'avoir apporté des petits ». Pour ces raisons, le ménage tient quelquefois.

Puis le temps passe, la roue tourne et un jour vient où, grâce à ses fils, la femme devenue vieille peut à son tour avoir des caprices ; elle tourmente alors atrocement ses jeunes brus, et constitue traditionnellement le plus ferme soutien des antiques sottises [1], — mais désormais même ce tardif bonheur lui est contesté car un monde nouveau, où elle sait qu'elle n'a pas la moindre place, impose partout sa revendication.

Au milieu des orages féminins la plupart des hommes ont recours à l'empirisme : confier à leur mère toute l'autorité, les clefs des provisions, l'argent; apporter, souvent en cachette, à leur femme, selon leurs ressources et l'occasion, une robe, un bijou, une savonnette parfumée. Quand ils échouent à les apaiser l'une et l'autre, il leur reste comme partout la solution de se

1. C'est dire qu'en pays musulmans le « féminisme » est une affaire d'homme.

réfugier au café. Après quelques échecs ils se lassent et divorcent ; parfois non sans regret.

A cette étape de l'évolution toutes les situations familiales, à tous les âges de la vie, sont maintenant hérissées d'épines et imposent à chacun et chacune l'obsession de la fuite, — fuite en avant vers l'avenir à quelques uns, fuite vers le passé à tous les autres.

Dans les multiples difficultés politiques et économiques du présent, cet arrière-plan d'insatisfaction secrète transparaît encore dans chaque vie. On comprend alors que la tribu endogame, la « République des cousins », à la fois vivante dans les mémoires et inaccessible — image, mythe, modèle — apparaisse comme un havre de paix, d'entente, de vertu, de bonheur : comme un âge d'or.

Mais on ne revient pas en arrière, et tous les efforts dépensés dans cette direction n'ont qu'un résultat : arrêter le progrès, bloquer l'avenir, maintenir la société à la plus douloureuse et dangereuse étape de son évolution.

Table

Préface a la quatrième édition 1

I. Les nobles riverains de la Méditerranée 7
Les citoyens et les beaux-frères 8
Entre Horace et Antigone 11
Socianalyse du harem 13
Une sociologie à usage externe nommée ethnographie . 17
Les grilles de déchiffrement 18
Escamotage d'une moitié de l'humanité 21
Une contrariété chronique 23
Cinq concordances 24
L'Ancien Monde 29

II. De la république des beaux-frères a la république des cousins 35
Une zone terrestre qui ne prohibe pas l'inceste 35
Un million d'années de discussions politiques 37
Le métissage politique et l'apparition de l'homme intelligent 39
L'âge paléo-politique 46
La petite infante « civilisation » bercée sur des genoux pointus 50
Les femmes des chasseurs aurignaciens étaient-elles moins solides que les Normandes du Québec? 53
Les cent kilomètres carrés d'une famille paléolithique . 55

L'espace humain, les structures de parenté, et deux types de natalité 59
La « situation » néolithique reproduit certains aspects de la situation la plus primitive de l'homme 61

III. Vivre entre soi 67

L'inceste et la noblesse 67
Prohibition de l'échange 69
Rois d'Égypte 72
Patriarches d'Israël 76
Monarques indo-européens. 78
Garder toutes les filles de la famille pour les garçons de la famille 81
Manger la viande de son troupeau c'est comme épouser la fille d'un oncle paternel 83

IV. Le maghreb a l'age du beurre 87

Au commencement était une suite. 87
La civilisation de la soupe 89
Le premier ethnographe du Maghreb 92
Mille ans avant la naissance du prophète, ils pratiquent la circoncision 93
A l'Ouest de l'Égypte, une terre presque inconnue . . 95
Les modes féminines, modèle de constance 98
Hommes sans tête et hommes à tête de chien 100
Un immense amas de carapaces vides 102
Feuillages persistants et racines caduques 103
Incertaine jalousie 104

V. « Voici venue la fête de nos noces, o mon frère... » . 107

Partages fraternels 107

Monseigneur mon frère 108
« Pleure pas, Chapelon, je t'achèterai une carpe aux œufs » 110
L'honneur des sœurs 113
Fabrication de la jalousie 117
Les femmes comme les champs font partie du patrimoine 120
« Not'fils qu'épouse une étrangère » 123
Les révolutions passent, mais les belles-mères restent . . 126
« Voici venue la fête de nos noces, ô mon frère ! voici venu le jour que j'ai tant désiré » 128
Le « cousin-frère » est un cousin-mari 131

VI. Noblesse Averroes et noblesse Ibn Khaldoun . . 135

Sédentaires et nomades 135
« Clan » celtique et « fraction » berbère 138
Honneur indivis 139
« Nul ne sait ce qu'ils ont dans leur cœur » 141
Deux orphelins vont voir leur mère 144
« La noblesse, l'honneur ne peuvent résulter que de l'absence de mélange » 147
Culte de l'ancêtre 148
« Les Crétinville font partie de la famille, c'est pourquoi nous les recevons » 151
Age d'or 152
« Recommande au mannequin de ne pas boire tout le lait » 155
Le clan nomade 157

VII. Conflit avec Dieu 161

Une dévotion sélective 161
Le voile, selon saint Paul 163
Jeanne d'Arc et Robert le Pieux 164

Notre Sainte Mère l'Église est une mère masculine . . 165
La révolution coranique 168
« Dans un feu où il restera, immortel » 172
La filiation en ligne maternelle et l'orthodoxie 173
Ristourne à Dieu, par acte notarié. 176
La répartition géographique du voile correspond à l'héritage féminin 178

VIII. SNOBISME BOURGEOIS 181

Sept mille ans de destructions des vieilles structures . . 182
Divergences entre l'histoire et l'ethnographie 184
La ville mangeuse d'enfants 185
Arrivée d'adultes lourdement chargés de convictions . 187
A mi-chemin d'une évolution 189
Le petit notable « cha-t-diya » : pas le plus mauvais mouton, ni le meilleur 191
Le nombre des femmes voilées progresse dans les bourgs et régresse dans les villes 193
Une urticaire sociale 195

IX. LES FEMMES ET LE VOILE 199

La dernière « colonie » 199
« Qui enlèvera la coiffure ou le mouchoir (que les femmes portent sur les cheveux)... encourra la peine de... » . . 200
Sur la rive musulmane de la mer 205
L'Ancien Monde, au-delà du Maghreb 208
L'influence des femmes invisibles 209

IMP. BUSSIÈRE À SAINT-AMAND
D.L. 2e TRIM. 1982. No 6195 (722)

Collection Points

DERNIERS TITRES PARUS

37. Structure et Fonction dans la société primitive
par A. R. Radcliffe-Brown
38. Les Droits de l'écrivain, *par Alexandre Soljénitsyne*
39. Le Retour du tragique, *par Jean-Marie Domenach*
41. La Concurrence capitaliste
par Jean Cartell et Pierre-Yves Cossé (épuisé)
42. Mise en scène d'Othello, *par Constantin Stanislavski*
43. Le Hasard et la Nécessité, *par Jacques Monod*
44. Le Structuralisme en linguistique, *par Oswald Ducrot*
45. Le Structuralisme : Poétique, *par Tzvetan Todorov*
46. Le Structuralisme en anthropologie, *par Dan Sperber*
47. Le Structuralisme en psychanalyse, *par Moustafa Safouan*
48. Le Structuralisme : Philosophie, *par François Wahl*
49. Le Cas Dominique, *par Françoise Dolto*
51. Trois Essais sur le comportement animal et humain
par Konrad Lorenz
52. Le Droit à la ville, *suivi de* Espace et Politique
par Henri Lefebvre
53. Poèmes, *par Léopold Sédar Senghor*
54. Les Élégies de Duino, *suivi de* les Sonnets à Orphée
par Rainer Maria Rilke (édition bilingue)
55. Pour la sociologie, *par Alain Touraine*
56. Traité du caractère, *par Emmanuel Mounier*
57. L'Enfant, sa « maladie » et les autres, *par Maud Mannoni*
58. Langage et Connaissance, *par Adam Schaff*
59. Une saison au Congo, *par Aimé Césaire*
61. Psychanalyser, *par Serge Leclaire*
63. Mort de la famille, *par David Cooper*
64. A quoi sert la Bourse ?, *par Jean-Claude Leconte* (épuisé)
65. La Convivialité, *par Ivan Illich*
66. L'Idéologie structuraliste, *par Henri Lefebvre*
67. La Vérité des prix, *par Hubert Lévy-Lambert* (épuisé)
68. Pour Gramsci, *par Maria-Antonietta Macciocchi*
69. Psychanalyse et Pédiatrie, *par Françoise Dolto*
70. S/Z, *par Roland Barthes*
71. Poésie et Profondeur, *par Jean-Pierre Richard*
72. Le Sauvage et l'Ordinateur, *par Jean-Marie Domenach*
73. Introduction à la littérature fantastique, *par Tzvetan Todorov*
74. Figures I, *par Gérard Genette*
75. Dix Grandes Notions de la sociologie, *par Jean Cazeneuve*

76. Mary Barnes, un voyage à travers la folie
par Mary Barnes et Joseph Berke
77. L'Homme et la Mort, *par Edgar Morin*
78. Poétique du récit, *par Roland Barthes, Wayne Booth Philippe Hamon et Wolfgang Kayser*
79. Les Libérateurs de l'amour, *par Alexandrian*
80. Le Macroscope, *par Joël de Rosnay*
81. Délivrance, *par Maurice Clavel et Philippe Sollers*
82. Système de la peinture, *par Marcelin Pleynet*
83. Pour comprendre les média, *par M. McLuhan*
84. L'Invasion pharmaceutique
par Jean-Pierre Dupuy et Serge Karsenty
85. Huit Questions de poétique, *par Roman Jakobson*
86. Lectures du désir, *par Raymond Jean*
87. Le Traître, *par André Gorz*
88. Psychiatrie et Anti-Psychiatrie, *par David Cooper*
89. La Dimension cachée, *par Edward T. Hall*
90. Les Vivants et la Mort, *par Jean Ziegler*
91. L'Unité de l'homme, *par le Centre Royaumont*
1. Le primate et l'homme, *par E. Morin et M. Piattelli-Palmarini*
92. L'Unité de l'homme, *par le Centre Royaumont*
2. Le cerveau humain, *par E. Morin et M. Piattelli-Palmarini*
93. L'Unité de l'homme, *par le Centre Royaumont*
3. Pour une anthropologie fondamentale
par E. Morin et M. Piattelli-Palmarini
94. Pensées, *par Blaise Pascal*
95. L'Exil intérieur, *par Roland Jaccard*
96. Semeiotiké, recherches pour une sémanalyse
par Julia Kristeva
97. Sur Racine, *par Roland Barthes*
98. Structures syntaxiques, *par Noam Chomsky*
99. Le Psychiatre, son « fou » et la psychanalyse, *par Maud Mannoni*
100. L'Écriture et la Différence, *par Jacques Derrida*
101. Le Pouvoir africain, *par Jean Ziegler*
102. Une logique de la communication
par P. Watzlawick, J. Helmick Beavin, Don D. Jackson
103. Sémantique de la poésie, *T. Todorov, W. Empson J. Cohen, G. Hartman et F. Rigolot*
104. De la France, *par Maria-Antonietta Macciocchi*
105. Small is beautiful, *par E. F. Schumacher*
106. Figures II, *par Gérard Genette*
107. L'Œuvre ouverte, *par Umberto Eco*
108. L'Urbanisme, *par Françoise Choay*
109. Le Paradigme perdu, *par Edgar Morin*

110. Dictionnaire encyclopédique des sciences du langage
par Oswald Ducrot et Tzvetan Todorov
111. L'Évangile au risque de la psychanalyse
par Françoise Dolto
112. Un enfant dans l'asile, *par Jean Sandretto*
113. Recherche de Proust, *ouvrage collectif*
114. La Question homosexuelle, *par Marc Oraison*
115. De la psychose paranoïaque dans ses rapports
avec la personnalité, *par Jacques Lacan*
116. Sade, Fourier, Loyola, *par Roland Barthes*
117. Une société sans école, *par Ivan Illich*
118. Mauvaises Pensées d'un travailleur social
par Jean Marie Geng
119. Albert Camus, *par Herbert R. Lottman*
120. Poétique de la prose, *par Tzvetan Todorov*
121. Théorie d'ensemble, *par Tel Quel*
122. Némésis médicale, *par Ivan Illich*
123. La Méthode
1. La Nature de la Nature, *par Edgar Morin*
124. Le Désir et la Perversion, *ouvrage collectif*
125. Le langage, cet inconnu, *par Julia Kristeva*
126. On tue un enfant, *par Serge Leclaire*
127. Essais critiques, *par Roland Barthes*
128. Le Je-ne-sais-quoi et le Presque-rien
1. La manière et l'occasion, *par Vladimir Jankélévitch*
129. L'Analyse structurale du récit, Communications 8
ouvrage collectif
130. Changements, Paradoxes et Psychothérapie
par P. Watzlawick, J. Weakland et R. Fisch
131. Onze Études sur la poésie moderne
par Jean-Pierre Richard
132. L'Enfant arriéré et sa mère, *par Maud Mannoni*
133. La Prairie perdue (Le roman américain)
par Jacques Cabau
134. Le Je-ne-sais-quoi et le Presque-rien
2. La méconnaissance, *par Vladimir Jankélévitch*
135. Le Plaisir du texte, *par Roland Barthes*
136. La Nouvelle Comunication, *ouvrage collectif* (à paraître)
137. Le Vif du sujet, *par Edgar Morin*
138. Théorics du langage, théories de l'apprentissage
par le Centre Royaumont
139. Baudelaire, la Femme et Dieu, *par Pierre Emmanuel*
140. Autisme et Psychose de l'enfant, *par Frances Tustin*
141. Le Harem et les Cousins, *par Germaine Tillion*